우진 현대 판타지 장편소설
WISHBOOKS MODERN FANTASY STORY

다시 태어난 베토벤

다시 태어난 **베토벤** 8

우진 현대 판타지 장편소설

초판 1쇄 찍은 날 | 2020년 3월 20일
초판 1쇄 펴낸 날 | 2020년 3월 27일

지은이 | 우진
펴낸이 | 예경원

기획 | 위시북스
편집책임 | 이은송
편집 | 위시북스

펴낸곳 | 예원북스
등록번호 | 제396-2012-000132호
등록일자 | 2012. 7. 25
KFN | 제1-494호

주소 | 경기도 고양시 일산동구 호수로 646-24 위너스21II빌딩 206A호 (우)10401
전화 | 031-819-9431 팩스 | 031-817-9432
E-mail | yewonbooks@naver.com

ISBN 979-11-365-0511-8 04810
      979-11-6424-234-4 (set)

우진 현대 판타지 장편소설

WISHBOOKS MODERN FANTASY STORY

다시 태어난 베토벤

8

Wish Books

CONTENTS

· 42악장 ·

무뚝뚝한 비올라와 찌질한 바이올린

"크흠."

"아, 과자를 좀 더 가져올게요."

"제가 돕죠."

어색함을 무마하기 위해 어머니께서 일어나시자 히무라가 따라 나섰다. 사카모토는 도진이와 함께 쎄쎄쎄를 하고 있다.

나와 아버지는 그런 도진이를 흐뭇하게 바라보았고 나카무라는 음료수를 따라주며 료코를 달랬다.

그렇게 잠시 뒤 어머니와 히무라가 왔고 나카무라가 장난스레 물었다.

"그래서. 도빈아, 어때? 베를린 필에 들어갈 수 있을 것 같아?"

"네. 열심히 하면 멋진 비올리스트가 될 거예요."

"정말? 그렇단 말이지?"

나카무라가 정말 기뻐했다.

"그럼요."

음악에 대해서는 거짓은커녕 농담조차 하지 않는다.

나카무라 료코는 비올라의 특성을 잘 알고 있으면서 그 중후하면서도 특색 있는 음색을 잘 다루었다.

단점이 없는 것은 아니지만 시간과 경험 그리고 노력이 도울 터.

이대로 성숙해진다면 훌륭한 연주자가 될 수 있을 것이다.

17살이란 어린 나이에 이미 이만한 연주를 할 수 있을 만큼 노력가니 말이다.

"……저는 이만 돌아갈게요."

나카무라 료코가 모두에게 인사했다.

"벌써?"

"네. 내일 아침 일찍 수업이 있어서요. 오늘 초대 감사합니다. 아빠, 내일 봐."

나카무라는 조금 아쉬운 듯했지만 말리지는 않았다. 웃으며 딸을 배웅했고 어머니께서는 집사에게 그녀를 바래다주길 부탁하셨다.

료코가 떠나고 나와 히무라 그리고 나카무라는 오랜만에 따로 자리를 마련했다.

화제는 역시 신경을 거슬리게 하는 인터플레이였다.

"시장 점유 속도가 빨라. 관건은 역시 유럽인데 뭔가 대책을 마련해야 해."

나카무라가 걱정스레 말을 꺼냈다.

"그러고 보니 찰스의 소속사도 인수된다 하더라고요."

"뭐?"

히무라와 나카무라가 깜짝 놀라 되물었다. 얼마 전 찰스에게 직접 들은 이야기라고 하니 허탈하게 의자에 등을 파묻는다.

"세이렌도 결국엔 어쩔 수 없었나 보네. ……거기 소속 음악가들이 모두 쟁쟁해서 팬 이동이 클 텐데."

"찰스는 고민이 많나 봐요. 런던으로 돌아갈지 아니면 독일에 남을지."

"입장상 돌아가는 게 좋을 거야. 신분도 그렇고 영국의 클래식 음악을 상징하는 사람이니까. 무엇보다 인터플레이가 장악하고 있는 시장에서는 연주회든 앨범이든 반응이 보장되고."

이러니저러니 많은 이야기가 복잡하게 얽혔지만 결국에는 돈 문제로 귀결된다.

나 역시 돈은 좋아하지만 일정 이상의 수입을 올린 뒤로는 그렇게 중요하지 않게 여겼는데.

그렇다고 돈의 소중함을 부정하는 건 개구리가 올챙이 적 생각 못 하는 일이다.

돈이라 함은 기본적으로 생존과 직결되고 그 이후에는 삶의 질을 정하니 돈을 탐한다 해서 잘못된 것은 아니다.

아니, 도리어 그래야 한다.

살기 위해서.

더 나은 음악을 하기 위해서 말이다.

그러나 이렇게 이야기를 나눈다 해서 나아지는 일은 없음으로 아쉬움을 남긴 채 화제를 돌렸다.

"료코는 어떻게 온 거예요?"

나카무라가 잠시 고민하는 듯하더니 료코에게는 비밀이라며 신신당부했다.

알겠다고 하니 별것 아닌 이야기를 조심스럽게 했다.

"료코 꿈이 네가 지휘하는 오케스트라에서 연주하는 거였어. 내가 이야기했다고 하면 료코가 등을 내리칠 테니 꼭 비밀로 해야 한다."

사이좋은 부녀다.

"고마운 일인데 굳이 그럴 필요가 있어요? 좋은 오케스트라는 많고 제가 언제 지휘봉을 잡을지도 모르잖아요."

"그 아이한테는 네가 울트라맨이니까."

울트라맨이 뭐지.

나카무라가 도수가 낮은 샴페인을 들이켠 뒤 말했다.

"내 다리가 이렇게 되고 나서 1년을 병원에서만 있었으니까. 료코도 함께 있었거든. 집에 혼자 두기 어렵고 또 그때는 요코와 다시 재결합하기도 전이었으니까."

당시 그 나이의 딸을 집에 혼자 두는 건 확실히 무리다.

잠시만이라도 아내 요코에게 보내면 되지 않았을까, 생각하던 와중.

나카무라가 말을 이었다.

"아무래도 당시에 충격을 많이 받았었나 봐. 하하. 그도 그럴 게 눈앞에서 아빠가 피 흘리고 쓰러졌으니 말이야. 엄마에게 가 있으라 해도 죽어도 안 떨어지더라고."

"……"

"그때 함께 있으면서 네 음악을 듣고 너에 대해 말해주곤 했는데 료코 입장에서는 신기했나 봐. 자기랑 같은 나이의 꼬마가 전 세계를 상대를 음악을 하고 있으니까."

나카무라가 잔을 내게 들어 보이며 말했다.

"완전 히어로였다고. 울트라맨."

"그러니까 그 울트라맨이란 게 뭔데요?"

"아니. 울트라맨을 모른단 말이야?"

잠시 티격태격한 뒤에 히무라가 웃으며 말했다.

"히어로라고 하니 그렇지. 한국이랑 유럽, 아프리카에서도 마찬가지일걸?"

"그건 또 무슨 말이에요?"

"네가 말했잖아. 음악을 하고 싶은데 환경 때문에 그러지 못

하는 아이들을 후원해 달라고. 한국이랑 아프리카에 배도빈 학교도 있어. 전에 이야기했는데 잊고 있었나 보네."

예전에.

가정교사로부터 내가 납 중독에 의해 죽었다는 사실을 듣고 히무리에게 부탁한 것이 떠올랐다.

재단을 운영하게 되면 무지와 가난 때문에 죽는 아이들을 도와달라고.

그 말을 잘 지켜준 듯해서 기쁘다.

배고픔.

먹을 것을 구하지 못해 죽는 이들을 생각하면 가슴이 찢어진다.

그 정도는 아니었지만 나 역시 가난을 겪었기에 아직도 그런 이들이 있음에 안타까웠다.

모든 사람을 충분히 돕지는 못하겠지만 적어도 할 수 있는 영역에서는 희망을 주고 싶었다.

여러 일 때문에 직접 하지 못한 그 일을, 히무라가 대신해 주고 있으니 너무나 고마울 따름이다.

"고마워요, 히무라."

예나 지금이나 나의 가장 큰 조력자에게 감사를 표했다.

그렇게 두 사람과 밤새 이야기를 나누었다.

비올라.

우스갯소리로 현악 4중주를 놓고 괜찮은 바이올리니스트(제1바이올린), 무능한 바이올리니스트(제2바이올린), 예전에 바이올리니스트였던 연주자(비올리스트), 바이올린을 싫어하는 연주자(첼리스트)라는 말을 하지만 말 그대로 우스갯소리다.

비올라의 특성상 바이올린과 첼로에 소리가 묻히는 경향이 있지만 조금만 신경 써도 비올라가 얼마나 많은 역할을 하는지 알 수 있다.

예전에는 실내악 연주회를 가질 때 종종 직접 연주하기도 했는데 중간 음역을 다루며 전체적으로 조율사 역할을 할 수 있기 때문이었다.

그런 이유로 바흐나 모차르트, 하이든도 비올라를 직접 연주하곤 했는데 특히 오케스트라에서는 그 역할이 중요해진다.

제2바이올린을 돕는가 하면 첼로와 함께 저음부 역시 다루기에 비올라가 빠지면 연주가 상당히 빈약해진다.

말하자면 곡을 더욱 풍성하게 해주는 조력자와 같은 악기.

'비올라라.'

그리고 보니 비올리스트는 아직 마땅한 사람을 발견하지 못했다.

제1바이올린은 찰스 브라움.

제2바이올린은 나윤희.

첼로 이승희.

오보에 진 마르코.

바순 마누엘 노이어.

피아노 니나 케베리히. 혹은 최지훈.

조금씩 영입 명단을 구성하고 있는데 비올라는 가능한 곡에 대한 이해가 깊고 노련한 사람으로 채용하고 싶다.

아직 시간이 많이 남았지만 연주자를 꾸리는 것도 게을리하면 안 될 것이다.

'어디.'

어제 히무라와 대화하면서 그런 생각을 내비쳤더니 명단 하나를 넘겨주었다.

도빈 재단이 후원하고 있는 음악가 또는 학생들이었는데 히무라가 직접 확인하고 선발한 만큼 믿을 수 있었다.

지금부터라도 이 사람들이 어떤 콩쿠르에 출전한다거나 하면 찾아 들어봐야겠다고 생각하며 오랜만에 주어진 휴가를 즐겼다.

열어둔 창으로 제법 선선한 바람이 찾아오는 걸 보니 가을이 다가온 듯하다.

9월.

베를린 필하모닉은 새 단장을 하기 위해 분주해졌다.

악단주 귄터 부르비츠가 큰마음을 먹고 베를린 필하모닉 콘서트홀을 확장하기로 결정한 덕에 연주자들은 정말 오랜만에 강제적으로 휴가를 받을 수 있었다.

공사 기간은 무려 두 달.

물론 그 기간을 모조리 쉬기에는 악단주의 지갑에도, 팬들에게도, 단원들에게도 너무나 큰 타격을 주었기에 인근 콘서트홀에서 연주회를 가지기도 연습도 했지만 그 간격이 턱없이 길게 느껴졌다.

나는 적당히 산책을 하며 대교향곡에 쓰려고 메모해 두었던 것을 정리하거나 대학 강의를 듣는 등 여유롭게 시간을 보냈는데.

'졸립단 말이지.'

하지만 3일에 한 번씩 연주회를 가지던 일정에서 벗어나니 일상이 무료해지는 것도 사실.

옥상 정원에서 책을 읽고 있자니 졸음이 쏟아졌다.

오랜만에 좋은 날씨다.

[여섯 살 천재]
[루트비히 판 베토벤 연주회]

1778년 쾰른.

'여섯 살? 여덟 살인데.'

아버지를 따라 쾰른에 왔는데 이상한 벽보가 붙어 있다.

"루트비히, 뭘 꾸물거리고 있는 거냐. 빨리 따라오지 못해."

"네."

아버지의 재촉에 걷고는 있지만 처음 보는 쾰른의 거리에 눈을 돌리기 바빴다.

사람이 무척 많다.

"으으. 긴장된다. 넌 괜찮냐?"

아버지의 제자 콘트랄토 요하나 아버동크가 물었다.

"뭐가?"

"에휴. 그래. 꼬맹이가 긴장이 뭔지는 알겠냐."

"오르간 치러 가는 거 아니야?"

"그래. 그것도 엄청 많은 사람 앞에서지."

"그럼 좋은 거잖아."

아버동크가 나를 이상하게 봤다.

왠지 모르게 기분이 나쁘지만 사람들에게 오르간을 들려줄 수 있다니 생각만 해도 가슴이 뛴다.

'없네. 아버지가 또 거짓말을 했나.'

아버지를 따라 간 곳에는 술 냄새를 풍기는 주정뱅이가 열 명 정도 있었다.

누군지 모르는 사람에게 고개를 연신 숙인 아버지가 돌아와 내 어깨를 잡고 또 화내듯이 말했다.

"루트비히, 실수해선 안 된다. 네 연주에 우리 집 다음 주 식비가 달렸어."

거짓말.

아버지의 술값으로 나갈 거라는 것 정도는 알고 있다.

'어머니랑 동생들이 배고파하는데.'

우선은 오르간 앞에 앉았다.

아버지가 연주하라고 해서 2주 동안 방에 갇혀 연습했던 바다 아저씨의 푸가를 연주했다.[1]

조금 어렵지만 열심히 연습해서 한 번도 안 틀렸다.

연주를 마치고 고개를 돌렸다.

다들 테이블에 엎드려 있거나 술병을 흔들었다.

'첫 연주회라 기대했는데.'

의자에서 내려와 아버지에게 갔다.

....

[1] 베토벤은 바흐를 가리켜 "그는 실개천이 아니라 바다로 불려야 한다고 했다.
실개천(Bach)이란 뜻도 가진 바흐의 이름이 그의 위대함과 어울리지 않다는 언어유희.

순간 고개가 돌아갔고 뺨이 터질 것 같았다.

"대체 왜 말을 안 듣는 거야! 그딴 식으로 연주를 하니 사람들이 좋아하질 않잖아!"

아팠지만 울기 싫다.

내 연주가 옳으니까.

아버지 말은 틀리니까.

하지만 자꾸 눈물이 나와서 분하다.

· 43악장 ·

루트비히

"그러지 마요. 이제 겨우 여덟 살이라고요!"

"가만있어! 이놈은 정신 좀 차려야 해. 어서 들어가지 못해!"

집으로 돌아왔다.

아버지와 어머니는 오르간이 있는 방 앞에서 또 다투셨다.

하지만 내가 들어가지 않으면 아버지가 또 어머니를 때릴 테니까.

어머니가 아픈 건 너무 싫으니까 방에 들어섰다.

요란스럽게 문이 닫히자 아무것도 보이지 않는다.

밖에서는 자물쇠 잠그는 소리가 났다.

"당신이 사람이야? 짐승도 이러진 않을 거야! 오오, 루트비히."

"시끄러워! 루트비히, 연주를 제대로 하기 전까지 나올 생각은 꿈도 꾸지 마라!"

손을 움직여서 오르간이 어디 있는지 찾았다. 좁아서 어두워도 빨리 찾을 수 있다.

C음은 어디 있을까.

건반이 어디 있는지 가늠하고 오르간을 치기 시작했다.

그러자 밖에서 들리는 소리도 차츰 들리지 않게 되었다.

'무서워.'

괴물과 악마가 등 뒤에서 지켜보고 있으면 어떡하지.

하지만 울어도 나아지는 건 없어.

내가 울면 어머니가 더 슬퍼하시니까 동생들이 더 크게 우니까 더 나빠지기만 한다.

'어려워.'

그런 생각은 너무 어렵다.

가슴이 너무 아프다.

'오르간을 연주하자. 그러면 조금은 나아질 거야.'

한 곡을.

한 번, 두 번, 세 번 연주할 때마다 소리가 가득 차서 나와 오르간, 소리만 있는 것 같아진다.

그러면 조금 안심이 되고.

네 번, 다섯 번, 여섯 번 연주할 즈음에는 조금씩 그 곡들이 말을 걸기 시작한다.

'이거 불편해.'

'나는 이게 더 좋아.'

그 목소리에 맞춰 다시 연주하면 좀 더 예쁜 곡이 된다.

오르간은 무척 활달한 것 같으면서도 예민해서 틀리면 엄청 불편해한다.

나도 오르간이 불편한 게 싫다.

가끔은 분명 악보대로 연주했는데 불편한 곡도 있다.

그럴 때면 고쳐주고는 하는데.

그러면 잔뜩 움츠러들고 있던 오르간이 활짝 웃는 것 같다.

'대체 왜 그렇게 연주하는 거야! 누가 그러라고 했어!'

내가 맞아.

오르간도 좋아하잖아.

아버지는 그런 나를 혼내지만 나는 내가 맞다는 걸 안다.

다른 누구도 아니고 오르간이 직접 말해주니까.

마흔 번, 마흔한 번, 마흔두 번.

아버지가 원하는 연주는 알지만 그렇게 연주하면 나갈 수 있지만 그건 오르간이 싫어해.

예순세 번, 예순네 번, 예순다섯 번.

아, 이제 정말 잘 치게 된 것 같아.

일흔일곱 번, 일흔여덟 번, 일흔아홉 번.

"끄윽."

나가고 싶어.

♪

1781년.

루트비히가 11살이 되던 해.

"인사하시오, 크리스티안 고틀롭 네페. 궁정 오르가니스트
시니."

얼마 전 본의 궁정 오르가니스트로 취임한 크리스티안 고
틀롭 네페가 베토벤 가문에 방문했다.

"안녕하세요."

"그럼 들어가시죠."

요한은 얼마 없는 살림으로도 네페를 극진히 대접했고 두
사람은 좋은 분위기 속에서 대화를 이어나갔다.

그러던 때 네페가 슬며시 계속해서 들려오는 오르간 소리
에 대해 물었다.

"부인의 오르간 실력이 무척 좋으시군요."

"하하. 아닙니다. 제 아들 녀석이 치는 거지요."

"아들이라 하시면……."

요한 베토벤에게 여러 아이가 있다고는 알고 있었지만 장남
이라고 해봤자 고작 10살 남짓이라고 들었다.

네페는 요한의 말을 쉽게 믿을 수 없었다.

"루트비히. 루트비히!"

요한이 루트비히를 불렀다.

곧 루트비히가 심퉁맞은 얼굴로 두 사람 앞에 섰다.

"선생님께서 네 오르간을 듣고 칭찬을 하시는구나. 인사드려라."

"……감사합니다."

"허허. 정말인가 보군요. 어디, 직접 들었으면 하는데 괜찮을까요?"

"물론이죠. 루트비히, 앞장서라."

소년 루트비히의 연주를 들은 네페는 감탄했다.

어린 아이의 연주라고는 생각지 못할 정도로 뛰어났다.

"요한 씨, 당신의 아들을 제가 가르쳐도 되겠습니까."

네페의 말에 요한은 뛸 듯이 기뻐했다.

"그렇게 해주신다면 영광입니다. 루트비히, 이리 와서 선생님께 인사드려라!"

루트비히의 연주를 들은 네페는 성심성의껏 소년을 가르쳤다.

그에게서 빛나는 무엇인가를 발견했기 때문이었다.

"루트비히, 여기를 왜 그렇게 연주했는지 말해주겠니?"

"앞 소절과 대칭을 이뤄야 하니까요. 그러지 않으면 불편해해요."

루트비히의 말을 듣고 악보를 살펴본 네페는 고심 끝에 악보가 구조적으로 잘못되었음을 발견할 수 있었다.

당시만 하더라도 악보를 필사하는 작업에서 표기 오류는 심심찮게 발생했는데 네페도 무심코 지나쳤던 부분을 발견한 것이었다.

"대단하구나. 정말 대단해."

네페는 크게 칭찬했다.

'이런 방법도 있구나.'

한편 훌륭한 음악가를 만난 루트비히는 지금껏 그를 답답하게 했던 대부분의 문제를 해결할 수 있었다.

더군다나 강압적이고 폭력적인 요한과 달리 루트비히의 생각을 먼저 묻고 솔직하게 자신을 대하는 네페를 소년 루트비히 역시 깊이 존경했다.

항상 명쾌한 답을 주는 크리스티안 고틀롭 네페는 소년 루트비히에게 빛과 같았다.

♩ ♩ ♪ ♫ ♪

'어찌 저럴 수 있단 말인가.'

루트비히와 함께할수록 크리스티안 고틀롭 네페는 감탄하지 않을 수 없었다.

볼 때마다 실력이 늘어 있는 루트비히는 마치 자신을 흡수하듯이 성장했다.

네페는 악기만 가르치는 것은 루트비히의 재능을 썩히는 거라 생각했고, 시간이 날 때마다 루트비히에게 작곡을 알려주기 시작했다.

결과는 매우 흡족스러웠다.

네페는 크라머의 이름을 빌려 '마가진 데어 무지크(Magazin der musik)'에 루트비히를 알렸다.

루이 반 베토벤은 11살로 아주 촉망되는 재능의 소유자다.

그의 클라비어는 아주 훌륭하고 또 힘 있으며 악보를 보고 곧장 연주하는 실력이 뛰어나다.

(중략)

그는 지금처럼만 계속한다면 틀림없이 제2의 볼프강 아마데우스 모차르트가 될 것이다.[2]

그러나 그는 곧 그가 루트비히에 대해 잘못 알고 있었음을 깨달았다.

루트비히의 재능에 반한 네페는 매일 같이 소년을 접했고 곧 소년이 얼마나 자신을 혹독하게 몰아붙이고 있는지 알 수

....

2) 제러미 시프먼, 『베토벤, 그 삶과 음악』中 21p, 2010, PHONO 출간, 김병화 옮김.

있었다.

루트비히는 하나의 곡을 완벽하게 다루기 위해 마치 군인이 적군을 상대하듯 맹렬히 뛰어들었다.

의자에 앉으면 몇 시간이고 일어날 생각도 없이 그저 건반을 두드릴 뿐이었다.

어쩔 때는 아침에 시작하여 해가 모두 저문 밤까지 한 번도 쉬지 않아서 기다리던 네페가 다시 발길을 돌린 적도 있었다.

또 고전에 대한 고집은 얼마나 강한지, 이미 그 어린 소년이 자신만의 확고한 음악관을 세워 스승인 네페조차 그것을 어쩌지 못했다.

이러한 루트비히에 대해 일찌감치 알아본 네페는 소년이 연주 여행을 할 수 있도록 각 귀족들에게 후원을 요청했지만 받아들여지진 않았다.

당시 막 11살의 루트비히에게 관심을 가져줄 사람은 없었다.

하지만 훌륭한 스승을 만난 성장기의 루트비히는 급속도로 발전해 나갔다.

네페를 사사한 지 1년도 안 되어 궁정 오르가니스트 네페의 조수로 활동할 수 있었고, 궁정 오케스트라의 보조 연주자가 되었다.

14살이 되기 전에는 제2오르간 주자로 임명되었고 1786년에는 선제후(황제 선거권을 가진 일곱 명의 제후)가 루트비히의 연주에 감명받아 빈으로의 여정을 후원해 주기도 했다.

'이제 조금만 더.'

루트비히는 마침내 인정받기 시작함에 자부심을 느꼈다.

예술의 도시 빈에서 새로운 음악을 접할 생각을 하니, 어린 루트비히의 가슴이 설렜다.

동시에 하루빨리 성공하여 병을 얻은 어머니와 동생들을 지켜야 한다는 생각을 이어나갔다.

그러나.

루트비히는 그토록 바라던 빈에 도착한 지 2주 만에 어머니의 부고 소식을 받게 된다.

'꿈자리 한번 사납네.'

책을 읽다 보니 문득 잠들었던 모양.

예전 일을 꿈으로 꿨는데 요한의 빌어먹을 얼굴이 나와 몹시 언짢다.

해가 지고 있다.

하품을 늘어지게 하고는 아래로 내려갔는데 좋은 냄새가 계단까지 풍겼다.

오랜만에 어머니께서 카레를 만드신 듯하다.

6층으로 갈 것 없이 곧장 7층으로 가니 아니나 다를까 진한 카레 향을 물씬 맡을 수 있었다.

도진이가 수저를 옮겨다 테이블에 놓고 있다.

"형아."

"어머니 도와드리고 있었어?"

"응. 빨리 앉아."

어머니 말투를 따라 하는 도진이보다 귀여운 건 존재할 수 없다.

도울 만한 일이 있을까 싶어 어머니를 찾았다.

그릇을 꺼내며 말했다.

"어머니가 해주시는 카레는 오랜만이네요."

"맛있다고 한 음식만 많이 먹으면 그것도 안 좋아. 할아버지가 얼마나 투정 부린 줄 아니?"

"저도 그건 아쉬워요."

접시에 밥을 담으며 물었다.

"도진이 정말 대학 보내시려고요?"

"응. 좋아하니까."

어머니께서 돌아서서 말씀하셨다.

"엄마는 부담스러웠거든. 학생 때는 어딜 가나 주목받고 그런 게 너무 싫고 그랬어."

어머니의 옛이야기는 처음 듣는다.

"그래서 항상 평범한 삶을 바랐고 너도 그러길 바랐는데, 그게 전부는 아니더라."

어머니께서 웃으면서 김치를 꺼내셨다.

"어느 삶이든 특별하고 한 번밖에 살 수 없잖아. 네가 음악을 하면서 행복해하는 걸 보니 도진이도 도와줘야지. 조금 별나긴 해도 그게 엄마랑 아빠가 할 일이니까. 아, 고마워."

어머니께서 덜어 담은 김치와 밥을 쟁반에 올리고는 말했다.

"너무 어린 게 걱정되긴 하지만 분명 나중에는 도진이도 고마워할 거예요. 저도 감사하니까요."

"으이구. 너는 도진이보다 더 심했어. 가자."

어머니께서 내 엉덩이를 두드리곤 웃으셨다.

인류의 보물. 세기의 천재.

베를린의 마왕, 베를린의 보석.

희망. 히어로.

그런 말들이 부담스럽지 않은 건 아니다.

나는 그저 음악을 좋아하고 음악을 계속할 뿐인데 사람들은 점점 더 나와는 동떨어진 이미지를 만들어가고 있다.

하지만 어딜 가도 파파라치가 따라붙는 이 삶을 후회하지는 않는다.

내 가족을 지킬 수 있고.

내 음악을 할 수 있다면 단지 그것으로 족할 뿐이다.

44악장
도전

베를린 필하모닉 콘서트홀이 새로운 모습을 준비하는 동안, 우리도 새로운 일을 제안 받았다.

적극적인 베를린파이기도 한 오페라 극장 도이체 오퍼는 그들이 준비하고 있는 대규모 야외 오페라 무대에 베를린 필하모닉이 함께해 줄 것을 요청했다.

이를 어떻게 받아들일지 의논하기 위해 악장단과 함께 사무국을 찾았다.

카밀라가 나누어준 서류에 자코모 푸치니란 사람이 만들었다는 오페라 〈투란도트〉가 간단히 소개되어 있다.

처음 본다.

"투란도트?"

푸르트벵글러와 악장단이 이상하게 본다.

"몰라?"

"네."

"……세상에."

마치 교양 없는 사람을 보는 듯한 눈빛에 기분이 나빠 인상을 쓰자 다들 헛기침을 하며 고개를 돌렸다.

아무튼 정기 연주회가 당분간 힘들어진 지금, 어떤 기회든 놓치고 싶지 않다고 말하자, 다른 악장들도 동의했다.

다만 도이체 오퍼와의 콜라보라는 점이 빌헬름 푸르트벵글러에게 어떻게 다가갈지 걱정하는 기색이다.

'자존심 센 사람이니까.'

정확한 방식은 미팅을 해봐야 알겠지만 아마 함께했을 때 우리 방식으로만 일을 진행할 순 없을 테고, 그건 고집스러운 푸르트벵글러에게 무척 껄끄러운 일일 것이다.

"셰프는 어때요?"

푸르트벵글러에게 시선을 돌렸는데 서류를 쥔 그의 억센 손이 부들부들 떨고 있었다.

"해야지."

원래 정력 넘치는 사람이지만 유난히 힘이 들어간 모습이다.

푸르트벵글러가 심술궂게 악다문 입가를 씰룩이며 웃었다.

악귀 같은 표정이다.

"셰프 왜 저래요?"

카밀라에게 슬쩍 물어보니 재밌는 이야기를 해주었다.

"라이벌 때문이겠지?"

"라이벌?"

"응. 자코모 푸치니에 대한 연구의 최고 권위자가 헤르베르트 카라얀이었거든. 그가 지휘한 투란도트도 명반으로 남아 있고."

카밀라의 말을 듣고 보니 카라얀을 싫어하는 푸르트벵글러가 왜 저리 타오르는지 알 것도 같다.

"게다가 그거, 빈 필에서 연주했었고."

"하하하하!"

너무 재밌어서 크게 웃자 다들 나를 쳐다본다.

정말 재밌는 일이 될 것 같다.

"반갑습니다, 빌헬름 푸르트벵글러. 카밀라 사무국장도 오랜만이군요."

"격식 따위 집어치우게, 구스타프. 안 본 사이에 수척해졌군."

도이체 오퍼와 베를린 필하모닉의 미팅 자리에서 푸르트벵글러가 손을 내밀었다.

오랜 시간 교류가 있었던 만큼 그는 도이체 오퍼의 총감독 구스타프 제르너를 인정하고 있었다.

구스타프 제르너가 슬쩍 웃으며 푸르트벵글러의 손을 마주 잡았고 두 단체의 미팅은 그렇게 편안히 시작되었다.

도이체 오퍼의 사무국장 아서가 입을 열었다.

"어떠십니까. 마에스트로 푸르트벵글러께서 직접 나와 주시니 기대해도 될까요?"

"네. 셰프도 단원들도 긍정적인 방향으로 생각 중입니다. 오늘은 세부 조항에 대해 이야기 나눠봤으면 하고요."

조금이라도 좋은 조건을 위한 두 사람의 신경전이 시작될 것 같자 푸르트벵글러가 끼어들었다.

"시시한 이야기 그만두게. 아서."

푸르트벵글러가 구스타프 제르너를 보며 물었다.

"규모가 크기 때문에 우리를 초청했다는 말 따위 말게, 구스타프. 때마침 우리가 일정이 비어 있었다는 우연도 말이야. 갑자기 이런 요청을 한 이유가 뭐지?"

폭군 빌헬름 푸르트벵글러의 날카로운 질문에 아서가 당황했지만 구스타프 제르너는 웃었다.

"알고 계셨군요."

고개를 끄덕인 구스타프 제르너가 카밀라 앤더슨을 보며 웃었다.

"앤더슨 국장이라면 파악하고 있을 수도 있겠다 생각했는데 역시……. 그러면 편하게 이야기하겠습니다."

구스타프 제르너가 꺼낸 도이체 오퍼의 상황은 카밀라와 푸르트벵글러가 생각하는 것 이상으로 처참했다.

도이체 오퍼는 전속 오케스트라를 보유하고 있었다.

이벤트가 아닌 이상 도이체 오퍼의 오페라는 모두 전속 오케스트라를 활용하고 있었는데 주요 단원들이 최근 몇 달 안에 이직을 하기 시작.

지금에 들어서는 단원 이탈이 너무나 많아져 제대로 된 운영이 불가능할 정도에 이르렀다.

"인터플레이인가."

"추측만 할 뿐이죠."

"흐음."

"저희가 파악하기로는 8할 정도는 그런 것 같더군요."

"8할."

이자벨 멀핀의 조사를 통해 최근 1년간 도이체 오퍼 오케스트라를 탈퇴한 연주자가 많다는 것 정도는 알고 있었지만.

그중 8할이 런던으로 향했음은 카밀라 앤더슨과 빌헬름 푸르트벵글러에게도 적잖은 충격이었다.

도이체 오퍼라고 하면 베를린의 가장 큰 오페라 극장이면서 또한 전통의 강호였다.

그런 곳이 이제 유지마저 어려울 정도라고 하니 새삼 인터플레이의 자본력이 어떠한지 피부로 느낄 수 있었다.

그들의 끈끈한 연대를 알고 있는 푸르트벵글러가 물었다.

"돈 때문이라 하던가."

"선택을 말릴 순 없지요."

도이체 오퍼의 총감독이자 동시에 오케스트라의 지휘하기도 했던 구스타프의 심정이 어떨지 짐작할 수 있었기에 푸르트벵글러는 더는 묻지 않았다.

"좋아. 하지."

"마에스트로!"

전전긍긍하던 도이체 오퍼의 사무국장 아서의 얼굴이 활짝 폈다.

"대신 우리는 우리의 음악을 할 것이다. 구스타프 제르너, 자네가 우리에게 맞춰야 할 것이네."

"아무렴 여부가 있겠습니까. 저는 단지 베를린 필하모닉에 부족한 부분을 채워드리겠습니다."

"하하. 이 친구 농담하고는."

"농담일 리가요. 하하."

"……."

"……."

선후배 사이의 신경전에 아서의 가슴은 바짝 말라 들어갔다.

공연 일정이 잡혔다.

두 달 뒤 올림피아슈타디온 베를린.

얼마 전 3만 명과 함께한 무대였기에 생각보다 빨리 그곳에서 다시 연주할 수 있음에 반가웠다.

투란도트라는 오페라에 무지한 나는 서둘러 여러 자료를 구해 감상을 반복했고, 이 동양적 판타지에 깊이 매료되었다.

서사는 조금 당황스러운 전개도 있지만 그 음악만큼은 이야기 속 비극을 너무도 잘 표현하였다.

내가 사용하지 않았던 기법이나 악기가 사용되는 등 투란도트는 잠시 지루하던 일상에 큰 자극이 되어주었다.

정신을 차렸을 땐 일주일이 홀쩍 흘러 있었고 공부한 것을 가지고 푸르트뱅글러를 찾아갔다.

"이 녀석아! 일주일이나 출근을 안 하는 놈이 어디 있어!"

"공부하느라 바빴어요."

"공부는 무슨! 내 악단에 무단 불참하는 놈은 모가지야! 모가지!"

"어차피 연주회도 연습도 없었잖아요. 작은 일에 연연하지 말아요."

"뭐라고!"

실은 나도 이렇게까지 집중할 줄은 몰라서 조금은 미안하기도 하다.

어찌 되었든 불같이 화내는 푸르트벵글러를 달래고 청음해 작성한 악보를 보여주니 푸르트벵글러가 그것을 한참이나 살폈다.

"네가 해라."

"뭘요?"

"이번 공연."

"할 거예요."

"이 녀석이, 말귀를 못 알아들어. 지휘 말이다."

푸르트벵글러가 이상하다.

"뭐 잘못 먹었어요?"

"이 녀석이! 기쁘면 기쁘다고 할 것이지 무슨 말버릇이야!"

만약 다른 상황이었다면 반갑게 받아들이겠지만 카라얀을 의식하며 의지를 불태웠던 모습이 떠올랐다.

"카라얀보다 더 멋진 연주를 하려는 거 아니었어요?"

"그랬지."

"그런데요?"

푸르트벵글러가 심드렁하게 되받아쳤다.

"김이 새버렸어."

무슨 말인지 도통 이해할 수 없어 가만있자 푸르트벵글러가 내 머리에 손을 얹었다.

"네가 있으니 굳이 나서지 않아도 될 것 같아서 그런다. 네 음악이야말로 베를린 필의 음악이다."

"또또."

"뭐가 또란 말이냐."

"영화도 안 봐요? 그런 말 하는 사람은 금방 죽는다고요."

"이 녀석이 전부터 누굴 자꾸 죽이려고 들어?"

"아악!"

머리를 쓰다듬던 푸르트벵글러가 머리카락을 꽉 쥐었다.

"그러니까 불길한 말 하지 말라고요!"

"그런 말 안 해도 너보다 오래 살 거다!"

"그럼 안 되죠!"

그렇게 투란도트의 지휘를 맡았다.

이틀 뒤 베를린 필하모닉과 도이체 오퍼에 이번 연주회의 지휘자가 나로 정해졌음이 공지되었다.

단원들은 푸르트벵글러에게 뛰어가 제발 그러지 말라고 애원했다.

"안 돼요! 셰프! 제발!"

"저 녀석이 우릴 어떻게 다루는지 아시잖아요!"

푸르트벵글러를 얼마나 존경하고 위하면 단 한 번 공연에 참가하지 않는다고 저렇게 애걸복걸할까.

단원들을 흐뭇하게 지켜보고 있는데 사무국 과장 대리 이

자벨 멀핀이 문자를 보냈다.

도이체 오퍼에서 방문했으니 푸르트벵글러와 함께 사무국 미팅실로 와달라는 이야기다.

"셰프, 시간 되었어요."

"그래."

"셰프! 셰프! 진짜 왜 그러는 겁니까! 이제 좀 살 만해졌는데 왜 그런 결정을 한 거냐고요!"

"악보 보셨어요? 3막 마지막 부분은 아예 다시 연습해야 할 판이에요. 제가 알고 있는 투란도트가 아니라고요!"

"도빈아! 아니, 악장! 도이체 오퍼랑은 이야기한 내용이야? 악보가 대체 왜 이래?"

다가오는 푸르트벵글러 양옆으로 수석들이 달라붙었다.

다양한 악기가 사용되는 것에 반해 악기 수 자체는 비교적 적기에 당연히 수석과 부수석을 우선으로 참가하게 했고 그 때문에 당황하는 듯하다.

"지금 막 이야기하러 가는 거예요."

"하지 마! 굳이 이야기까지 나누면서 바꾸려는 이유가 뭔데!"

"더 좋은 음악을 하려고요."

"……."

예상대로 내 뜻에 동의하는지 말이 없어졌다.

더 좋은 음악을 하기 위해 고통을 수반해야 함에 이견이 있다면 베를린 필하모닉의 단원이기 전에 음악가가 아닐 것이다.

노이어의 손을 잡고 말했다.

"걱정 말아요. 가장 멋진 무대로 꾸밀 거니까."

"무슨 뜻이야?"

"야외에서 하는 거니까 편성을 두 배 이상으로 하려 해요. 아마 전 단원이 나서야 할 거예요."

"뭐라고?"

그때까지 가만히 있던 평단원들도 일어섰다.

다들 기쁜 모양이다.

그렇게 푸르트벵글러와 함께 미팅실로 향했는데 콧수염이 멋진 남자가 먼저 기다리고 있었다.

도이체 오퍼의 총감독이자 오케스트라 지휘자인 구스타프 제르너.

푸르트벵글러와는 같은 선생에게 수학한 선후배 관계라고 들었다.

나와 인사하기 전에 두 사람이 눈인사를 주고받았다.

"안녕하세요, 구스타프 제르너."

"반갑네, 배도빈."

그와 악수를 나누고 자리에 앉았다.

"이번 오페라에 지휘를 맡는다고 들었네."

그가 곧장 본심을 밝혔다.

"나 역시 당신의 팬이지만 이번 일은 빌헬름 푸르트벵글러에게 의뢰했었네. 헤르베르트 카라얀과 함께 푸치니 해석의 최고 권위자에게 말이지."

툭-

구스타프 제르너가 말하는 와중에 푸르트벵글러가 악보를 그에게 던졌다.

내가 주석을 단 청음 악보다.

구스타프 제르너가 그것을 본 뒤 푸르트벵글러에게 물었다.

"이게 무엇입니까?"

"우리 악장이 청음한 악보일세. 그것부터 보고 이야기하지."

푸르트벵글러가 시가를 태우기 시작했다.

"꺼요."

"꼬맹이는 이 깊은 풍미를 모르지."

"일찍 죽는다고요."

"아, 글쎄 안 죽는다니까!"

"내뇨. 안 그러면 오렌지 주스를 뒤집어쓸 테니까."

"……마누라가 따로 없군."

그렇게 이야기를 나누는데 구스타프 제르너가 고개를 들었다.

"조용히 좀."

"……크흠."

"네."

그가 다시 악보에 집중하기 시작했다.

♪

오페라에 대해서는 안 좋은 기억이 많은데 만들려는 의지는 있었지만 마음에 쏙 드는 이야기를 찾기 어려웠고 의뢰를 받은 것 역시 그리 내키지는 않았다.

몇 차례의 실패 뒤 대본을 두 번이나 고치고 나서야 피델리오를 성공시킬 수 있었다.

언젠가는 제대로 된 오페라를 만들고자 했지만 그다지 손에 잡히지는 않았다.

'파우스트는 언제고 만들어보고 싶다만.'

다시 태어난 뒤에도 재밌는 일이 너무 많았기에 굳이 건들지 않고 있던 차, 타인의 오페라를 지휘할 기회가 생길 줄은 몰랐다.

좋은 경험이 될 것이다.

"흐음."

악보를 한참이나 살핀 구스타프 제르너가 신음했다. 악보를 테이블 위에 내려놓은 뒤 양손 끝을 모은 그는 고개를 끄덕였다.

"역시 배도빈답군. 과감한 해석이야. 시간이 없었을 텐데 설마 초안인가?"

"네."

"······더 믿을 수 없군."

푸르트벵글러가 대화에 끼어들었다.

"배도빈 악장의 음악이 베를린 필의 음악일세. 그러니 자네 가 잘 도와주길 바라네."

"어쩔 수 없군요. 알겠습니다."

구스타프 제르너가 내게 손을 내밀었다.

그의 악수를 반갑게 받아들였다.

지휘봉을 누가 잡는지에 대해 도이체 오퍼도 받아들였으니 이제 곡에 대해 이야기할 차례.

베를린 필이 주도하도록 했지만 도이체 오퍼 오케스트라가 전혀 참가하지 않는 것은 아니고.

무엇보다 총감독인 구스타프 제르너는 이에 대해 의견을 제 시할 권한이 충분히 있다.

이번 오페라 연주에서는 두 가지 큰 시도를 했는데, 하나는 3막의 일부를 다시 작곡하는 일이었고 둘은 사용되지 않았던 악기를 삽입하는 일이었다.

"마지막 부분이 인상적이더군. 설명해 줄 수 있나?"

꽤 부담이 있는 시도였기에 역시나 구스타프 제르너도 이에 대해 언급했다.

"네. 정확히는 일부를 다시 만드는 거지만요. 푸치니를 따라 하진 않겠지만 최대한 이야기에 어울리는 곡을 만들려고 해요. 초본은 보신 그대로고요."

"……솔직히 기대된다고밖에 할 말이 없군."

투란도트의 3막 중에 가장 가슴 아프고 화나는 장면은 류의 죽음이었다.

그 뒤의 음악은 그 전까지와 상당히 다른 느낌이라 이상하게 느꼈건만 알아보니 그 이유가 있었다.

류의 죽음과 티무르가 오열하는 장면까지 작곡한 푸치니는 그 뒤 생을 마감했고 나머지는 다른 사람이 작곡해 마무리했다는 것.

이 대작에 손을 대는 것은 내게도 크나큰 도전이다.

"네. 즐겁게 작업하고 있어요."

구스타프 제르너가 고개를 끄덕였다.

"흐음. 새 악기가 있는데. ……뭐라 읽는 건지 모르겠군."

"얼후라고 해요."

"아, 차이니즈 피들이군."

"차이니즈 피들이 아니라 얼후."

"실례했군."

명칭은 중요하다.

김치를 코리안 샐러드라 하거나 카레를 인디아 스튜로 부르는 것만큼 무례한 행위니까.

"얼후라는 악기는 생소한데 과연 해가 될지 득이 될지 의문이네."

"분명 큰 도움이 될 거예요."

사실 투란도트 자체가 중국을 배경으로 하고 있다지만 설정은 다른 세계라 인식하는 것이 옳다.

그러나 얼후가 그 동양에 대한 선망을 기반으로 한 신비한 이야기에 적절한 것도 사실이다.

내가 대교향곡에 아리랑의 반복구를 삽입하고자 노력하는 중인 것처럼 말이다.

"음. 자네 말이라면 믿을 수밖에 없지만 연주자는 어떻게 할 생각인가?"

"멋진 사람이 있어요."

단원들이 많이 빠져나간 상태.

도이체 오퍼의 위기 속에서 벌이는 초대형 공연이었기에 불안할 수밖에 없는 구스타프 제르너에게 중국의 천재 얼후 연주자를 설명해 주었다.

나와의 인연으로 한국에서 활동하기 시작한 소소는 지난 몇 년간 나나와 함께 샛별 엔터테인먼트의 간판스타로 자리매김했다.

그녀는 중국과 한국을 오가며 여러 연주회를 가졌고 그때마다 그녀의 실력에 걸맞은 평을 받으며 고정 팬을 늘려 나가는 중이었다.

그녀의 실력은 익히 알았기에 투란도트에서는 필히 소소를 영입하고 싶었다.

"그래서 소소가 와줬으면 해요."

-싫어.

멋진 연주를 할 수 있을 거란 생각에 전화를 걸었건만 소소가 언제나 그러하듯 단호히 말했다.

한국에서 오래 활동해서 그런지 한국말도 곧잘 한다.

"왜요?"

-도빈이 연습 힘들다고 소문 다 났어.

어떤 놈이 그런 헛소리를 퍼뜨리고 다니는지 모르겠다.

"다 거짓말이에요. 다들 얼마나 즐거워하는데요. 그리고 이번 일은 소소에게도 좋은 경험이 될 거예요."

-가면 맛있는 거 사 줘?

"그럼요."

-잠은?

"가우왕이 묵은 곳보다 더 좋은 방을 마련해 줄게요."

-TV도 좋아야 해.

굳이 이런 말을 안 해도 대우는 최고로 해주겠지만 꼼꼼하게 체크하는 모습이 기특하다.

어차피 소소야 집안에 틀어박혀 맛있는 음식과 드라마 DVD만 공급하면 밖으로 나올 리 없으니 그거라도 최대한 좋게 맞춰줘야 한다.

물론 내 돈은 아니고 도이체 오퍼가 지불할 돈이지만.

좋은 연주회를 위한 일이니까 혹시 그들이 부담스러워한다면 카밀라에게 부탁해 볼 일이다.

"그럼요. 그럼 히무라에게 연락할게요."

-응.

소소와 통화를 마치고 핸드폰을 내려놓기도 전에 전화벨이 울렸다. 누군가 싶어 확인하니 페인 킬러를 운영하는 칠삼이었다.

오랜만이라 반가운 마음에 곧장 전화를 받았다.

"아저씨."

-잘 지내냐~

칠삼의 목소리는 어딘가 모르게 조금 차분했다. 본래 말투가 느릿느릿하긴 했지만 조금 가라앉은 느낌이다.

"그럼요. 아저씨는요?"

-나야 뭐. 아, 아닌 게 아니라 달래랑 유럽 여행을 가는디 얼굴이나 한번 보면 싶어서 전화했지.

유럽 여행이라니.

칠삼이 큰마음을 먹은 모양이다.

"그럼요. 독일에 있게요?"

-글쎄 뭘 알아야지. 록페스티벌이 있어 그거 구경하고 독일로 가려고. 바쁠 텐디 괜찮겠냐?

다른 사람도 아니고 여러 악기를 소개해 주고 록 음악도 가르쳐 준 칠삼은 대환영이다.

"독일에 있을 땐 우리 집에서 머물러요. 언제 오는데요?"

-내일 출발하니께 베를린에는 한 일주일쯤 뒤에 가려고.

"기다릴게요. 연락해요."

-이이. 그려 그럼.

록페스티벌이라.

달래 녀석이 그간 열심히 베이스를 연습했는지 조금은 궁금하다.

단원들과 투란도트 연주에 관련한 미팅을 이어나가는 한편 도이체 오퍼의 가수들과도 만남을 가졌다.

모두 실력자들이라 공연이 기다려졌는데 그들과 함께 연습할 날이 다가올수록 조금씩 지루했던 일상에 탄력을 받기 시작했다.

그러는 와중에 박선영과 소소가 베를린에 왔다.

처음 만났을 때부터 먹는 걸로 친해진 두 사람은 이제 자매처럼 보일 정도다.

이제는 팀장인 박선영이 입을 삐죽 내밀고 말했다.

"마에스트로 배도빈 씨?"

"왜요?"

"우리 소속 연주자에게 일을 의뢰할 때는 회사를 통해 해주시겠어요?"

나와 소소가 시선을 마주한 뒤 동시에 박선영을 보았다.

뭐가 문제인지 모르겠다.

"잡으려고 했던 일정이 엉망이 되었잖아. *끄*윽. 난 망했어."

"작은 일에 연연하지 말아요."

"연연하지 마."

박선영이 이곳저곳에서 일을 많이 따내서 샛별 엔터테인먼트 소속 연주자들이 크게 만족하고 있다는 것쯤이야 잘 알고 있다.

그리고 그녀가 이번 기회가 소소에게도 큰 도움이 될 거라는 걸 모를 리 없으니 그저 투정일 뿐이리라.

얼후라는 악기가 동양적이라 중국 외에는 한국에 작게 팬층을 형성할 뿐.

이번 기회는 소소가 활동 반경을 유럽까지 넓힐 기회다.

"실은 좋은 기회 줘서 고마워. 소소한테도 큰 힘이 될 거야."

"알고 있어요."

"……내 농담은 왜 다들 안 받아주지?"

"히무라가 마음이 넓은 거죠."

웃으며 저녁 식사를 함께했다.

그리고 칠삼과 약속한 날.

기차역으로 마중을 나갔는데 칠삼이 어디서 구했는지 자기 몸만 한 배낭을 짊어진 채 비슷한 크기의 캐리어를 이끌고 나왔다.

그 옆에 삐쩍 마른 애가 함께 있었는데 못 알아볼 뻔했다.

진달래는 머리카락이 전보다 훨씬 자랐는데 턱까지는 검은 머리였고 그 아래는 탈색한 금발이 아무렇게나 자리하고 있었다.

적당히 자라는 대로 놔둔 느낌이다.

"여."

"야!"

"어서 와요."

칠삼의 우악스러운 손을 마주잡고 악수를 나누며 시선을 돌렸는데 진달래가 환하게 웃었다.

그러나 나는 순간적으로 웃을 수 없었다.

그녀의 오른손이 없다.

우리 가족과 박선영, 소소, 칠삼, 진달래가 함께했다.

"우와. 잘 먹겠습니다!"

"많이 먹어."

진달래가 힘차게 인사했고 어머니는 그런 진달래가 마음에 들었는지 밝게 웃으셨다.

오늘 저녁은 셰프가 솜씨를 뽐내 중식으로 차렸는데 디들 입에 맞는 모양이다.

소소와 박선영이 입을 가득 채웠고 진달래도 왼손을 어색하게 놀리며 식사했다.

"고맙습니다."

"저야말로 고마워요. 도빈이랑 떨어져 있을 때 이것저것 많이 도와주셨다면서요. 미리 인사드리지 못했네요."

"아뇨."

사투리를 쓰지 않으려 노력하는 칠삼의 말투가 무척 어색하다.

"언니, 나 저거 좀 줄 수 있어?"

진달래가 소소에게 말을 걸었고 고개를 돌려 음식을 확인한 소소가 그릇째로 가져다주었다.

"이렇게나?"

"입에 가득 넣어야 맛있어."

소소가 만두를 꾸역꾸역 입에 넣었다. 도토리를 가득 머금은 다람쥐 같다.

"이루케?"

자기를 따라 만두를 넣은 진달래를 보더니 소소가 웃었다.

식사를 마치고 박선영과 소소, 진달래는 저들끼리 어울리기 시작했는데 나는 세 사람의 사교성에 감탄했다.

게스트룸을 안내해 준 뒤 칠삼과 함께 옥상으로 올라왔다.

독일 생맥주를 권했더니 벌컥벌컥 잘도 들이켰다.

탄산수에 오렌지 과즙을 넣어 마신 나는 잠자코 그가 맥주잔을 비우길 기다렸고.

이내 칠삼이 허탈하게 웃으며 말했다.

"형을 무슨 얼굴로 봐야 할지 모르겠다."

그 목소리가 유난히 떨렸다.

'클래식도 괜찮잖아?'

배도빈이 독일로 떠나고 어느 순간부터 녀석의 곡을 찾아 듣게 되었다.

그렇게 확고한 눈으로 미래를 바라보는 녀석은 대체 어떤 음악을 하는지 궁금했다.

음악가 배도빈은.

딥 퍼플만큼이나 박력 있었고.

섹스 피스톨즈만큼이나 펑키했고.

미스터 빅만큼이나 세련되었다.

지루한 음악이라던 클래식에 대한 인상은 배도빈의 음악을 듣는 순간 잊히고 말았다.

멋지다고 생각했다.

"달래야, 정말 다시 생각할 수 없겠니. 네가 하고 싶은 음악 나중에 하면 돼."

"미안해, 아저씨. 아이돌이 이상하거나 저급해서 싫은 게 아니야. 하고 싶은 음악이 있다고. 음악할 때 거짓말하고 싶지 않아. 그뿐이야."

"……."

"고마웠어. 미안."

걸 그룹 데뷔 이야기를 계속해서 들었지만 역시나 무리.

그래도 나를 생각해 주는 승태 아저씨한테는 마지막으로 고맙다고 인사했다.

그러고는 음반을 내려면 뭐가 필요한지 알아보기 시작했다.

그 전에 내 곡을 써줄 곳을 찾아보긴 했지만 그런 곳이 있을 리가 없었다.

'없으면 내가 만들지 뭐.'

아무도 알아주지 않는 것 같지만 누군가는 내 음악을 듣고 기뻐해 줄 거라 생각했다.

'히익.'

CD 앨범을 만드는 데 이것저것 알아보니 최소 500만 원. 그마저도 녹음을 하는 데 대부분이었다.

홍보 비용까지 생각하면 그 이상일지도.

상상도 해본 적 없는 돈이라서 깜짝 놀랐는데 그마저도 제대로 진열하려면 발품을 엄청 팔아야 했고 오프라인 매장은 턱없이 적었다.

이런 식으로 앨범을 내는 사람은 많지만 대부분 자기만족일 뿐, 수입은 거의 없다고 한다.

현실이었다.

하지만 꿈은 다르니까.

노래하고 싶으니까 현실 따위 중요하지 않았다.

비틀즈도 처음에는 퇴짜 맞았다며.

"아저씨! 제발! 제발 한 번만 하게 해줘요."

"미성년자가 어딜 자꾸 기어들어 와? 너 이러는 거 부모님이 알아?"

처음에는 무작정 카페를 돌았다.

사장 아저씨들에게 사정하고.

개중에 운이 좋으면 베이스를 치고 노래를 부르기를 한 달 내내 하니까 마음씨 좋은 지터의 사장 아저씨가 매주 수요일에 두 곡씩 부르게 해주었다.

그렇게 노래를 부르면 3만 원을 택시비 하라고 쥐여줬다.

너무 기뻤지만 앨범을 내기에는 턱없이 부족했다.

"삼촌, 나 학교 그만둘래."

"헛소리하지 말고 자라."

"헛소리 아니야. 많이 생각했어. 들어줘, 삼촌."

"……."

끈질기게 삼촌을 설득해 고등학교는 결국 그만두었다.

"야."

"왜?"

"그 앨범이라는 거 얼마나 드냐."

"왜? 삼촌이 내주려고?"

"글씨 얼만데."

"됐어. 어차피 돈 주려면 가게에 있는 거 팔아야 할 거 아냐."

"이 자식이 삼촌 무시허냐."

"그것도 그렇고. 내 힘으로 만들고 싶어서 그래. 처음부터 끝까지."

삼촌은 끝끝내 졸업은 하라고 말렸지만 언제까지나 신세를 지고 있을 수만은 없었다.

"다녀오겠습니다!"

"차 조심혀!"

"웅!"

그리고 일을 시작했다.

"힘들 거야. 힘들면 아저씨들한테 꼭 말하고. 한눈팔면 안 되고. 알았지?"

"옙!"

"이 아저씨가 잘 가르쳐 줄 거야. 시키는 것만 하면 돼. 잘하려고 안 해도 되고."

"걱정 마요!"

어렵게 얻은 공장 일은 힘들었지만 괜찮았다.

사장 아저씨도 반장 아저씨도 어린 게 기특하다며 시급에만 원씩 더 얹어 주었다.

밥도 조금 짜긴 하지만 맛있었다.

학교를 그만두면 베이스를 연습하는 시간이라든지 작곡이라든지 노래를 부를 수 있는 시간이 엄청나게 늘 거라 생각했는데 그렇지도 않았다.

퇴근하고 삼촌 집에 오면 7시쯤 되었는데 그때부터 시작하면 6~7시간밖에 할 수 없었다.

다음 날 6시에는 출발해야 하니까.

그래도 학교를 다니면서 느꼈던 답답함은 조금도 없었다.

조금씩 느는 연주 실력을 자각하면서, 매달 삼촌에게 30만 원이라도 주면서 통장에 조금씩이지만 쌓이는 돈을 보면 영혼이 충족되는 것만 같았다.

살아 있다는 기분이 들었다.

물론, 쉽지만은 않았다.

가끔은 몸이 지쳐서 아빠가 생각날 때도 있었는데 그럴 때면 퇴근길에 떡볶이랑 순대를 사서 삼촌이랑 먹었다.

"맛있다. 그치?"

"네 아빠 닮아 떡볶이는 드럽게 좋아혀. 이?"

"이히히힛."

튀김도 살걸.

"있잖아, 삼촌."

"이."

"어렸을 때 이렇게 아빠가 떡볶이 사 오면 엄청 좋았거든."

"좋았겠지. 지금도 그리 꾸역꾸역 먹는디."

"아, 쫌!"

"크헤헤헷."

"……그런데 지금 생각해 보니까 떡볶이 사 오는 날이 아빠가 힘들었던 날이지 않았을까 싶어."

삼촌은 잠깐 간격을 두고 물었다.

"왜?"

"그냥. 힘드니까 삼촌이랑 웃으면서 맛있는 거 먹고 싶었거든. 아빠도 그렇지 않았을까?"

"……별생각을 다 허네. 먹었으면 어여 자."

"응. 먼저 자."

그렇게 겨울이 가고 봄이 왔다.

일도 익숙해지고 곡도 두 개나 만들어서 올해가 지날 즈음이면 내 손으로 직접 앨범을 낼 수 있을 것만 같았다.

그렇게 들떠 있을 때.

멍청한 짓을 해버리고 말았다.

"어."

왜 전날 밤에 무리해서 베이스를 쳤을까.

왜 하필 그날 베이스를 더 치고 싶었을까.

어쩌자고 졸았던 걸까.

왜 그런 바보 같은 짓을 저질렀을까.

잠깐 조는 사이에 장갑이 기계에 얽혀 들어갔다. 손을 빼낼 틈도 없었다.

"아아아악!"

"다, 달래야! 꺼! 기계 멈춰! 멈추라고! 달래야!"

놀란 아저씨들의 목소리가 차츰 멀어졌고 정신을 차려보니 오른손이 없었다.

손상이 심해서 어쩔 수 없었다고.

그런 말을 의사한테 들은 것 같다.

아빠가 죽은 날에도 울지 않고 날 감싸줬던 삼촌이 그렇게 우는 건 처음이었다.

"에이. 울지 마, 삼촌. 누가 보면 죽은 줄 알겠다."

"끄으으으으윽."

"나 괜찮아! 숟가락으로 밥 먹으니까 엄청 편하던데 뭐!"

친구들이 다녀갔고 김승태 아저씨를 포함해 옛 소속사에서 몇 명이 들렀다.

공장 아저씨들이 먹지도 못할 만큼 떡볶이랑 순대랑 튀김을 사와서 간호사 몰래 조금 먹었다.

간호사와 의사가 가끔씩 들렀고 옆에 있는 아주머니가 안타까운 듯 혀를 차며 배를 깎아 주었다.

지루한 날이 지나고.

퇴원해서 집에 돌아온 날.

이제야 베이스를 만질 수 있단 생각에 살짝 들떠 있었다.

그리고.

피크를 쥘 수 없었을 때.

몇 번을 들려고 해도 그럴 수 없었을 때.

그때야 참을 수 없었다.

"허끄윽."

절단면으로 줄을 튕기자 너무나 쓰라렸다.

"끄이익. 까윽."

소리도 뭉툭했다.

"허어억끅헉허어어엉."

붕대가 붉게 젖기 시작했다.

"달래야, 너 지금······."

눈앞이 울렁거려서 문을 열고 들어온 삼촌 얼굴을 제대로 볼 수 없었다.

"사암촌······."

아파서.

너무 아파서 눈물 너머 그렁대는 삼촌 얼굴을 보자 참을 수 없었다.

"끄허어어엉나헉끅. 나끄윽. 나 어떡흑. 해?"

어떻게 해야 할까.

갑자기 멈춰버린 일상과 무심코 찾아오는 환각통.

어떻게 받아들여야 하는지 배운 적도 없는데, 그 지독한 고통을 버텨야 했다.

나락은 빠져나올 생각조차 할 수 없을 정도로 깊고 어두웠다.

일은 못 하니까 방에 혼자 있으면 음악을 틀어놓고 가만히 있을 뿐이었다.

무엇을 해야 좋을지 모르겠어서.

그저 그러고 있을 뿐이었다.

그러다 문득 좋은 생각이 떠올랐다.

"무슨 짓이냐?"

"보고만 있지 말구. 이거 테이프로 여기 좀 감아봐."

"이게 이런다고 되나?"

"모르잖아."

손목에 어떻게든 피크만 고정시킨다면 손가락이 없어도(연주법에는 한계가 있겠지만) 어떻게든 가능할 거라 생각했는데.

한 번을 제대로 튕기지 못했다.

몇 번을 반복했지만 손을 대신할 순 없었다.

그래. 어쩔 수 없어.

'어쩔 수 없어. 이제 된 거야.'

받아들일 수 없고 인정하기 싫지만 그렇게 생각해야 한다는 걸.

현실을 받아들여야 한다는 걸 깨닫는 순간이었다.

그러다 무대를 내주었던 지터의 사장 아저씨에게서 연락이 왔다.

밖에 나가면 사람들이 다들 날 보는 것 같아 나가기 싫었는데, 아저씨는 막무가내로 나오라고 했다.

"죄송해요. 저 이제 노래 못 할 것 같아요."

"왜?"

"……."

"처음 왔을 땐 그렇게 사정, 사정하더니 이제 와서 못 하겠다고?"

나도 모르게 울컥 했다.

"아저씨가 뭘 알아! 무대에 서면. 무대에 서면 다 볼 거 아니야! 누가 손도 없는 사람을 보고 싶다는 거야! 수군대고 이상한 눈으로 보는 거! 아저씨가 알아? 그 기분 아냐고!"

손을 잃은 뒤 누군가에게 그렇게 소리친 적은 처음이었다.

나도 모르게 터진 감정들이 마구 얽히고 날뛰어 아무 말이나 내뱉었다.

그 말을 모두 들은 지터 사장 아저씨는 사과하지 않았다. 변명도 않고 다시 한번 내 등을 떠밀었다.

"다들 기다리고 있잖아."

그 말이.

나를 기다리고 있다는 말이.

내 노래를 기다리고 있다는 말이.

나를 다시 무대에 오르게 했다.

칠삼이 토해내듯 그간의 이야기를 들려주었다.

칠삼은 여전히 자책하고 있었다.

그의 잘못이 아니라고 위로했지만 지금은 어떤 말도 받아들일 수 없음을 잘 알기에 그저 함께 있어줄 뿐이었다.

아래에서 여전히, 아니, 전보다 훨씬 밝게 웃고 떠드는 진달래는 아마 아직 자신의 상황을 받아들이지 못했을 것이다.

갈망이 클수록.

그것이 막혔을 때 인간이 어디까지 미치는지.

경험으로 알고 있다.

저 어린 마음속에, 웃는 얼굴 뒤에 얼마나 많은 눈물을 흘리고 있을지, 분노를 감추고 있을지.

그것을 아는 이상 극복할 수 있다는 말 따위 할 수 없었다.

그저 예전처럼 똑같이 대해주는 것이 최선의 길이라고.

그리고 만약 그녀가 다시 자신의 길을 찾아 걷기 시작한다면 그때 등을 떠밀어 주는 게 진달래를 위한 일이다.

다음 날.

일어나서 1층으로 내려가자 도진이가 진달래와 책을 보고 있었다.

나란히 앉은 두 사람의 표정이 너무나 대조적이다.

"너무 어려운데?"

"아냐. 하나도 안 어려워."

도진이가 책 내용을 설명해 주는 것 같다. 무척 불만이라는 듯 토라졌다가 나를 발견하곤 뛰어왔다. 어제보다 더 무거워진 것 같아 쑥쑥 크고 있구나 싶다.

"좋은 아침!"

"그래."

"아침부터 우중충하네?"

"수면 부족."

"잠은 많이 자야지! 어?"

진달래가 갑자기 버럭 화를 냈다.

"공연 준비해야 해."

"공연? 무슨 공연?"

"투란도트."

푸르트뱅글러가 이런 느낌이었을 것 같다.

진달래가 얼굴 가득 물음표를 채운 채 물었다.

"그게 뭔데?"

"오페라. 푸치니의 유작이야. 이것저것 다른 시도를 구상 중이라 생각할 게 많아."

"뭔지 모르겠지만 나도 구경해도 돼?"

"……알아보겠어?"

"와! 너 나 무시한다? 음악 공부는 어렸을 때부터 꾸준히 했다고!"

그렇게 말하기에 작업실로 가 악보 꾸러미를 바닥에 놓고 펼쳐주었다.

"음음!"

잠시 그것을 바라보던 진달래가 웃었다.

"히히히힛. 한 개도 모르겠다. 이게 다 뭐야?"

그 웃음이 무척 밝아서.

절망 속에 빠져 있는 것만은 아닐지도 모른다고 생각했다.

진심으로 그러길 바랐다.

♪

진달래가 온 뒤로 저녁 식사 자리가 무척 떠들썩해졌다.

"아, 완전 대박이었어. 봐봐!"

"그러게."

"그치!"

칠삼과 함께 베를린을 구경한 진달래가 사진을 보여줬다.

밖에 나가는 걸 싫어하는 소소를 억지로 끌고 구경할 게 많은 베를린 시내를 다니는 게 즐거운 듯했다.

덩달아 어머니도 도진이와 함께 재밌게 지내시는 것 같다.

"매번 감사합니다."

"별말씀을요. 달래가 와서 사람 사는 것 같은데요."

"철없는 녀석이라 폐는 아닌지 모르겠습니다."

달래가 어색한 억양의 표준어로 인사하는 칠삼의 등을 퍽퍽 때렸다.

어머니가 웃으신다.

"아니에요. 정말 즐거워요. 그치?"

"네! 엄청 재밌었어요!"

잘 지내는 것 같아 기쁘다.

"그렇다면 다행입니다. 모레는 돌아가려 하는데 그간 감사해서…… 이거라도 받아주세요."

칠삼이 아버지께 꽤 좋아 보이는 코냑을, 어머니께 봉투를 하나 내밀었다.

"아니. 이러지 않으셔도 되는데."

"성의라고 생각해 주세요."

부모님도 한 번 거절하시다가 마냥 거절하는 것도 성의를 무시하는 일이라 생각하셨는지 기쁘게 받으셨다.

"형아, 누나 이제 가?"

도진이가 물었다.

"그런가 봐."

"누나, 가지 마. 더 놀자."

도진이 뒤에 박선영, 소소도 진달래에게 가지 말라고 했다.

"좀 더 놀다 가."

"너 웃겨. 더 놀자."

"하하하핫! 웃기대. 맞아, 내가 재밌긴 하지."

"달래야, 그러지 말고 좀 더 놀다 가. 칠삼 씨도 괜찮으시면 함께요."

어머니께서도 권유했지만 칠삼이 고개를 저었다.

"가게를 오래 비워서 돌아가야 합니다."

페인 킬러에서 구하지 못하는 밴드 음악 악기는 우리나라에서 못 구할 정도니 그곳을 찾는 사람들에겐 이 2주가 무척 답답했을 거다.

슬쩍 고개를 돌려 진달래를 보니 녀석도 많이 아쉬운지 표징이 그리 좋지 못하다.

그렇게 즐거워했으니 좀 더 있고 싶겠지만 아마 성격상, 입장상 고집을 부리지 못하는 것이리라.

'돈 걱정 하는 거겠지.'

솔직하고 털털한 녀석 같으면서도 그런 부분에 있어서는 답답한 녀석이다.

어쩔 수 없다고 생각하면서도.

"좀 더 있었으면 좋겠는데."

"어?"

도진이에게 미트볼을 먹여주며 입을 열었다.

"도진이도 아쉬워하는 것 같고. 아직 구경 못 한 것도 많잖아. 돌아가서 할 일 없으면 좀 더 있어. 여기서 지내면 아저씨도 걱정 안 해도 되잖아. 그렇죠?"

"흐음."

"그래요. 달래 걱정은 마시고요."

어머니께서 말씀하시자 칠삼이 진달래에게 물었다.

"어쩔래?"

"……그래도 돼요?"

진달래가 조심스레 물었고 어머니는 대답 대신 웃어주셨다.

"감사합니다!"

♪

몇 차례의 미팅을 나누고.

오늘부터는 본격적인 연습을 위해 모두 모였다.

도이체 오퍼와 함께하기에 그들의 연습실에 모였는데, 물론 소소와 그녀의 매니저 박선영도 함께했다.

단원들에게 소소를 소개했다.

"중국의 얼후 연주자 소소예요. 5주 뒤 우리와 함께 투란도트를 연주할 사람이에요."

예상대로 다들 생소한 눈빛으로 그녀를 대했다. 그러나 뜻밖에도 알아보는 사람이 있었다.

악장 케르바 슈타인이 나서서 악수를 청했다.

본래는 레몽 도네크가 악장으로 나설 예정이었는데 그가 일신상의 문제로 휴가를 내 이번에도 케르바 슈타인과 함께하게 되었다.

"반가워요, 소소. 19년 연초 베이징 연주회 잘 들었어요. 악장 케르바 슈타인이라고 합니다."

박선영이 케르바 슈타인의 말을 전달해 주었고 소소가 고개를 숙여 인사했다.

평소대로 무표정했고 케르바 슈타인의 손이 무안해지자 박선영이 소소의 허리를 쿡 찔렀다.

"아."

그제야 케르바 슈타인의 손을 잡고 악수를 나누었는데 정말 사회성이 부족한 친구다.

하지만 그 실력만큼은 이 내가 최고로 인정한다.

♪♬♪♩

소소가 짧게 얼후를 연주했고.

그녀를 보는 베를린 필과 도이체 오퍼 오케스트라의 눈이 달라졌다.

그 뒤에는 차례로 베를린 필과 도이체 오퍼 사람들에게 서로를 소개했다.

사실 어지간하면 다들 얼굴과 이름은 알고 있지만 이 번거롭고 작은 과정이 한 번의 무대를 위한 시작이다.

모두 그 중요함을 인지하고 있다.

"시작하겠습니다."

케르바 슈타인에게 시선을 주자 그가 단원들에게 연습 준비를 시켰다.

악기 편성은 실외 대무대를 고려하여 확대 편성하였는데.

이만한 규모를 지휘하는 것은 처음이라 조금은 긴장된다.

현악5부의 구성원이 기존 베를린 필의 1.5배에 달했으며.

추가로 들어선 하프는 다섯 대나 동원되었다.

거기에 1막과 3막에 등장하는 소소의 얼후까지 하니, 현악부 인원만으로도 어지간한 정규 편성급 오케스트라 규모였다.

관악기의 경우도 현악기와 마찬가지로 일반적인 규모를 넘어섰다.

특히나 내가 다루지 않았던 악기도 많아 악보를 만들고 고치는 데 여간 고생이 아니었다.

플루트가 여섯, 오보에 넷.

코랑글레(잉글리시 호른) 둘, 클라리넷 다섯, 베이스 클라리넷 하나.

바순 넷, 콘트라바순 하나, 호른 열, 트럼펫 여섯, 트럼본 다섯, 튜바가 한 대.

타악기는 팀파니가 한 대, 큰북이 넷 작은 북이 아홉 대로 그 외 심벌즈(1), 공(1), 종(3), 첼레스타(1), 글로켄슈필(1) 등이 자리했다.

야외라 오르간을 어찌 대체해야 좋을지 고민하다 결국 과감히 배제.

각 악기별로 악보를 따로 만드는 데에만 꼬박 2주가 걸렸으니 과연 예전과 지금을 통틀어 내 일생 최대 규모라 할 수 있었다.

도이체 오퍼에서 준비한 연습실이 충분히 넓지 않았다면 연습마저 인원을 나누어 했을 판이다.

'거기다 가수들까지 있으니까.'

지휘봉을 들어 올린 후.

힘주어 내뻗자 연합 오케스트라가 C단조의 서곡을 비장하게 연주하기 시작했다.

첫날 연습을 마친 이들이 삼삼오오 모여 저녁 식사를 함께했다.

같은 대학 출신인 베를린 필하모닉의 케르바 슈타인과 도이체 오퍼의 바이올리니스트 노마 앨런이 중심이 되었다.

화제는 자연스레 오전, 오후에 걸쳤던 연습에 관한 이야기로 굳어졌다.

노마 앨런이 맥주를 들이켠 뒤 말했다.

"베를린 필의 연습이 빡빡한 건 알았지만 이 정도일 줄은 몰랐다고. 마왕이 괜히 마왕으로 불리는 게 아니더만?"

"하하하! 배도빈 악장이 깐깐하게 보는 편이지."

케르바 슈타인의 말에 일부 사람이 고개를 끄덕였다.

이미 인류의 보물 취급을 받는 배도빈을 의심하진 않았지만 이번 공연은 그 난이도가 전혀 달랐다.

여태껏 없었던 규모의 투란도트를 기획했기에 도이체 오퍼는 극장의 사활을 걸고 나섰고 배도빈은 그에 호응해 주었다.

앞선 몇 차례의 미팅에서 받은 새로운 투란도트의 악보는 거의 모든 부분에 주석이 붙어 있었고 심지어는 추가된 부분과 수정된 부분도 심심치 않게 있었다.

그 과정에서 얼후처럼 새롭게 추가된 악기도 있었고 오르간처럼 배제된 것도 있었다.

"솔직히 말해 악보 처음 봤을 때는 당황했죠. 이게 푸치니의 투란도트인지 아니면 배도빈의 신곡인지 말이에요."

누군가의 말에 다들 웃었다.

그들 역시 같은 생각이기 때문이었다.

그러나 막상 연습을 통해 한 번 맞춰보니 그런 생각은 조금도 들지 않았다.

푸치니가 만약 살아 돌아와 이와 같은 대규모 무대를 준비한다면 현대 음악 팬들의 취향과 다양하게 발전된 악기를 이처럼 적극적으로 쓰지 않았을까 싶을 정도로.

투란도트의 서사를 완벽하게 아우르고 있었다.

"악기별 악보만 놓고 보면 그렇게 생각하는 것도 무리는 아니지."

케르바 슈타인이 말했다.

노마 앨런이 그 말을 받았다.

"단편만 놓고 보니 수정된 부분이 너무 많더라고. 원곡과 너무 달라지진 않을까 걱정할 수밖에. 그런데 웬걸? 해보니까 알겠더라. 왜 그렇게 수정했는지."

단 하루뿐이었지만 도이체 오퍼 오케스트라는 배도빈이 편곡한 투란도트의 진가를 조금이나마 알아볼 수 있었다.

그들 역시 오페라 음악을 평생 해왔던 이들로서 프로 중의 프로였기 때문이었다.

"전 너무 신기했어요. 될까? 싶은 게 막상 연주해 보니 맞물리는 느낌이더라고요."

"적절한 표현인지는 모르겠지만 나도 느꼈어. 불안한 게 없더라고. 뒤에 어떤 음이 들릴지 너무 기대되는데 정말 딱 바라는 소리가 들리더라."

"맞아. 유기적이라고 해야겠지. 그런 느낌은 정말 오랜만이었어."

대화를 나눌수록 그들은 배도빈의 천재성을 지식으로 받아들이게 되었다.

그간 피부로만 느꼈던 것이 의견을 나누는 과정에서 그에 대한 인상이 보다 명확해진 덕이었다.

케르바 슈타인은 열띤 토론을 시작한 지인들을 둘러보며 슬며시 미소 지었다.

'대단하긴 하지.'

각기 자기 파트의 악보를 먼저 확인하기에 오케스트라 연주자들은 전체 곡이 어떠한지 파악하기 힘든 게 사실이었다.

그런 상황적인 요소를 배제하더라도 오케스트라 곡을 악보만으로 완벽히 그려낼 수 있는 능력은 음악가들 사이에서도 드문 재능이었다.

왜 위대한 지휘자가 존재하는가.

일부 팬 중에서는 연주는 결국 연주자들이 하는데 지휘자가 왜 중요한지에 대해 의문을 가지는 사람이 많다.

'연습을 하면 지휘자가 있으나 없으나 똑같은 거 아니에요?'

'빈 필하모닉 같은 곳에 무능한 지휘자가 있다 해도 빈 필의 연주가 나쁠까요?'

그러나 그 말들은 지휘자가 어떤 역할을 하는 존재인지 정확히 모르기에 할 수 있는 생각이었다.

조각나 있는 수많은 악보와 그것을 연주하는 악기를 아울러 '음악'으로 만드는 것은 오직 지휘자의 역량에 달린 문제.

독주가 아니기에.

수십 대의 악기가 하나처럼 노래하기 위해서는 지휘자의 조율이 필요했고 지휘자는 모든 악기를 이해하고 있어야만 그것을 악보에 담을 수 있고.

오케스트라를 이끌 수 있는 것이다.

배도빈이 투란도트의 악보를 단 3주 만에 세밀한 주석을 포함한 각 악기별 악보를 작성한 것은 불가능에 가까운 일이었다.

적어도 케르바 슈타인이 알고 있는 음악가 중에서는 푸르트벵글러와 배도빈이 유이했다.

"아, 그러고 보니 도네크 악장은 괜찮은 거예요?"

케르바 슈타인이 잠시 사색에 잠겨 있을 때 단원 중 한 명이 또 다른 악장의 안부를 물었다.

본래 투란도트 때 악장 역할을 하기로 내정되었는데 그것을 케르바 슈타인에게 넘기면서까지 휴가를 내니 걱정하는 것도 당연한 일이었다.

"글쎄. 개인적인 일이라길래 굳이 물어보지 않았어. 급한 일이 생겼겠지. 큰일이 아니어야 할 텐데."

그 말을 듣고 있던 한 사람이 대화에 끼어들었다.

"그러고 보니 도네크 악장의 아들이 아프다고 들었어요."

"아."

그 말에 다들 탄식했다.

평소에도 단원들에게 가족사진을 보여주며 미소 짓는 레몽 도네크였기에 그가 얼마나 심적으로 힘들어하고 있을지 대충 짐작이 되었다.

잠시 우울해진 분위기를 뒤로 하는데 도이체 오퍼의 노마 앨런이 그의 친구에게 물었다.

　"케르바, 그나저나 우리가 이렇게 찬양하고 있는데 배도빈 악장은 어디에 간 거야?"

　"하핫. 알아볼 게 있다고 하던데 무슨 일인지는 모르겠네. 그리고 아직 미성년자라고. 맥주를 마시기엔 이르지."

　"뭐? 이런. 한잔하려면 아직 멀었구만."

　노마 앨런이 아쉬운 듯 맥주를 들이켜 잔을 비워냈다.

　"다녀왔습니다."

　늦은 시간 배도빈이 귀가했다.

　1층 거실에서 책을 읽고 있던 유진희가 아들을 맞이했다.

　"늦었네? 밥은 먹었어?"

　"네. 미팅이 있어서요. 알아볼 일도 있고."

　"고생했어. 오늘도 작업할 거지?"

　"네. 먼저 주무세요."

　배도빈이 꽤 피곤해 보였기에 유진희는 얼른 아들을 올려보냈다.

　배도빈이 바쁘게 움직이는 건 여러 번 봐왔지만 볼 때마다 걱정되는 것은 어쩔 수 없었다.

음악을 좋아하는 아들은 무슨 일을 시작하면 몸을 챙기지 않고 달려들었고 이번에는 특히 어려워하는 듯해 더욱 걱정되었다.

"벌써 11시네."

슬슬 자야겠다고 생각한 유진희는 배도빈이 작업할 때 머을 수 있도록 주스와 과자를 챙겼다.

'어쩜 자기 아빠를 그렇게 닮는지.'

배영준 역시 최근 일곱 점의 유물을 발견해 연구실에만 틀어박혀 있었다.

무엇 하나에 빠져서 그것만 보는 외골수적인 면은 남편인 배영준이나 아들 배도빈이나 마찬가지였다.

"나는 괴물이다!"

"으햐햐!"

그때 1층 놀이방에서 진달래와 배도진이 뛰쳐나왔다.

진달래에게 잡힌 배도진이 꺄르르 웃었고 유진희는 그 모습을 보며 슬쩍 웃은 뒤 엄한 목소리로 말했다.

"도진아, 이제 자야지?"

배도진이 고개를 끄덕이곤 이를 닦기 위해 샤워실 앞 세면대로 향했다.

진달래가 멋쩍게 웃었다.

"죄송해요. 놀다 보니까 늦었어요."

"아니야. 괜찮아. 도진이가 저렇게 재밌게 노는 거 오랜만에 보거든. 놀아주니 고맙지."

책만 읽어 걱정이었던 둘째가 진달래가 온 뒤로는 꽤 활발히 놀아서 유진희는 걱정을 덜 수 있었다.

"주스 마실래?"

"네. 이건 뭐예요?"

진달래가 쪼르르 다가가 유진희가 건넨 주스를 받아 마시고 물었다.

"도빈이 와서. 늦게까지 일하면 배고플 테니까. 더 있으니까 먹어."

사양하지 않고 하나를 뜯어 먹은 진달래가 물었다.

"이 시간에 들어왔어요?"

시간을 확인하니 꽤 늦은 시간이기에 진달래는 의아했다.

"응. 바쁜가 봐."

"대단한 것 같아요."

"지금은 그래도 그러려니 해. 네 살, 다섯 살 때부터 밤새우면서 곡 쓰고 그랬으니까. 그땐 정말 걱정이었어."

유진희는 웃으며 덤덤하게 말했지만 진달래는 놀랐다. 어려서부터 이렇게 늦게까지 무엇인가를 했다고 하니 쉽게 믿을 수 없었다.

유진희가 쟁반을 들려 하기에 과자를 다 먹은 진달래가 먼저 선수를 쳤다.

"제가 가져다줄게요. 6층으로 가면 되죠?"

"아니야. 아줌마가 갈게."

"신세 지고 있으니까 이런 것쯤은 맡겨주세요."

한 손으로 들기 꽤 불편해 보였는데 굳이 걱정하는 것처럼 들릴까 봐 유진희는 어쩔 수 없이 고개를 끄덕였다.

"그래. 그럼 부탁할게. 고마워."

유진희가 세면대로 향했다. 혼자서도 잘 씻는다고 하지만 항상 물만 묻히는 도진이가 이는 잘 닦는지 확인하기 위해서였다.

진달래가 엘리베이터를 타고 6층에 내렸고 작업실 문 앞으로 가서 말했다.

"문 좀 열어줘. 간식 가져왔어."

잠시 뒤 배도빈이 문을 열고 그것을 받았다.

흔들리지 않으려고 쟁반을 꽉 쥐고 있어 고통스러웠던 진달래의 왼팔과 왼손이 비로소 쉴 수 있었다.

"고마워."

배도빈이 쟁반을 책상 옆에 두었고 다시 악보를 살피기 시작했다.

진달래는 그 넓은 방 가득, 어지럽게 놓인 악보들을 보며 입을 벌렸다.

이런 식의 작업 환경은 처음 보는지라 슬쩍슬쩍 악보를 구경했다.

"뭐 해?"

"아니, 그냥. 신기해서. ……지금 뭐 하는 거야?"

"오늘 연습을 해보니 튜바가 버거워 보여서. 수정 중이야."

"튜바? 아, 그 큰 거?"

"큰 거라니."

"안 커?"

"……크지."

'크기야 하지만.'

배도빈은 그런 악기는 너무 많아 적당한 표현이 아니라 생각하며 다시 악보에 집중했다.

베토벤 사후 여러 악기가 나왔고 튜바도 그중 하나였다.

그것을 직접 연주해 본 적 없는 배도빈은 작곡할 때 튜바의 특징과 한계에 대해서는 고려하지 못했었다.

지금까지는 베를린 필하모닉의 튜바 연주자가 너무도 뛰어나 별문제 없었고 그 때문에 해당 부분에 대해 상정하지 않은 배도빈은 튜바의 부드러우면서도 묵직한 음색을 활용하고자 다른 곡보다 적극적으로 활용하려 했다.

그런데 오늘 연습 도중 도이체 오퍼 오케스트라의 튜바 주자가 연주에 어려움을 보였기에 연습 뒤 그와 따로 면담을 가진 것이다.

'연습 때 조금 힘든 것 같았어요. 템포가 빨랐나요?'

음이 뭉개지는 현상에 대해 굳이 집어 말하지는 않았지만 튜바 연주자도 자신의 연주가 완벽하지 않았음을 알고 있었다.

'네. 아무래도.'

여러 곡을 통해 튜비의 가능성을 확인한 배도빈은 편곡을 어느 정도 실험적으로 진행했고 그것이 문제였다.

크기가 큰 만큼 힘도 많이 드는 악기인 튜바 연주자가 그 빠른 템포를 따라가다 보니 자연스레 연주가 망가진 것.

배도빈은 악보를 보여주며 튜바 주자가 힘들어하는 부분을 확인했고 그의 정확한 지적에 튜바 주자는 순순히 고개를 끄덕였다.

그 대화는 배도빈이 악장, 지휘, 작곡을 하는 데 반드시 필요하다 생각했던 부분이었다.

아직 배워야 할 게 많았기에 배도빈은 종종 이런 일이 생길 때마다 한 명씩 이야기를 나누었는데, 그것이 베를린 필이 배도빈을 가장 높게 사는 이유 중 하나였다.

완벽하게 보이지만 자신의 무지함을 누구보다 잘 아는 악장은 아주 작은 문제라도 잡아냈고 집요하게 질문을 던져 해결해내고야 말았다.

"의외네."

조용히 지켜보고 있던 진달래가 입을 열었다.

"뭐가?"

"결국에 박자를 빠르게 잡은 걸 연주자가 소화 못 했다는 거잖아?"

"그렇지."

"난 그럼 연주자를 바꿀 거라 생각했어. 너 고집 세잖아."

"그것도 고려할 일이지."

배도빈이 무심하게 답했다.

"하지만 이건 베를린 필하모닉과 도이체 오퍼의 연주야. 그가 감당하지 못한다고 다른 사람을 데려오면 우리 연주가 아니게 되잖아."

배도빈이 펜을 내려놓고 주스 잔을 들었다.

"그거야 그렇지만…… 너도 편곡할 때 그게 가장 좋으니까 그렇게 바꿨을 거 아냐. 그 연주를 못 하게 되면 아쉽지 않아?"

"아쉽지."

배도빈이 주스를 단숨에 비운 뒤 잔을 내려놓았다.

다른 스케줄로 빠진 베를린 필하모닉의 튜바 수석 지오 마틴이었다면 수월히 연주했을지도 모른다고 생각했다.

루트비히였을 적이라면 지금의 튜바 주자를 해고했을지도 모른다.

하지만 배도빈은 그게 전부가 아님을 깨달았다.

"최고의 연주를 위해서라면 뭐든 하겠지만 구성원을 버리는 건 다른 문제야. 이게 아니면 안 된다고 판단했으면 어쩔 수 없이 주자 교체를 생각했겠지만."

과자를 입에 넣은 배도빈이 잠시 말을 멈췄다. 그 맛을 음미한 뒤 펜을 들며 설명을 이어나갔다.

"이 편곡은 베를린 필, 도이체 오퍼의 연합 공연을 위한 거니까 구성원에 맞출 필요도 있어. 내 곡이었으면 고치는 일 없었어. 네 말대로 더 잘하는 사람을 찾았겠지."

"어렵다."

"예를 들어 악기 수도 마찬가지야. 실외에서 공연하니 아무리 음향 시설이 좋아도 음량이 부족할 수밖에 없잖아. 그래서 이번에는 더 늘린 거고. 상황에 맞춘다는 의미야."

단 한 번의 연주를 위한 맞춤 악보를 만든다는 말에 진달래는 조금 놀랐다.

악보는 이 넓은 방의 바닥을 모두 가릴 정도로 많았다.

모두 투란도트를 위해 준비된 악보란 걸 알고 있는 진달래로서는 솔직히 엄두가 나지 않았다.

단 한 번의 연주를 위해 이 많은 량의 업무를 감당한다니. 아니, 자청한다니.

지휘자가 이렇게 많은 일을 하는지 몰랐던 진달래가 혀를 내둘렀다.

"대단하네. 다들 이러는 거야?"

"적어도 나랑 푸르트벵글러는 그래."

진달래는 다시 악보에 집중하기 시작한 배도빈을 보며 생각했다.

'엄청 열심이네.'

세기의 천재.

그녀 역시 배도빈을 달리 보지 않았다.

그가 해낸 일들은 믿기지 않을 정도로 대단했고 그 결과물은 천재라는 말 이외에는 설명할 길이 없었으니까.

그러나 베를린에 있으면서 본 배도빈은 항상 음악과 함께 있었다.

공부할 게 더 있나 싶은데, 당연히 뭐든 뚝딱 해낼 듯싶었는데 그게 아니었다.

항상 새로운 것을 찾았고 변화를 추구했다.

듣고 연주하고 쓰는 것뿐만이 아니라 타인과의 교류를 통해 자신의 부족함을 채워나갔다.

발전시켰다.

그 과정이 너무도 고통스럽고 두렵다는 것을 진달래는 잘 알았다.

'방해하고 있는 건가?'

문득 자기가 방해하고 있을지도 모른다는 생각에 진달래는 조심스레 배도빈의 작업실에서 나왔다.

♪

　도이체 오퍼와 베를린 필하모닉의 투란도트는 전례 없는 규모로 준비되었다.

　무대 준비에 20억 원이 소요되었고.

　등장하는 배우만 300여 명(보조 배우 포함)에 달했으며 메인 가수들과 50명의 합창단.

　두 악단의 연합 오케스트라 역시 역대 최고급 인원을 자랑했다.

　더군다나 이 공연을 위해 천재 작곡가 배도빈이 자코모 푸치니를 대신해 그의 제자 프란코 알파노가 만든 부분을 새롭게 작곡.

　대규모 편성과 현대적 감각에 어울리게 앞선 부분을 편곡했다고 하니 음악계는 물론 일반 팬 사이에서도 크게 주목받을 수밖에 없었다.

　일반석 300유로라는 고액의 티켓이 75,000매 전량 판매된 것이 그 증거.

　런던파에 속한 영국, 이탈리아, 프랑스 등지에서도 음악 팬들은 티켓을 구하지 못해 난리였다.

　└티켓 구한 사람 있냐 ㅠㅠ
　└간신히 구함. 와이프랑 갈 수 있다니 진짜 운이 좋았다.

└나한테 팔면 안 됨? 두 배로도 삼.

└ㅎㅎ 너 같으면 팔겠냐?

└티켓도 못 구하고 어쩔 수 없이 블루레이랑 음반으로 사야지. 진짜 기대된다.

└난 좀 걱정되던데. 배도빈이 암만 천재라도 지휘 경험이 많지도 않고 워낙에 대작이라 괜한 소리 나올 것 같음.

└배도빈 견제하는 사람들이야 항상 있었지.

└ㅇㅇ 그래서 괜한 먹이 주는 거 아닌가 싶네.

└믿음이 부족한 자여, 왜 의심하느냐. 마왕께서는 흔들리지 않으신다.

또 다른 명반이 나올 거라는 기대와 대작을 건드려 괜한 비판을 받게 될 거라는 우려.

그 외에도 여러 이야기가 나오는 와중에도 투란도트는 차분히 준비되어 마침내 올림피아슈타디온 베를린의 막이 오르기 시작했다.

공연을 5분 앞두었다.

개인 대기실에 있다가 단원들이 무대로 오르는 모습을 보기 위해 스테이지 뒤로 향했고.

한 명, 한 명과 눈인사를 하며 무대로 올려 보냈다.

악장 케르바 슈타인의 차례에 그가 말없이 씩 하고 웃어 보였다.

그와 단원들의 눈에서 나를 신뢰하고 있음이 전해졌다.

단원들이 각자 자리에 앉았다.

악기 점검은 몇 번이나 했을 텐데 각자 위치에서 다시 한번 확인하고 몸을 푼다.

눈을 감고 정신을 집중하기도 긴장을 풀어내고자 소리를 내보기도 하면서 각자의 방식으로 공연을 준비한다.

밖에서는 알 수 없는 소리가 웅성이고 있다.

75,000명이 한자리에 모인 만큼 당연한 일일 터.

조명이 켜지고 사람들은 박수로 단원들을 맞이했다.

저만한 수가 모이니 그것만으로도 귀가 떨어질 듯했다.

케르바 슈타인이 일어서 오보에 수석에게 시선을 주었고 그가 A음을 내어 주자들이 마지막 점검을 시작했다.

"떨린다."

곁에 있는 소소가 드물게 긴장했다.

여러 차례 개인 무대를 가졌던 그녀도 이만한 규모는 처음일 것이다.

그녀뿐만이 아니라 베를린 필과 도이체 오퍼 그리고 내게도 처음이다.

앞으로 이런 공연을 또 할 수 있을지도 알 수 없을 만큼 큰 무대.

'성공시켜야 해.'

재정난과 인력 부족에 시달리는 도이체 오퍼의 사운이 걸려 있고, 다음 기회는 이번 공연의 성패로 결정될 것이다.

베를린 필하모닉이 세계 최고라는 것을 증명해야 한다.

푸르트뱅글러가 이렇게 큰 무대의 지휘를 맡긴 것과 팬들의 마음에 부응하기 위해.

베를린 필과 나를 공격하는 이들에게 이 굳건함을 보여주기 위해 최선을 다했고.

그렇기 때문에 지금껏 해보지 않았던 이 일을 받아들인 것이다.

말 그대로 도전이다.

"올라가죠."

"응."

소소와 함께 무대에 올랐다.

관중들이 환호와 박수를 보냈고 그 가슴 벅찬 인사가 가슴을 때렸다.

'보라, 벗이여.'

사명감을 가져야 한다고 나를 들들 볶았던 친구를 떠올렸다.

처절한 삶 끝에 마지막 불꽃을 불살랐던 피아니스트.

그의 말처럼 세상은 나를 희망이라 부른다.

내 의지와는 상관없이.

어떤 이는 신으로, 어떤 이는 마왕으로, 또 다른 이는 타락했다 한다.

사명감을 주려던 그의 마음을 이해하면서도 그에게 묻는다.

'무엇을 위해 노래하는가.'

희망인 나를?

아니다.

음악사를 위해?

더더욱 아니다.

'다른 무엇 아닌 저들을 위해 노래할 뿐이다.'

오늘의 공연을 보기 위해 몰려든 저 많은 이에게 기쁨을 주기 위함이다.

그리고 나를 위해 노래할 뿐이다.

단지 나와 동료와 저들을 위해 소리 내는 것으로 만족한다.

그것만 생각하기에도 이 육신과 영혼은 벅차오른다.

악성도.

신도 마왕도 아닌.

인간으로서 저들과 함께 웃고 슬퍼하며 남기를 바란다.

박수 소리가 사그라지고.

가슴 깊이 감사하며 허리를 숙였다. 더욱 더 커지는 함성.

소소가 고개를 끄덕였다.

지휘봉을 들자.

노래할 때다.

관객들은 숨죽인 채 무대를 보았다.

웅장하게 들리는 튜바와 시시각각 변화하는 신비로운 음 속에서 비극적이고 기형적인 사랑에 빠져들었다.

'부탁한다.'

도이체 오퍼의 총감독 구스타프 제르너는 무대 뒤에서 지휘자 배도빈을 보며 생각했다.

그는 배도빈의 악보를 본 뒤 크나큰 모험을 결심했었다.

기존 투란도트의 서사를 따르되 인물 조명을 투란도트와 칼라프에서 류로 이동시킨 것.

고전 중의 고전.

대작 중의 대작에 손대는 일은 배도빈처럼 전 세계적으로 인정받는 음악가도 쉽게 접근할 수 없는 문제였다.

그러나 그는 도이체 오퍼의 미래를 위해 과감히 결단했다.

긴장감 속에 음악은 가슴을 더욱 쥐고 흔들었다.

무대는 이제 막 3막으로 접어들기 시작했다.

투란도트의 세 문제를 맞힌 칼라프.

약속대로 두 사람은 결혼해야 하지만 투란도트는 납득하지 않는다.

칼라프는 제안한다.

날이 밝기 전까지 자신의 이름을 부르면 기꺼이 죽겠다고.

칼라프는 승리를 확신한 채 노래하고(Nessun dorma: 아무도 잠들지 말라. '공주는 잠 못 이루고') 투란도트는 칼라프의 이름을 알 아내기 위해 그의 아버지 티무르와 시종 류를 잡아들인다.

'저 둘은 나를 모르오.'

아버지와 류를 살리기 위해 칼라프는 부정한다.

'나는 그의 이름을 듣고 싶다.'

투란도트가 티무르와 류를 다그치고.

류는 오직 자신만이 그의 이름을 안다고 말한다.

벼락이 내리치듯.

오케스트라가 긴장감을 조성했다.

칼라프는 아버지와 류를 살리기 위해 류를 다그친다. 노예 주제에 무엇을 아냐고 화낸다.

칼라프의 이름을 알고 있다는 것이 밝혀지면 티무르도 류도 투란도트로부터 고문받을 테지만.

류는 자신의 가슴속에만 칼라프의 이름이 있는 것이 행복하다고 전한다.

고문 끝에도 끝끝내 칼라프의 이름을 말하지 않은 류.

투란도트가 묻는다.

'무엇이 너를 그토록 강하게 하느냐.'

'사랑입니다.'

죽음을 자청하며 결국 칼라프의 이름을 말하지 않은 류.

싸늘하게 식은 그녀를 위해 티무르는 오열한다.

그리고 배도빈과 구스타프 제르너에 의해 재구성된 이야기가 시작된다.

처절함.

오케스트라는 단지 하루를 살기 위해 몸도 마음도 영혼의 자유마저도 억압당한 류를 노래했다.

'왜 일부러 고난의 길을 걷느냐.'

'예전 왕궁에서 왕자님이 미소 지어주셨습니다.'

단 한 번의 미소로 시작되었다는 류의 대사로 풀어낸 이야기가 관객들의 가슴을 짓이겼다.

아무런 희망도 꿈도 없이.

그저 시키는 대로 움직일 뿐인 노예의 삶 속에서 류는 당사자는 기억조차 못 하는 미소에 의지해 살아왔던 것이다.

소소의 얼후가 류 역의 리릭 소프라노와 함께 구슬프게 그러나 희망의 끈을 놓지 않고 살아가는 의지를 노래했다.

사랑하는 이의 사랑을 위해 자신을 희생한다는 이 기형적인 이야기.

배도빈과 구스타프는 류의 감정을 극대화시켜 그 비극적 이야기를 들려주고 보여주었다.

그녀에게는 칼라프가 전부였음을 알리며, 그녀의 죽음을 함께 슬퍼힐 수 있도록 했다.

두 시간에 달하는 공연이 막을 내렸다.

누가 먼저라 할 수 없었다.

수백 명이 일어나 힘차게 박수를 보냈고 그에 따라 앉아 있는 사람 없이 모든 이가 일어서 자신의 마음을 뒤흔든 음악가들에게 경의를 표했다.

그들 사이에서 처음 오페라를 접한 진달래는 무대에 압도되어 온몸에 희열을 느끼고 있었다.

가사를 알아들을 수는 없었지만 무대와 음악이 어떤 상황을 말하는지 대략이나마 알려주었다.

아니.

충분히 전달되었다.

가슴을 사정없이 후벼 파는 오케스트라와 듣고 있으면 울것만 같은 류의 노래.

배도빈과 베를린 필, 도이체 오퍼가 혼신을 다했던 이날의 투란도트는 많은 사람의 기억 속에 남았고.

진달래와 몇몇 사람의 삶을 바꾸어 놓았다.

♪

공연을 하기 전부터 전 세계의 주목을 받았던 구스타프 제르너 총감독, 배도빈 지휘의 〈투란도트〉는 첫 공연을 마친 즉시 큰 파장을 일으켰다.

과감한 편곡과 고전의 재해석을 통해 사람들은 투란도트를 보다 쉽게 공감할 수 있었다.

"구스타프 제르너의 재해석은 탁월했습니다. 사실 류의 희생을 통해 얻은 칼리프와 투란도트의 사랑은 얼핏 지금 우리가 받아들이기엔 너무도 가혹한 면이 있었죠."

"그 아이디어를 배도빈으로부터 얻었다고 하죠. 푸치니와 그 제자의 대작을 과감히 편곡했으니 말이에요."

"정말 신선하고 깊이 있는 공연이었습니다. 도이체 오퍼가 베를린 필하모닉을 만나 더욱 진보했다는 느낌을 지울 수 없군요."

"네. 베를린 필하모닉, 아니, 배도빈을 통해 정체되어 있던 클래식 음악에 변화가 생기고 있습니다. 틀림없이요."

유명 음악 평론가들을 모여놓고 진행한 교양 프로그램에서는 새로운 투란도트에 대해 긍정적인 평가를 내렸다.

새로 발표되는 곡은 거의 없이 반복되었던 레퍼토리가 배도빈의 과감한 도전 끝에 새로운 모습으로 소개되었고 그것이 무척 성공적이었기에.

음악 평론가들은 베를린 환상곡과 더불어 '도이체 오퍼와 베를린 필하모닉의 투란도트'를 21세기 음악사의 전환점이라 말하기도 했다.

오페라를 접하지 않았던 이들도 각종 매체에서 연일 배도빈, 구스타프의 투란도트를 언급하니 관련 영상을 통해 접했고.

그들의 반응은 음악 평론가들의 주장에 힘을 실어주었다.

ㄴ오페라 처음 보는데 재밌네.

ㄴㅇㅇ 의외로 잼씀.

ㄴ칼라프 개새끼.

ㄴ엌ㅋㅋㅋㅋㅋㅋㅋㅋ

ㄴ솔직히 류 너무 불쌍함. 얼마나 힘들게 살았으면 한 번 웃어줬다고 목숨까지 바치냐ㅠㅠ

ㄴ저기 사람들 전부 불쌍한 게 투란도트는 원하지 않는 결혼을 강요받았고 티무르는 나라 잃고 눈 잃고 시종까지 잃음. 류는 말할 것도 없고. 결론은 칼라프 개새끼.

ㄴ그렇게도 보네. 난 그냥 슬퍼서 보는 내내 울었음.

ㄴ칼라프도 불쌍하지.

ㄴ시대를 감안해야 함. 투란도트 만들어졌을 때가 20세기 초였음. 당시에도 약간 판타지적 사극 느낌이었으니 설정이 답답한 건 어쩔 수 없음.

└그래도 원본에 비해선 엄청 과감한 변형임. 마지막을 투란도트와 칼라프의 키스로 끝내는 게 아니라 류의 죽음에 초점을 맞췄잖아.

└쑈 얼후도 진짜 좋더라.

└쑈가 뭐임?

└소소. 쑈. 얼후 독주했던 사람.

└혈.

└별 걸 다 줄이네.

└나 영화도 지루해서 잘 못 보는데 투란도트는 진짜 팝콘도 안 먹고 봐버림. 진짜 몰입 미쳤더라.

└음악 때문임. 연출도 훌륭했는데 음악이 진짜 개념사벽이었어.

└배도빈이니까 ㅇㅇ.

└3막은 진짜 지려버림.

└직접 가서 듣지 못한 게 진짜 너무 아쉽다.

└오페라 잘 몰라서 그러는데 이런 거 추천 좀.

└응 없어~ 돌아가~

└없음.

└없어.

└???

└베를린 필하모닉이랑 도이체 오퍼가 혼을 갈아 넣어서 만든 무대임. 게다가 세기의 천재라는 배도빈이 욕먹을 거 각오하면서까지 곡 전체를 현대적으로 편곡하고 새로 쓰기도 해서 이런 느낌 받을 수 있는 거 없음.

ㄴ그럼 어떡함?

ㄴ어쩌긴 뭘 어째. 배도빈이 또 다른 거 할 때까지 기다리면 됨.

ㄴㅁㅊ;;

누군가의 의도로. 혹은 누군가의 진심으로 인해 두 갈래로 나뉜 클래식 음악계에 새로운 이들이 밀려들고 있었다.

자본과 언론이 아닌 단지 음악에 의하여, 배도빈에게 이끌려 클래식의 세계를 접하고 있었다.

병원을 찾았다.

과로로 쓰러진 적이 몇 번 있다 보니 할아버지께서 굳이 정기적으로 검사를 받게 하셨다.

자주 있는 일은 아니기도 하고 나도 멀쩡한 몸이 망가지는 것은 경계하고 있어 귀찮더라도 꾸준히 방문하고 있다.

"음. 문제없어. 그래도 조금 피곤해 보이니 당분간은 푹 쉬고."

"네. 고마워요."

인사를 하고 일어서려던 찰나 문득 마음에 걸리던 것이 떠올라 다시 앉았다.

의사가 눈을 깜빡이며 의아한 표정을 지었다.

"물어볼 게 있는데."

"응. 뭐든."

"……지인 중에 손을 잃은 사람이 있는데 어떻게 치료할 수 없을까 싶어요."

사람이 달에도 다녀왔던 세상이니 어쩌면 방법이 있을지도 모른다.

"저런. 어떻게?"

"기계에 손이 빨려 들어갔대요."

여러모로 도움을 준 칠삼의 조카니 마음이 쓰일 수밖에 없다.

혹시 도울 방법이 있길 바라며 칠삼에게 들은 이야기를 전달해 주었다.

의사의 반응은 그리 좋지 않다.

"오래된 일이라 어려울 거야. 사고 당시라고 해도 어찌될지 모를 일이고."

"……."

어쩔 수 없는 모양이다.

"보통 그런 경우면 의수를 달지. 자기 손만큼은 아니더라도 확실히 있는 편이 좋으니까."

손목에 나무를 댄다고 해서 크게 나아지는 것은 없을 것이다.

아니, 어쩌면 외관이라도 갖추는 것이 좋은지 나로서는 진달래의 마음을 함부로 넘겨짚을 수 없었다.

"한번 볼래?"

의사가 태블릿 PC를 만지고 내 앞에 두었다.

놀랍게도 마치 의수를 단 사람의 의지대로 기계가 움직이는 듯했다.

"상용화가 되려면 아직 몇 년 더 걸리겠지만 실제로 착용하고 다니는 사람도 있어."

"이런 것도 가능해요?"

"처음에는 전쟁 부상자들 위해 개발되었지. 15년도에 오스트리아 빈 의과대학에서 성공했는데 지금은 꽤 개발된 상태야."

"이걸로 연주도 가능할까요?"

"연주? 글쎄. 피아노 같은 건 무리일 텐데."

"베이스예요."

"기타 같은 거지? 난 악기를 모르니까 어떤 부위가 필요한지도 모르지. 단순히 피크? 같은 걸 쥘 수 있는 거라면 가능할 거야."

손목 스냅을 사용하는 건 어려우려나.

의사에게 좀 더 자세한 이야기를 듣고 함께 온 집사의 차에 탔다.

'칠삼에게 물어봐야겠지.'

담당의가 말하기로 자신의 전공 분야가 아니라 원한다면 전문의를 소개해 준다고 했다.

예상 비용은 최신 기술을 도입한 의수로 약 3억 원.

내게는 크지도 적지도 않은 금액이지만 칠삼과 특히 진달래가 받아들일지 모를 일이다.

'아마 안 받으려 하겠지만.'

그런 생각을 하고 있자니 집에 도착했다.

"다녀왔습니다."

어머니와 도진이가 안 보여 집사에게 물었더니 어머니는 박선영과 함께 이승희를 만나러 외출하셨다고 한다.

도진이는 1층 놀이방에 있다고 해서 갔더니 얼후 소리가 은은히 들려온다.

솜씨를 보니 분명 소소다.

기대 이상으로 성공한 투란도트 덕분에 당분간 독일에 머물게 되었으니 그녀의 얼후를 들을 수 있는 것은 큰 복이다.

그녀가 두려워 가우왕이 우리 집에 오지 않는 것도 재밌는 일이고.

문을 열자 소소의 얼후가 보다 선명히 들렸고 노래가 시작되었다.

"주잉님 드러주세요. 아아. 주잉님. 드러주세요. 조는 더 이상 차믈 수 업어요."

'뭐야 이 엉망인 발음은.'

아마 투란도트의 1막 칼라프가 류에게 도움을 청했을 때 류의 노래 가사 같다.

어눌한 발음을 들으며 발을 옮기려 할 때 잠시 걸음을 멈출 수밖에 없었다.

진달래가 소소 곁에서 쪽지를 보며 노래하고 있었다.

그녀의 목소리는 C6 음의 위치에서 감미롭게 울렸다.

앳된 그 노래는.

'엉망이잖아.'

록을 했던 탓인지 노래하는 방법이 전혀 달랐다.

하지만 나도 모르게 그 목소리에 빠져들었고 이내 진달래가 노래를 마치자 도진이가 손뼉을 쳤다.

진달래가 허리를 숙이며 손을 앞으로 거두어 제법 예를 표했고 소소가 웃었다.

"헉. 언제 왔어."

"형아다."

달려드는 도진이의 머리를 쓰다듬고는 진달래에게 말했다.

"엉망이잖아."

"나, 남이사! 웃겨, 진짜."

"목소리는 좋던데."

"달래 누나 노래 좋아."

도진이가 나를 올려다보며 말했다.

도진이다운 솔직한 평이다.

노래하는 법을 제대로 배웠다면 저 목소리를 훨씬 더 아름

답게 낼 수 있을 거라 생각했다.

"근데 누나 멍청해. 형보다."

"……."

"……."

"하하."

아무리 즐거워도 크게 웃는 법이 없던 소소가 드물게 소리 내서 웃었다.

저녁을 먹고 옥상 정원에 누워 음악을 들었다.

찌고이네르바이젠 Op.20(Zigeunerweisen: 집시의 아리아).

바이올린 곡은 모차르트와 더불어 이 스페인의 천재, 파블로 데 사라사테를 좋아한다.

애수 어린 음을 따라가다 보면 다른 생각은 조금도 나지 않고 음악에 빠져들 수 있다.

오랜만에 반쯤 누워 여유를 부리고 있는데 누군가 옆으로 왔다.

소소다.

"잠깐 괜찮아?"

"그럼요."

"부탁이 있어."

"뭐든 말해봐요."

얼후 선생이자 이번 투란도트에서 큰 역할을 맡아준 소소의 부탁이라면 뭐든 들어주고 싶다.

"여기서 음악하는 거 재밌어. 여기 있을래."

"어…… 그건 히무라에게 말해야 해요."

소소가 고개를 흔들었다.

"그건 나중. 난 도빈이하고 같이 음악하고 싶어. 도빈이가 안 해주면 안 돼."

얼후를 넣은 오케스트라라.

사실 얼후를 활용해 곡을 지은 것도 이번 투란도트가 처음이었기에 고생깨나 했는데.

이렇게 적극적으로 나올 줄은 몰랐다.

하지만 현실적으로 그녀만을 위해 매번 얼후를 활용할 수도 없다.

당분간은 투란도트 공연을 몇 번 더 가질 계획이기에 괜찮겠지만 그 이후에도 주기적으로 소소와 함께할 수 있는지에 대해서는 의문이다.

그런 생각을 솔직히 말하자 소소가 문제없다는 듯이 말했다.

평소처럼 무표정하게 담담하게.

"괜찮아. 나 베이스 잘해."

"콘트라베이스도 할 줄 알아요?"

"현악기는 대부분."

그럼 또 이야기가 달라진다.

직접 듣지는 못했지만 소소 스스로 자신을 보이는 걸 보면 얼후만큼은 아니더라도 분명 수준급일 것이다.

이상한 말은 하지만 헛소리를 하는 사람은 아니니까.

"알겠어요. 사무국에 이야기해 둘게요. 시간은 언제가 좋아요?"

"아무 때나."

그렇게 약속을 하고 다시 누우려 하는데 소소가 무슨 말을 하려다 삼켰다.

"무슨 일 있어요?"

"……달래."

소소가 최근 한두 달간 친하게 지낸 달래에 대해 언급했다.

"바보지만 순수해. 음악 좋아하고."

"그렇죠."

"목소리도 예뻐. 그런데 거지야."

"……."

내가 어렸을 적에 그랬던 것처럼 한국어 어휘가 부족하기에 그런 것이리라.

소소가 솔직해도 가우왕 이외의 사람에게 상처 주는 일은 못 봤으니까.

"내가 갚을 테니까 달래 도와주면 안 돼? 꼭 갚을게."

"소소는 달래에게 뭐 해주고 싶은데요?"

"학교 보내주고 싶어. 노래 제대로 배우면 잘할 거야. ……음악 못 배워서 쓸쓸한가 봐. 다 혼자 익혔대."

어떠한 천재라도 스승이 없으면 발전이 더딘 법.

베이스라면 칠삼에게 배웠겠지만 노래는 아닐 거다.

달래의 베이스는 평범한 수준이었지만 음색과 목청은 내 기준으로도 탁월하다.

"거지라서 공부 못 해. 달래 불쌍해."

"그 말 달래 앞에서는 안 하는 게 좋을 거예요."

"응."

소소에게 주의를 주고는 잠자코 생각해 봤다.

나 역시 어렸을 적 가난한 집안 상황 때문에 하마터면 성인이 되어 직접 돈을 벌기 전까지는 음악을 못 할 뻔했던 기억이 났다.

배영빈이 요상한 프로그램을 가르쳐 주지 않았더라면 그래서 히무라와 나카무라를 만나지 못했더라면 아마 답답해서 화병이 났을 것이다.

'칠삼에게는 빚도 있고.'

또 재능이 있는 음악가에게 투자해 나중에 루트비히 오케스트라의 충실한 종, 아니, 가수로 데려올 수 있다면 그만한 가치가 있을 터.

의수는 본래 해줄 생각이었고 후원도 충분히 고려해 볼 만한 일이기에 고개를 끄덕였다.

"달래가 좋은 친구를 사귀었네요."

"친구 아니야. 언니."

나이 차이가 7살 정도 나니 중국이나 한국처럼 나이를 따진다면 확실히 그렇다.

진달래와 박선영을 불렀다.

어제 소소와 나눈 이야기를 풀어내니 박선영은 '포켓몬 마스터도 아니고'라고 알 수 없는 단어로 궁시렁댔고 진달래는 조금 당황한 눈치다.

다짜고짜 노래를 부르라고 하니 어색하게 쭈뼛댔다.

그러나 막상 부르기 시작하니 어제처럼 멋진 목소리를 뽑아낸다.

박선영의 표정이 바뀌는 건 당연한 일이다.

다시 자리를 잡고 본론을 꺼냈다.

의지대로 움직일 수 있는 의수와 학비, 생활금을 지원하는 대신 샛별 엔터테인먼트와 도빈 재단에 소속되는 이야기다.

"다시 칠 수 있을 거야. 베이스."

"……."

갈등하고 있는 거다.

자존심과 음악에 대한 열정 사이에서.

역시 아직 어리다.

"그래도……."

답지 않게 거절하려 하기에 말을 가로챘다.

"그거밖에 안 돼?"

"어?"

"그거밖에 안 되냐고. 베이스 다시 치고 싶은 마음이."

처음에는 무슨 말인지 이해하지 못하다가 잠시 후 진달래
가 벌떡 일어나 소리쳤다.

"네가 뭘 알아!"

주먹을 쥐고 부들부들 떤다.

"네가, 네가 내 마음을 알아?"

"몰라."

"네가 알긴 뭘 알아! ……모른다고?"

진달래와 눈을 마주하며 차분히 말했다.

"하지만 만약 피아노를 못 치게 되었을 때 누가 손을 뻗는다면
무슨 일이 있어도 잡을 거야. 체면 따위 피아노보다 중요할 리가."

"……."

"피아노를 못 치면, 음악을 못 하면 내가 아니니까."

진달래는 아무 말도 하지 못했다.

박선영이 진달래를 달래며 앉혔다.

"네가 미안해서, 혹은 자존심 때문에 거절한다면 단단히 착각하는 거야. 그건 자존심도 체면도 아니야. 미안한 것도 아니야. 나는 이런 말 꺼내기 전에 생각 안 했을 것 같아? 네 자존심이 상할 거라고 걱정 안 했을 것 같냐고."

진달래는 잠자코 내 말을 들었다.

"그래도 말한 건 그보다 중요한 게 있어서야. 그게 뭔지는 너도 잘 알 겠지."

진달래의 눈에 눈물이 맺히기 시작했다.

하던 말을 계속했다.

"도빈 재단과 샛별 엔터테인먼트에서 널 관리할 거야. 노래를 하고 싶으면 하고 베이스를 연주하고 싶으면 해. 다만 확실히 해야겠지."

어느새 고개를 숙이고 눈물을 뚝뚝 흘리고 있는 진달래의 얼굴을 잡아 들었다.

그리고 시선을 마주하며 말했다.

"어쩔 거야?"

"끄으 으윽."

"대답해."

"끄으흐억. 윽. 응."

"똑바로."

진달래가 소소가 내민 손수건으로 눈물을 훔치고 코를 푼 뒤 말했다.

"노래하고 싶어. 베이스 치고 싶어. 나도 투란도트 부르고 싶어."

"그래."

진달래가 날 꽉 끌어안았다.

다시 도전하기로 마음먹은 어린 음악가의 떨리는 등을 토닥여 주었다.

· 45악장 ·

맑은 오보에와 불쌍한 팀파니

-내가 뭐…… 그니께. 어찌해야 좋을지 모르겠네. 참말로 고마워야.

"별말씀을요. 준비는 도빈 재단에서 해줄 거예요."

칠삼과 통화하는 와중에 도진이가 진달래를 혼내는 소리가 들렸다.

"아냐. 지가 아니라 기."

"으.으."

아마도 내년에는 베를린 대학에 입학할 것 같은 도빈이와 함께 대학 진학 공부를 시작한 진달래는 외국어라는 벽에 막혀 있었다.

아무래도 집에만 있을 게 아니라 여기저기 다니게 하는 게 언어를 배우는 데 빠를 것 같다.

-그랴. 조만간 함 갈게.

"네. 다음에 봐요."

통화를 마치고 옷을 챙겨 입었다.

10월이 되니 어느새 날이 쌀쌀해졌는데 야외에서 하는 투란도트 공연에 영향이 미칠까 걱정되기도 한다.

"어머니, 다녀올게요."

"그래. 잘 다녀와."

어머니께 인사를 드리고 도진이와 진달래에게도 손을 흔들어 준 뒤 베를린 필하모닉으로 향했다.

그간 콘서트홀 증축 공사로 인해 모든 단원이 함께하는 일은 드물었는데(보통은 투란도트 팀과 실내악 팀으로 나누어 운용되었다) 모처럼 만에 함께할 수 있었다.

"우와."

"근사한데?"

"엄청 커졌잖아."

나도 단원들도 모두 새로운 베를린 필하모닉 콘서트홀을 둘러보며 감탄하지 않을 수 없었다.

확장 공사를 마친 베를린 필하모닉 콘서트홀은 기존의 독특한 구조를 유지한 채 3,500석까지 증축되었다.

규모가 커진 것뿐만이 아니라 음향 시설에도 크게 투자해 실황 녹음의 질도 개선되었다고 한다.

이제 얼마 뒤면 다시 정기 연주회를 할 수 있다고 하는데 그때까지 어떻게 기다릴지 모르겠다.

"으으. 빨리 돌아오고 싶다."

"저, 저도요."

다들 몸이 달아올랐는지 연습에 들어서자 의지를 불태운다. 푸르트벵글러도 마찬가지다.

"다들 그간 감이 떨어지지 않길 바란다. 오늘은 복귀 첫 무대를 연습하는 자리니 긴장 바짝들 해."

"예!"

먼저 완공된 연습실에서 복귀 무대를 준비했고 베를린 필하모닉은 세 달 전과 같이 여전했다.

연습하는 도중에 푸르트벵글러가 지시한 것을 악보에 옮겨 적었고 단원들에게 어떻게 설명하면 좋을지 고민하는 도중, 카밀라가 연습실에 들어왔다.

"방해해서 미안해요."

"음."

"세프랑 악장단은 사무국으로 잠시 와주세요."

케르바 슈타인과 서로 마주봤지만 그도 무슨 일인지 모르는 눈치다.

'레몽 도네크는 아직인가.'

아들이 아프다고 들었는데 아직 휴가에서 돌아오지 않은 듯하니 병세가 심각한 듯하다.

아니나 다를까.

사무국 미팅실에서 안타까운 소식을 들을 수 있었다.

"레몽 도네크가 사직서를 냈어요."

항상 가족사진을 가지고 다니며 버릇처럼 보곤 했던 다정한 레몽 도네크.

그가 아들 곁을 지키기 위해 사직했다는 말에 악장단도 푸르트벵글러도 안타까울 뿐이었다.

"그래. 우리가 도와줄 일은 없는가."

카밀라 앤더슨이 어깨를 으쓱했다.

"글쎄요. 요즘에는 제 연락도 잘 안 받아서요. 정신이 없는 모양이에요. 찾아가 보려 해도 묘하게 거절하는 느낌이라 무작정 가기도 껄끄럽고."

"내가 연락해 보지."

푸르트벵글러가 눈을 감았다.

"그리고 회장님께서 단원을 더 뽑는 게 어떻겠냐고 하셨어요."

"아."

나와 케르바 슈타인 그리고 헨리 빈프스키가 반가운 마음에 소리를 냈다.

3일에 한 번, 일주일에 두 번 가지는 정기 연주회와 토요일

오전과 오후에 각각 한 번씩 가지는 실내악 무대.

거기에 비정기적인 스케줄(녹음이라든가 출장이라든가)도 있으니 현재 있는 단원만으로는 솔직히 버거운 업무량이다.

예전에는 정기 연주회 이외의 일은 최대한 받지 않아서 버틸 수 있었지만 최근 들어 여러 방면에서 일을 하게 된 만큼 단원 증원은 반드시 필요했다.

단원들도 악장단도 이런 의견을 꾸준히 피력해 왔기에 너무도 반갑다.

"악장도 한 명 더 뽑아야겠군."

케르바 슈타인과 헨리 빈프스키가 동시에 고개를 끄덕였다.

마침 생각하고 있던 사람이 있어 나섰다.

"좋은 사람이 있어요."

"음?"

"찰스 브라움이요."

"아. 좋은 생각인데. 셰프, 찰스 브라움이라면 레몽의 빈자리를 잘 채워줄 겁니다."

"흐음. 본인 의사가 중요하겠지."

푸르트벵글러도 찰스 브라움을 나쁘지 않게 여기는 듯하다.

나와 함께 악장 오디션을 치르기도 했고 그때 그의 실력을 확실히 확인할 수 있었으니 말이다.

"그럼 빨리 오디션 준비해요."

벌써 1년 가까이 된 일인데 다시금 멋진 예비 악장들을 볼 수 있다고 생각하니 기쁘다.

"네가 들어왔을 때랑은 좀 다를 거야. 공개 채용이긴 해도."

그때 카밀라가 아쉬운 말을 했다.

"그때 그렇게 크게 할 수 있었던 건 네가 있었기 때문이니까. 세프가 네게 정통성을 주고 싶어 하기도 했고."

"크흠흠! 쓸데없는 말 말게."

그렇게 단원 충원에 대해 이야기를 나누다 보니 시간이 꽤 늦었다.

"그럼 오늘은 여기까지 해요. 다들 고생하셨어요."

"별말씀을. 국장님이야말로 이제부터잖아요. 감사합니다."

"제 일인걸요."

얼른 돌아가서 도진이와 놀아줄 생각으로 일어났는데 푸르트벵글러가 나를 붙잡았다.

"잠깐 앉거라."

"무슨 일이에요?"

잠시 자기 사무실로 갔던 카밀라도 다시 와 앉기에 두 사람을 이상하게 봤는데.

두 사람이 묘한 표정을 지었다.

씰룩거리는 입가를 어떻게 조절할 수 없는 모양이다.

"뭔데요."

"에코 클래식을 수상할 것 같아. 그쪽에서 연락을 해왔어."

카밀라를 보고 있는데 아무 말이 없길래 계속 그러고 있자니 말을 이어나간다.

"베를린시에서 네게 공로상을 준다고 하더구나."

그러다 푸르트벵글러가 말을 꺼내 그에게 시선을 주었는데 또 별 다른 말을 안 해서 계속 서로를 볼 뿐이었다.

카밀라가 한숨을 푹 내쉬고는 반가운 소식을 전했다.

"투란도트 블루레이 구매한 사람들의 댓글이야."

"아. 고마워요, 카밀라."

그녀가 두툼한 종이 뭉치를 넘겨주었고 그것을 반갑게 받아드니 카밀라가 고개를 저었다.

"정말 이해할 수 없어. 에코 클래식은 정말 멋진 상이라고. 또 베를린 시장과 시의회에서 널 기린다고 하는데 그런 건 기쁘지 않나 보네."

"음악가한테 음악 잘 들었다는 이야기보다 중요한 게 어디 있어요."

"내가 말했잖나. 이럴 거 같다고."

"아무튼 베를린 환상곡이랑 투란도트 때문에 여기저기서 연락이 많이 오고 있어. 일정은 최대한 심플하게 가져가겠지만 넘겨주는 일은 되도록 참가해 줬으면 해. 네게도 베를린 필에도 중요한 일이니까."

"일이면 해야죠."

귀찮지만 상을 받으러 가는 것도 일이라면 일이다.

카밀라는 여전히 내가 꽉 막혔다고 하지만 '일이니까 받는다' 정도로 바뀌었으니 분명 내겐 크나큰 변화다.

푸르트벵글러와 함께 찰스 브라움에게 쳐들어갔다.

"베를린 필로 오게."

"베를린 필로 와요."

"……."

당황한 찰스 브라움이 설명을 요구했고 푸르트벵글러는 으르렁거렸다.

"설마 거절하진 않겠지."

"아니 그러니까."

"기쁘죠?"

"기쁘고 자시고."

"자시고?"

"……."

옆에서 보다 못한 카밀라가 그에게 차분히 상황을 설명했고 찰스 브라움은 잠시 고민하더니 속내를 털어놓았다.

"그러니까 실은 베를린 필에 들어오고 싶어서 오디션을 본 게 아니라 저랑 대결하고 싶었던 거라고요?"

"그래."

생각보다 더 찌질하고 황당한 사고방식이다.

푸르트뱅글러는 있는 대로 화가 나서 찰스 브라움에게 호통을 쳤다.

"감히 베를린 필하모닉의 악장 오디션을 그런 마음가짐으로 참가했다고!"

까마득한 대선배.

굳이 선배가 아니더라도 20세기와 21세기를 걸쳐 최고의 음악가 중 한 명의 노성에 찰스 브라움이 쭈글쭈글해졌다.

"죄송합니다."

"죄송하다는 말로 내 화가 풀릴 거라 생각했나! 내 자네를 높이 산 걸 이토록 후회할 줄은 몰랐어!"

고개를 숙인 찰스 브라움.

사실 악장 오디션을 본 뒤로 그가 많이 변했다는 걸 아는 나로서는 과거의 그가 얼마나 찌질했는지는 그리 중요하지 않았다.

입을 열었다.

"찰스의 도움이 필요해요."

"……나는."

"같이해요. 여기 셰프와 베를린 필하모닉의 단원들도 함께요. 분명 즐거울 거예요."

"영광으로 알아야지!"

"가만히 좀 있어요. 사람들이 보잖아요."

카밀라가 분개한 푸르트벵글러를 열심히 막아섰다.

인터플레이의 제안과 영국 내에서의 그의 입지 때문에 고민하고 있는 그에게는 큰 계기가 필요할 터.

카밀라와 미리 말을 맞췄던 이야기를 꺼내 고민하는 찰스 브라움에게 결정타를 날렸다.

"베를린 대학 음대에 장학금을 지원해 줄게요. 그 외에도 졸업생은 베를린 필 입단심사를 우선적으로 받아볼 수 있도록 하고요."

그 말에 찰스 브라움이 고개를 들었다.

그와 몇몇 뜻있는 음악인이 만든 음대였기에 찰스 브라움은 어떻게든 그것을 지키고 살리고 싶을 것이다.

애착 또한 깊으니 받아들일 거라 생각했고.

마지막으로 한 번 더.

"제 곡, 저작권 걱정 없이 연주할 수 있는 곳은 베를린 필뿐이에요."

악보 하나를 그에게 보여주었다.

배도빈 바이올린 협주곡 13번, 찰스 브라움이란 제목을 보고선 그가 고개를 들었다.

"당신을 생각하며 만들었어요."

"당장 사인하지 못해!"

푸르트벵글러의 호통과 함께 찰스 브라움이 고개를 저으며 웃었다.

"못 당하겠군."

개체명 찰스 브라움.

성격 찌질함.

훌륭한 몬스터를 잡았다.

찰스 브라움의 베를린 필하모닉 입단 소식은 전 세계에 큰 파장을 일으켰다.

음악을 향유하는 사람들 사이에 지난 몇 달간 런던과 베를린 사이에 마찰이 있었음이 알게 모르게 퍼졌고.

런던 필하모닉 악장 출신의 왕자 찰스 브라움이 베를린 필하모닉으로 향했다는 사실은 영국 클래식 팬들에게 큰 충격이었다.

그러나.

마치 미리 준비라도 했다는 듯 인터플레이와 연계하고 있던 그래모폰은 다음 날 즉시 하나의 기사를 발표했는데.

영국이 받은 충격만큼이나 독일 역시 놀라고 말았다.

[베를린 필하모닉 악장 출신의 레몽 도네크, 런던 필하모닉 전격 입단!]

♪

찰스 브라움과 레몽 도네크의 소식은 팬들이 받은 충격 이상으로 베를린 필하모닉을 덮쳤다.

아침, 시가를 태우며 느긋하게 신문을 펼친 푸르트벵글러의 손이 크게 떨렸다.

전화도 방문도 거절하던 그였기에 더욱 걱정하고 있었던 카밀라 앤더슨은 들고 있던 핸드폰을 떨어뜨렸다.

아침 산책을 마치고 커피를 내리던 배도빈은 박선영이 전달한 소식을 듣고 눈썹을 좁혔다.

♪

해당 기사가 발표되기 하루 전.

나윤희는 네이즈 엔터테인먼트 2팀의 대리이자 옛 자신의 매니저였던 이재은으로부터 한 통의 메시지를 받았다.

[잠깐 만나. 할 이야기가 있어.]

[무슨 일인데?]

[잠깐이면 돼. 부탁이야.]

될 수 있으면 만나고 싶지 않았지만 몇 년이나 함께한 이재은이 부탁하니 거절할 수 없었다.

나윤희는 한숨을 내쉬었다.

거절하고 마음 불편하게 있는 것보다는 이야기는 들어보자고 생각하며 이재은이 언급한 카페로 향했다.

"여기."

이재은이 손을 들었고 나윤희는 숨을 한번 내쉰 뒤 마주 앉았다.

"무슨 일인데?"

"오자마자? 주스라도 마셔."

"괜찮아."

나윤희가 자신을 밀어내고 있음을 인지한 이재은이 어쩔 수 없다는 듯 본론을 꺼냈다.

"인터플레이가 네이즈를 합병했어. 덕분에 연봉 좀 올랐지."

"……."

이재은을 경계하고 있던 나윤희의 얼굴이 더욱 굳어졌다.

베를린 필하모닉을 비롯해 그간 인터플레이가 얼마나 많은 음악가를 상대로 자본과 인프라를 앞세웠는지 알고 있기 때문이었다.

"언니도 알다시피 인터플레이는 앞으로 더 커질 거야. 유럽에서는 독일과 동유럽 빼고는 거의 다 인터플레이가 장악했으니까. 암스테르담도 최근 힘 못 쓰고 있는 거 알지?"

"무 슨…… 말을 하고 싶은 거야?"

"지금이라도 정신 차리고 이쪽으로 오라고."

"뭐, 뭐라고?"

이재은이 몸을 앞으로 내밀고 진심을 다해 말했다.

"내 첫 연주자라서 그래. 언니 실력이면 정말 더 잘될 수 있어. 내가 괜히 이런 말 하는 것 같아?"

나윤희가 무엇을 말하려 했지만 이재은이 그녀의 말을 막으며 주장을 이어나갔다.

"인터플레이에서 제대로 푸시 받으면 그것만으로도 유럽이랑 미국 동부 시장에 언니 음악이 일주일 내내 울릴 거야. 실력이 없으면 말도 안 해. 그렇게 프로모션 받으면 언니 분명 뜰 수 있다니까?"

"나는."

"돈 벌고 싶어 했잖아. 그 길 걷게 해준다잖아."

나윤희가 고개를 저었다.

"고맙지만 그러지 않을래."

"뭐가 문제야? 네이즈 때? 언니는 그럼 아직 실력도 안 되는 연주자를 밀어주는 게 옳은 거라 생각해? 네이즈는 그때 언니가 아직이라 판단했던 거고 대신 기다려 줬잖아. 이제 언니가 실력을 갖췄으니 도와준다는 게 그렇게 납득이 안 돼?"

'맞는 말일지도 몰라.'

나윤희는 답답하다는 듯 호소하는 이재은을 보며 혹시 그녀의 말이 옳을지도 모른다고 생각했다.

하지만 나윤희는 모든 것을 효율적으로 생각하는 것보다 중요한 게 있음을 알고 있었다.

베를린 필에 합류한 뒤로 그 생각에 확신을 가질 수 있었다.

"돈이 전부가 아니야, 재은아."

나윤희의 말에 그때까지 열변을 토하고 있던 이재은이 헛웃음을 지었다.

"바보 같은 말 좀 그만해. 돈 좀 벌어서 이제 배 좀 찼어? 돈 백만 원 없어서 라면만 먹던 시절 생각 안 나? 돈이 전부가 아니라니. 하참. 언니, 돈이 전부야. 돈 없으면 그렇게 좋아하는 바이올린이고 언니 아버지 수술도 못 해드렸어."

나윤희가 테이블 아래 주먹을 꾹 쥐었다. 파르르 떨렸다. 반박을 해야 하는 데 자꾸만 말을 더듬을 것 같았다.

그러나 그녀의 목소리는 그 어느 때보다도 굳건했다.

베를린 필하모닉과 아버지가 그녀에게 무엇이 소중한지 확신을 주었던 덕분이었다.

"맞아. 배가 좀 찼어. 그래서 내 길 찾으러 가는 거야."

"뭐?"

"매일 울고 주저앉고 싶어도 돈 벌어야 하니까 시키는 대로 했어. 네 말대로 돈이 없으면 먹고 싶은 것도 못 먹고 아버지도 잃었을 테니까."

나윤희는 잔혹하기까지 했던 스케줄을 떠올렸다.

"그래서 이제 여유 좀 찾아서 하고 싶은 음악 하겠다는 게 네 눈에는 그렇게 바보처럼 보이니?"

"그래! 눈앞에 몇억, 아니, 수십억이 기다리고 있는데 대체 뭐가 마음에 안 드는 거야?"

"그 돈보다! 그래서 편해질 삶보다 내겐, 내겐 좋아하는 음악을 하는 게 더 중요해."

비싼 차를 사고 좋은 옷을 입고 매일 호화로운 음식을 먹는 것보다 중요했다.

존경하는 음악가들과 함께.

하고 싶은 음악을 하는 삶이 그녀에게 보다 값진 삶이었다.

이재은은 그런 나윤희를 이해하지 못하고 나윤희는 이재은의 말을 인정하지 못한다.

서로 의견을 좁힐 수 없다고 판단했기에 이재은이 자리에서 일어났다.

"앞으로 인터플레이는 더욱 커질 거야. 음악 듣는 사람들은 모두 인터플레이에서 듣게 될 테고. 그때 가서 후회하지 마."

이재은이 카페를 나섰고 나윤희는 그제야 숨을 크게 내쉬었다.

그때 익숙한 목소리가 그녀를 불렀다.

"멋있는데?"

깜짝 놀란 나윤희가 고개를 돌렸고 하늘 같은 선배이자 롤모델인 이승희가 그녀 뒤에서 서 있었다.

능글맞게 웃는 그녀를 보고 나윤희가 당황했다.

"어, 언니."

이승희가 이재은이 앉았던 자리에 자리했다.

"일부러 들은 건 아니야. 커피 한잔하려고 들어왔는데 심각한 이야기하는 것 같아서 기다렸어."

"……네."

"진짜 싸가지 없더라. 원래 같이 일했다던 애가 쟤지?"

나윤희가 고개를 끄덕였다.

고개를 숙인 채 주스를 빨아 마시는 나윤희를 보며 이승희가 기특하다는 듯 말했다.

"정말 멋졌어. 말도 더듬고 소심해서 걱정했는데 엄청 똑 부러지던걸?"

"그, 그렇지 않아요."

단지 소중한 것을 부정당해 필사적이었을 뿐.

그러나 이승희는 그렇게 생각하지 않았다.

누구라도 더 나은 삶을 바라기 마련이다.

베를린 필하모닉의 연봉이 결코 적은 돈은 아니지만 흔히 생각하는 '화려한 삶'과는 거리가 있었다.

그런 선택의 기로에서 '하고 싶은 음악'을 선택한 어린 동생이 기특했던 것이다.

그것이 '베를린 필의 음악'이라 더욱 기쁜 것이고 말이다.

"실은 나한테도 제안이 왔었거든."

"네?"

"왜. 도이체 오퍼 오케스트라 단원들이 런던으로 갔다며. 아마 우리 쪽에서도 알게 모르게 연락받은 사람이 많을 거야."

"그럴 수가……."

"정말 기가 찰 노릇이지. 돈으로 사람을 사려고 하다니. 그게 돈 많은 사람들의 사고방식인지는 모르겠는데 마음에 안 들어."

나윤희가 고개를 끄덕였다.

우리는 여러 음악가, 음악 단체와 연합해 인터플레이의 언론 플레이에 대항했고.

베를린 환상곡과 투란도트의 성공으로 음악으로 자본에 맞설 수 있음을 증명했다.

"긍정적인 추세야. 인터플레이를 이용하는 사람들이 늘고 있기는 하지만 그것만 보는 사람은 늘지 않고 있어. 매 분기마다 10% 이상 성장했던 것과 비교하면 우리도 선방하고 있다는 거지."

"인터플레이는 관심 없어요. 우리가 잘되는 게 중요하니까."

"두말할 필요 있나? 네 덕분에 기존 팬 이외에 새로 유입되는 사람이 정말로 많아. 이번 년도 하반기는 확실히 우리의 승리야."

카밀라와 히무라는 나와 베를린 필하모닉이 인터플레이의 독주를 막아냈다며 기뻐했고.

나 역시 마찬가지였다.

이런 생각은 천천히 단원들 사이에 피어나 굳어졌고.

다른 오케스트라와 개인 연주자들도 인터플레이에 굴하지 않고 자신들만의 음악을 해나가는 분위기를 갖춘 듯했다.

나는 이런 현상을 무척 바람직하게 여겼고 푸르트벵글러나 사카모토, 마리 얀스도 같은 생각이었다.

"베를린에 큰 빛을 가져다준 배도빈과 베를린 필하모닉에게 감사합니다. 제가 드리는 이 훈장은 베를린 전체의 마음입니다."

베를린 시장이 내 가슴에 훈장을 달아주었다.

"베를린 필하모닉과 도이체 오퍼의 투란도트는 오페라가 발전할 방향을 보여준 기념비적인 작품이었습니다."

에코 클래식 상이라는 것을 받고 언론과 팬들은 크게 기뻐해 주었다.

그렇게 마음에 드는 일은 아니었지만 우리의 음악이 사랑받고 있음에 기뻤다.

그런 팬들의 마음에 부응하고 싶었다.

"자자, 연습합시다."

"힘내자고!"

베를린 필하모닉은 자발적으로 레퍼토리를 늘리고 연주의 질을 높이기 위해 최선을 다했다.

콘서트홀 개관에 맞춰 최고의 음악을 하기 위해 연습을 이어나갔다.

타이트한 일정으로 연주자들의 컨디션 저하를 우려해 단원들도 유례없이 많이 뽑고 있었다.

그런 와중에 레몽 도네크를 비롯한 세 단원의 이적 소식은 너무도 큰 충격으로 다가왔다.

연습을 시작하기 전, 분위기가 좋지 못했다.

참다못한 한스가 나서서 모두의 속마음을 대변했다.

"어떻게 우리에게 한마디 말도 안 하고 그럴 수가 있는 거예요? 도네크한테 무슨 말 들은 사람 없어요?"

"그만해."

"노이어 수석은 분하지도 않아요? 우리는 대체 뭐였냐고요."

"……."

"한스, 도네크도 사정이 있었을 거야. 우리를 무시해서가 아니라."

"제가 화나는 건 그가 자기 힘든 건 우리에게 한마디도 털어놓지 않았다는 거예요. 그에겐 우리가 그 정도밖에 안 되었다는 거잖아요. 지금껏 그 사람을 믿고 연주를 해온 우리는 뭐가 되냐고요!"

다들 말이 없었다.

이성적으로는 레몽 도네크의 선택을 존중하면서도 한스의 말처럼 우리에게 아픈 아들을 위한 치료비가 부족하다는 사실을 알리지 않았음에 서운한 것이다.

그와 가장 친했던 제1바이올린의 존 아서에게 아들이 아프다는 말을 남겼을 뿐.

그의 이적 사실 자체가 주는 충격보다 우리에게 사정을 감추고 피했다는 것을 참을 수 없었다.

신뢰의 문제.

자부심과 소속감으로 뭉쳐 있던 베를린 필하모닉에게 그것은 받아들이기 힘든 일이었다.

"레몽 도네크뿐만이 아니잖아요. 두 명이나 나갔다고요. 그것도 말도 안 되는 헛소리를 늘어놓는 인터플레이로요."

"……빌어먹을. 다들 솔직하게 말해보자고. 여기 제안 안 받은 사람이 몇이나 될 것 같아? 솔직히 다들 흔들렸잖아. 안 그래?"

레몽 도네크와 단원들의 일탈에 분노한 사람들이 불평을 내뱉기 시작했다. 그간 혹독한 스케줄을 소화해내면서까지 지켜왔던 자부심에 상처를 받았던 탓에.

일부는 소속을 바꾼 이들을 욕했고 또 일부는 사태를 관망했으며 또 나머지는 인터플레이의 좋은 환경을 인정해야 한다는 말까지 했다.

이대로는 안 된다.

앞으로 나섰다.

"한스 말이 맞아요."

"······악장."

"하지만 전 그를 비난하지 않습니다. 여기 있는 모두 그와 함께했던 시간을 부정하고 싶진 않을 거예요. 즐거웠으니까."

나 또한 그러했다.

"하지만 그는 떠났고 우리는 새 단원들을 맞이해 새로운 베를린 필을 만들어 나가야 해요. 베를린 환상곡과 투란도트를 통해 알게 되었잖아요. 우리의 음악을 기다리는 사람이 있다는 것을."

한 사람, 한 사람과 눈을 마주하면서 힘주어 말했다.

"한 명의 단원은 소중하지만 베를린 필하모닉이란 악기보다 소중한 단원은 없어요. 그리고 한 명의 팬보다 위대한 악단은 있을 수 없어요. 우리는 그들을 위해 최선을 다하면 돼요. 지금까지 그래왔던 것처럼."

나윤희가 일어섰다.

"마, 맞아요. 저, 저는 들어온 지 얼마 안 됐지만 베를린의 음악이 좋아요. 여, 여러분과 함께하는 음악이 좋아요."

마누엘 노이어가 나윤희의 어깨에 손을 얹고 힘을 보탰다.

"배도빈 악장과 나윤희 부수석 말이 맞아. 갈 사람이 갔을 뿐이야. 우리는 우리 음악을 해야지."

이승희가 일어섰다.

"불만이 많은 건 어쩔 수 없지만 연습할 때랑 무대 위에서는 영향이 없었으면 좋겠어. 악장 말대로 우리 음악을 들으려고 온 팬들 앞에 부끄럽고 싶진 않아. 다들 그렇지?"

다들 고개를 끄덕였다.

화가 나지만 무엇이 더 중요한지 알고 있으니까 우리는 우리가 할 일을 할 뿐이다.

WH그룹의 유장혁 회장의 부름에 한 남자가 사옥을 방문했다.

맨손으로 시작해 EI전자의 사장직까지 오른 굴지의 사업가 최우철이었다.

"어서 오게."

유장혁 회장의 비서가 자리를 잡고 앉은 최우철 앞에 서류를 두고는 자리를 피했다.

최우철이 눈썹을 좁히고 그것을 봤다.

"아들에게 떳떳하고 싶은 사람에게 너무하신 것 아닙니까?"

"하하하! 재밌을 것 같지 않나? 옛날 생각도 나고 말이야."

유장혁 회장의 말에 최우철이 작게 웃었다.

그가 받은 서류는 전 세계를 시장으로 한 콘텐츠 플랫폼 사업의 개요였다.

스트리밍 서비스를 기본으로 제작, 유통 전반을 아우르며 스피커와 이어폰 등 기기까지 접목시킨 초월적 규모.

그러나 이 일의 요지에 대해 최우철은 정확히 파악하고 있었다.

"결국에는 인터플레이를 망가뜨리자는 이야기 아니십니까."

"망가뜨리다니. 그런 표현은 좋지 않네. 밟는다는 고상한 말이 있지 않나."

'황당하군.'

최우철은 일단 서류를 넘기며 천천히 그것을 읽었다.

"……레드오션인 시장이라 진입하기 어려울 겁니다. 스트리밍은 뉴튜브와 웹플릭스, 인터플레이가 장악했고 음반 제작이야 두말할 것도 없죠. 음향기기 역시 브랜드 이미지가 중요해서 그리 좋은 선택 같지는 않습니다만."

최우철의 말에 유장혁이 씩 하고 웃으며 말했다.

"그래서 자네를 부르지 않았나."

"……"

"이 업체는 좋은 명분이 되어줄 걸세. 어떻게 키우느냐에 따라 자네와 지훈이의 기반이 되어줄 수도 있고."

"지훈이는 혼자서도 잘할 겁니다. 도와주고는 싶지만 저를 닮아 자립심이 강하거든요."

"그럼 적적한 삶을 달랠 소일거리로 생각하면 되지. 옛 생각도 하면서 말이야."

영국 최대의 재벌가 버만 그룹을 상대하는 일인데 유장혁 회장의 얼굴에는 자신감이 가득했다. 목소리에는 단호함이 묻어나왔고 눈에서는 강한 의지가 비쳤다.

여든 먹은 사람이라고는 전혀 보이지 않았다.

그 여전한 모습에 최우철은 숨을 돌린 뒤 이야기를 시작해 나갔다.

"가이드라인은 있습니까?"

"한 친구가 재밌는 말을 해주더군. 콘텐츠 사업을 하는 업체의 시장 점유율을 빼앗는 것보다 콘텐츠 제공 루트를 막는 게 효과적이라고 말이야."

유장혁 회장의 말을 들은 최우철이 작게 웃었다.

자신을 EI전자의 사장으로 만들어주었던 인물이 떠올랐다.

"차승현입니까?"

"자네랑 같이 불렀는데 거절하더군. 아쉽게 되었어."

'콘텐츠 제공 루트를 막는다라.'

그렇지 않아도 아들 최지훈에게 여러 차례 러브콜을 보냈던 인터플레이에 대해서는 어느 정도 파악해 둔 상태였다.

또 그들이 어떤 식으로 시장을 확보해 나가고 있는지 알고 있었기에 그의 머리에 대충의 계획이 잡히기 시작했다.

"한 가지 여쭙겠습니다."

"뭔가."

"이건 회장님 개인의 보복입니까?"

"그럴 리가. 열심히 사업하고 있는 사람들에게 내가 뭐라고 보복을 하겠어. 단지 사업가로서 영역 확장에 욕심낼 뿐이지. 그 과정에서 어느 한쪽이 도태되는 거야 늘상 있는 일이고."

최우철이 고개를 끄덕였다.

그 역시 사업가적 관점에서 바라보았을 때 인터플레이의 행동은 사세를 확보하기 위한 지극히 자연스러운 행보로 보였다.

더 좋은 조건을 제시해서 아군을 끌어들인 뒤 독점을 통해 시장성을 확보한다.

그 일에 도덕적 관념을 적용시킬 사업가는 없었다.

만약 유장혁 회장이 사랑해 마지않는 손자에 대한 보복을 생각했더라면 함께하지 않았을 터.

'어떻게 시작할지, 인터플레이를 어떻게 무너뜨릴지 계산되어 있군. ……여든이 넘었음에도 여전히 현역이란 말인가.'

서류 검토를 마친 최우철이 입을 열었다.

"회장님 말씀처럼 소일거리 하나 생겼군요."

"잘 생각했네."

주말.

오랜만에 진 마르코로부터 연락이 왔다.

2년 전, 아버지의 뒤를 따라 빈 필하모닉의 오보에 부수석이 되었는데 뜻하지 않게 초대를 해주어 기뻤다.

'영입할 때 힘들겠지만.'

아무튼 그가 빈 필의 연주회에 초대했기에 가족들과 박선영, 소소, 진달래와 함께 오스트리아로 향했다.

오후 3시쯤 연주회장 앞에 이르자 멀리서 그를 볼 수 있었다.

꽤 오랜 시간 보지 못했음에도 한눈에 진 마르코를 알아볼 수 있었다.

"여기야!"

손을 흔들며 뛰어오는 진 마르코는 앳된 모습을 찾을 수 없이 장성했다.

"오랜만이에요, 마르코."

"정말 와줄 거라고는 기대 못 했는데, 정말 고마워. 6년 만이지?"

반갑게 인사한 마르코가 우리 일행에게 인사했고 나와 가족도 마르코 가족과 인사를 나누었다.

마르코의 어머니 티나 마르코는 잘츠부르크 축제 때 한 번 만났는데 여전히 건강해 보였다.

"반가워요, 잘 지내셨죠?"

"덕분에 잘 지냈어요. 오시는 데 불편하진 않으셨는지 모르겠네요."

남편과 아버지를 잃고 심적으로나 경제적으로나 어려움을 겪었을 모자는 진 마르코가 빈 필에 입단하면서 행복을 되찾았다.

애틋한 두 사람을 보니 절로 고개를 끄덕이게 되었다.

"그럼 이따 봐!"

손을 흔들어 서둘러 대기실로 향하는 마르코를 배웅했고 티나 마르코와 함께 빈 필의 연주를 듣기 위해 객석으로 향했다.

시작은 베르디의 가면무도회.

빈 필의 연주는 퍽 훌륭했다.

베를린 필하모닉의 라이벌이라 할 만큼 그 높은 수준을 유지한 채 고전을 탐구하는 느낌이라 옛 향수를 불러일으켰다.

연주회를 들은 뒤에는 오페라 공연 전에 마르코 가족과 함께 식사를 했는데 뜻하지 않은 이야기를 들었다.

"그만두다니?"

진 마르코가 티나 마르코를 보더니 이내 고개를 돌려 미소지은 채 말하기 시작했다.

"네가 도와준 뒤로 빈 필의 연주에 따라갈 순 있었지만 그게 내가 바라던 연주는 아니더라고."

티나 마르코는 그간 아들이 아버지의 뒤를 좇는 것을 걱정스레 지켜본 듯했다.

빈 필하모닉이라는 근사한 악단에 들어가 조금씩 인정받는 모습은 대견했지만 그럴수록 아들의 맑고 자유분방한 오보에가 틀에 갇히는 것 같다고 했다.

그 어머니의 그 아들이라고 나 역시 걱정하던 이야기를 모자지간에 계속해 이야기해 왔던 것 같다.

"그래서 내 연주를 찾을 때까지는 혼자 활동해 보려고 해. 어렵겠지만."

솔로 오보이스트는 활동이 많지 않을 텐데 큰 결심을 했다.

그러나 도전하는 그 모습이 무척 밝고 굳세어 응원할 수밖에 없었다.

"샛별 엔터테인먼트는 어때요?"

박선영이 불쑥 나서서 내가 하고 싶었던 말을 시작했다.

"샛별 엔터테인먼트라면 분명 예전에 도빈이가……."

"네! 지금은 니나 케베리히, 엘리자베타 툭타미셰바도 활동하고 있어요. 솔로 오보이스트라면 활동이 제한적일 텐데 개인 리사이틀은 물론 협연도 준비해 볼게요."

"그, 그렇게나요?"

"물론이죠. 빈 필의 부수석 출신이었다는 것만으로도 충분하죠."

샛별 엔터테인먼트에 있으면 나중에 영입하기도 쉬울 테니까.

박선영이 열심히 영업을 하도록 두고는 편식하는 도진이에게 샐러드를 덜어주었다.

짧은 오스트리아 나들이를 다녀온 뒤 겨울이 불쑥 다가왔다.

예년보다 훨씬 추웠고 베를린 필하모닉은 성공적인 복귀 연주회를 가질 수 있었다.

몇 사람의 이탈이 있었지만 그로 인해 더욱 단단해졌고 새로 들인 단원들이 빨리 적응하여 송년 음악회와 연초 연주회를 적절히 준비할 수 있을 것 같았다.

160명이나 된 베를린 필하모닉은 A팀과 B팀으로 나누어졌고 기존 A팀은 정기 연주회를, 신인들로 구성된 B팀은 규모가 비교적 작은 만큼 실내악이나 오페라 연주, 이벤트 참가 등을 맡았다.

B팀은 푸르트벵글러에게 연일 혹독하게 교육받아야 했지만 그 덕에 A팀이 가지고 있었던 부담이 크게 해소되었다.

그렇게 점차 새로운 모습을 갖추어 갈 즈음, 진달래가 아르바이트를 한다고 나섰다.

"생활비라면 걱정하지 않아도 되는데. 정말 그러고 싶니?"

어머니가 걱정스레 물었다.

"네! 어차피 시험에 떨어졌으니까 말도 배울 겸 해서요."

예상보다도 훨씬 빨리 시험에 합격한 도진이가 월반에 성공 (잘은 모르겠지만 뭔가를 증명해낸 것으로 특혜를 받았다고 한다), 진달래는 어학시험에서 떨어졌는데.

말을 빨리 익히기 위해서라도 사회생활을 하길 바랐던 나로서도 조금은 걱정되었다.

노력했으면 싶지만 무리하진 않았으면 한다.

"그래도……."

"괜찮아요. 저 알바 많이 해봤어요. 게다가 일하는 곳도 근처인걸요."

"어디?"

"요 앞에 카레집이요. 사장님도 한국 사람이라서 괜찮을 거예요."

훌륭한 선택이다.

요 앞 카레집 슈퍼 슈바인(슈퍼 돼지)이라면 나도 연습을 마치고 돌아오는 길에 가끔 들리는데 한정 판매를 하는 슈니첼 특제 카레는 먹기 힘든, 어마어마한 요리다.

진달래가 직원으로 있다면 굳이 들리지 않고 재료가 남아 있는지 파악할 수 있을 터.

의욕적이고 행동력 있는 모습에 어머니도 결국 고개를 끄덕이셨다.

"그래. 하지만 혹시 무슨 일 생기거나 하면 꼭 말해주는 거야? 여기 있는 동안에는 칠삼 씨 대신 아줌마가 보호자니까."

"옙!"

진달래가 힘차게 대답했다.

"고생하셨습니다!"

"수고하셨어요~"

연습을 마치고 돌아오는 길에 슈니첼 특제 카레를 먹기 위해 슈퍼 슈바인으로 향했다.

매일 일정량만을 파는데 인기가 많은 집이라 종종 헛걸음을 했는데 이제는 크나큰 아군이 생겼다.

"여보세요."

-바빠! 왜!

"슈니첼 특제 카레 남았어?"

-어? 어…… 어!

정찰병에게 희소식을 확인한 뒤 발을 재촉했다.

문을 열고 들어서자 슈퍼 슈바인의 사장 김덕배가 반갑게 인사해 주었다. 언제 들어도 호쾌한 목소리다.

TV에서는 여느 때와 같이 베를린 필하모닉의 실황 영상이 틀어져 있었다.

"오, 도빈이구나."

"안녕하세요."

"어? 여긴 왜 왔어?"

"단골이시지. 어서 안내해 드려."

"엑."

김덕배가 우람한 팔로 진달래를 밀었다.

녀석은 엄청 불만이라는 표정으로 주문을 받더니 주방으로 들어갔다.

"아는 사이냐?"

"네. 친구예요. 어때요?"

"싹싹하고 부지런하지. 요즘 보기 드문 아이야. 조금 덜렁거리기는 하지만. 하하하!"

좋게 봐주고 있어서 다행이다.

오스트리아 대학 병원에서 의수를 착용한 진달래는 처음에는 신경을 연결하는 과정에서 힘들어했지만 결국 잘 적응해냈다.

'의지가 있으니까.'

원래 아득바득 살아온 녀석이라 적응도 빠른 듯.

요즘에는 베이스도 치고 일상생활에 차차 적응해 나가고 있으니 본래 자기 손만큼은 아니더라도 만족하는 듯싶다.

기특하다.

"크아! 주인장, 이거 정말 최고구만!"

그런 생각을 하고 있을 때 요란하게 카레를 먹던 남자가 고개를 들고 김덕배에게 인사했다.

머리 한쪽에 문신이 있는 대머리다.

"그럼! 버섯과 양파로 맛을 낸 우리 카레는 최고지. 어때. 더 줄까?"

"음! 이 밥도 추가로!"

호쾌한 주인장과 호쾌한 손님이라.

잘 어울리는 조합이다.

"……아니, 배도빈이잖아."

카레에 집중하고 있던 그가 음식을 기다리며 주변을 둘러보더니 나를 보곤 놀랐다.

"안녕하세요."

"이럴 수가. 내가 베를린의 마왕을 직접 만나다니. 영광이야. 영광."

그가 서둘러 냅킨으로 손을 닦더니 악수를 청했다.

원래는 이런 식의 인사는 달갑지 않지만 묘하게 붙임성 있는 남자의 악수를 거절하고 싶진 않았다.

그의 손을 잡았다.

팔뚝이 두툼하고 손바닥은 거칠다.

"피셔 디스카우. 팀파니스트지."

"피셔 디스카우?"

독일 출신의 빼어난 가수가 떠올라 되물어 보니 그가 크게 웃었다.

"하하하! 아버지께서 디트리히 피셔 디스카우의 팬이어서 말이지. 아, 당신도 여기 단골인가?"

"네."

그가 고개를 끄덕였다.

"음음. 카레는 남자의 음식이지. 특히 이 밥. 슈니첼까지 곁들이면 그야말로 무적의 저녁이란 말씀이야."

그가 팔짱을 꼈는데 우락부락한 팔뚝이 엄청나게 도드라졌다.

'재밌는 사람이네.'

"그리고 당신의 음악도 남자의 음악이지. 암! 그 강렬함은 잊을 수가 없어. 음악은 그렇게 힘 있는 게 최고란 말이지."

호쾌한 성격에다 대머리, 우락부락한 팔뚝의 팀파니스트라니.

이렇게 악기에 잘 어울리는 사람도 드물 것이다.

"팀파니스트라 했죠? 어디서 있어요?"

"쾰른 서독 방송에 있다가 얼마 전 이쪽으로 이사했지."

"그만둔 거예요?"

"음. 이렇게 된 이상 감출 이유가 없네. 하하! 이게 다 배도빈, 당신 때문이야."

그가 자세를 돌려 벽에 걸린 TV를 향해 손을 뻗었고.

마침 뒤에 진달래가 슈니첼 특제 카레를 들고 내게 오는 중이었다.

"슈니첼 특제 카레 나왔!"

천천히.

놀란 진달래의 얼굴과 피셔 디스카우의 손에 맞아 튕겨진 그릇, 쏟아지는 카레가 눈앞에서 천천히 움직였다.

"끄아아아악!"

깜짝 놀라 일어섰는데 다행히 진달래는 다치지 않아 보였고, 쏟아진 카레는 아마 등을 보인 피셔 디스카우의 사타구니로 향한 것 같다.

"괘, 괜찮아요?"

진달래가 서둘러 행주를 찾았고 슈퍼 슈바인은 갑작스러운 소동에 시끄러워졌다.

잠시 뒤.

어떻게든 처리를 한 피셔 디스카우가 죽다 살아났다는 표정으로 벽에 기대었다.

"정말 괜찮아요?"

진달래가 걱정스레 물었고 피셔 디스카우는 손을 저으며 말했다.

"이런 걸로 쓰러질 남자가 아니다. 괜찮아."

피셔 디스카우가 크게 다친 것처럼 보이지 않아서 다행이다.

"이런 어쩌지. 도빈아, 슈니첼이 떨어졌는데."

"……네?"

오늘도 못 먹다니.

최악이다.

· 46악장 ·

왕좌

슈니첼 특제 카레는 먹지 못했지만 피셔 디스카우가 재밌는 말을 했다.

"베를린 필하모닉이 새로운 단원을 뽑는다고 들었는데 B팀의 팀파니는 아직 공석이잖나? 아무렴 사내라면 도전해야지!"

피셔 디스카우가 가슴을 탕탕 치며 호기롭게 말했다.

실력이 어떤지는 모르겠지만 이런 사람이 들어온다면 즐거울 것 같았기에 진심으로 응원했다.

"합격하길 바랄게요."

"크으! 이렇게 상냥한 마왕이 있을 수 있나. 약속하지! 당당히 합격해서 함께하겠다고."

가지런하고 하얀 이를 보이며 웃는 그를 보니 덩달아 나도 기분이 좋아졌다.

다음 날.

일어나 커튼을 치자 창밖으로 하얗게 덮인 베를린 시내를 볼 수 있었다.

'벌써 또 1년인가.'

베를린으로 돌아온 지 얼마 안 된 것 같은데 시간이 훌쩍 지나 버렸다.

어머니께선 그림 그리는 일을 다시 시작하셨고 도진이는 대학에 입학했고 하숙생이 생겼다.

성악 과외를 받으면서 아르바이트를 하는 진달래와 당당히 베를린 필하모닉 B팀의 악장이자 A팀 얼후 독주자가 된 소소 (박선영은 샛별 엔터테인먼트의 큰 축이 빠졌음에 애통해했다).

그리고.

주머니 사정이 좋지 않았던 나윤희가 마지막 하숙생이었다.

"흐어어엉."

나윤희가 감격한 나머지 꺼이꺼이 울고 있다.

지금까지 게스트하우스에서 버텼다니 놀랄 따름이다.

"울지 마요. 힘들면 말을 하지 그랬어요."

"하지만, 하지만."

"핫핫핫하. 정말 못 살겠다. 아니, 사무국에다가 이야기라도 했으면 임대주택이라도 알아봐 줬을 텐데 왜 그랬어."

이승희가 깔깔 웃었다.

달래는 건지 놀리는 건지 모호했지만 둘이 친하게 지내는 것은 확실하다.

아무래도 멀리 타국에서 같은 나라 사람을 만난 게 나윤희에게는 큰 힘이 되는 듯하다.

"아니, 그런데 지금까지 모아둔 돈이 하나도 없었던 거야?"

"그, 그게……."

굳이 말하지 않아도 네이즈 때 그녀가 어떤 취급을 당했는지는 대충 알고 있다.

"계, 계약 종료하고 아빠랑 유럽 여행으로 기분을 내는 바람에……."

"의외로 호쾌한 면이 있네요."

"미안해, 도빈아."

당장에라도 다시 울 것 같은 표정을 지어 보이기에 그만 놀려야겠다 생각했다.

그러지 않아도 집이 너무 넓었는데 잘된 일이다.

그 소식을 들은 마누엘 노이어와 찰스 브라움이 헛소리를 하지만 말이다.

"연상의 여성 세 명과 동거라니. 질풍노도의 악장에겐 너무 자극적인 환경 아닌가?"

연상이라니.

귀여운 햇병아리들일 뿐이다.

마누엘 노이어가 히죽히죽 웃으며 놀리기에 짜증이 나 퉁명스레 답했다.

"징그러우니까 그렇게 웃지 말아요."

"뭐, 뭐라고?"

한편 찰스 브라움은 다시금 예전의 나르시스트적인 면을 보이기 시작했는데 이게 더 짜증 났다.

"소소 악장과 나윤희 부수석 그리고 학생과 함께 산다고 들었어."

"네. 그런데요?"

찰스 브라움이 고개를 절레절레 젓는다.

"넌 너의 외모를 가꾸는 법을 배워야 해. 자고로 훌륭한 재능을 지닌 자가 자신을 갈고닦지 않는다면 그것은 죄악. 내가 가르쳐 주마."

"찰스가 하는 것처럼 느끼하게 하고 다닐 생각 없어요."

"느, 느끼하다니?"

느끼하다는 말을 들은 찰스 브라움의 멍청한 얼굴은 지금 생각해도 재밌다.

'더할 나위 없지.'

굳이 이런 기억을 떠올리는 건 그만큼 베를린 필하모닉에 애정이 깊어졌기 때문이리라.

새롭게 들어온 단원들도 잘 적응했고 단원들 사이의 친분이

끈끈해질수록 오케스트라에는 더욱 긍정적인 영향을 미칠 터.

인터플레이라는 몹쓸 놈들이 귀찮게 굴긴 했지만 최근 1년이 너무도 즐겁게 느껴진 만큼 말이다.

'슬슬 준비할까.'

눈이 내려 오늘은 산책을 접어두고 곧장 출근할 채비를 했다. 씻고 머리를 말리고 있자니 도진이가 눈을 비비며 내 방으로 들어왔다.

"형아, 일하러 가?"

"응. 일찍 일어났네?"

아직 7시밖에 안 됐는데 일어난 걸 보니 기특하다.

"할아버지 오는 날이니까."

"……."

그러고 보니 어렴풋이 어머니께 그런 말을 들었던 것 같다.

'도빈아, 다음 주에 채은이네가 할아버지랑 같이 놀러온대.'

곰곰히 생각해 보니 같은 게 아니라 그랬다.

"까먹었었어?"

"그러게."

"할아버지가 이놈 해."

"하하하하. 무섭겠네."

그런 말은 또 어디서 들었는지 신기할 따름이다. 귀여운 나머지 도진이의 엉덩이를 팡팡 두들겨 주었다.

"자, 엄마아빠한테도 인사드려야지?"

"응."

그러고 다시 머리를 말리는데 핸드폰이 울렸다.

이따 봐야지 하고 넘겼는데 다시 한번 울려서 확인해 보니 최지훈과 채은이에게서 각각 메시지가 도착해 있었다.

지훈

[나 베를린 필하모닉하고 협연 잡혔어! 대박이지!]

채은

[나 지금 어디게?]

지금보다 더 시끌벅적해질 것 같다.

이른 시간에 베를린 필하모닉 콘서트홀에 도착했다. 차갑게 식은 복도를 지나 연습실에 들어섰고 히터를 틀었다.

적당히 몸을 데우곤 바이올린을 들어 바이올린 협주곡 13번, D장조 '찰스 브라움'의 카덴차 부분을 연주했다.

찰스 브라움에게 맡길 부분이지만 그가 어떤 식으로 이 부분을 채울지 생각하면 무척 기대된다.

"어머. 일찍 왔네?"

"좋은 아침이에요."

연습실에 카밀라가 들어섰다.

"부지런한 건 알았지만 요즘은 더 그런데?"

"이게 다 세프 때문이에요. 은근슬쩍 지휘권을 넘기고 있으니까요."

베를린 필하모닉의 편제는 예전과 매우 달라졌는데 그중에서 가장 큰 변화는 역시나 A팀과 B팀으로 나뉘었다는 점이다.

당연히 A팀과 B팀 모두 푸르트벵글러가 통솔하고 있지만, 송년 음악회를 시작으로 B팀의 일을 조금씩 내게 넘기고 있었다.

이번 베를린 필하모닉 송년 음악회는 3부로 나누어서, 첫 1부는 B팀의 '찰스 브라운', 2부는 A팀의 '로엔그린', 3부는 A팀과 B팀 모두가 연주하는 내 D단조 교향곡(합창)으로 구성되었다.

1부 지휘와 3부의 악장 역할을 준비해야 하기에 부지런히 움직여야 한다.

"그만큼 널 믿고 있으니까. 게다가 세프도 나이가 있잖아? B팀까지 신경 쓸 힘은 없을 거야."

푸르트벵글러가 나이를 먹었다는 건 알고 있지만 아직 건강한 편이다.

나 역시 하루빨리 온전한 지휘자가 되고 싶지만 그렇다고 푸르트벵글러의 은퇴를 바라는 건 아니다.

가급적 나는 그가 지휘하는 베를린 필하모닉을 오래 듣고 싶다.

내 표정에서 불만을 본 모양인지 카밀라 앤더슨이 빙그레 웃더니 핸드폰을 꺼내 무엇인가를 찾았다.

"재밌는 일이 생겼어."

그녀의 핸드폰 액정에는 2023년 최고의 오케스트라는 어디인지에 대해 예상하는 기사가 떠 있었다.

"이게 왜요?"

"Orchestra of the year. 크리크 준비 위원회 기억하지?"

고개를 끄덕였다.

"거기를 중심으로 세계 클래식 음악 협회가 발족했는데 내년부터는 각 언론사가 최고의 오케스트라를 선정하는 모양이야. 그것들을 취합해서 내년 겨울에 발표한대. 즉, 가장 많은 언론사에서 선정한 악단이 최고의 영예를 얻는 거야."

내가 이런 일에 관심 없는 걸 아는 카밀라였기에 굳이 이런 이야기를 꺼낸 이유가 있을 것이다.

"빌헬름은 인터플레이의 코를 납작하게 만들어줄 생각인 것 같던데?"

지기 싫어하는 고집불통 푸르트벵글러라면 충분히 그럴 것 같다고 생각했다.

그러나 그만 그런 게 아님을 간과하고 있었다.

단원들이 모이자 OOTY(Orchestra of the year)에 대해 이야기

하기 시작했고 기운과 자부심이 넘치는 그들은 벌써부터 투지를 불태웠다.

아무래도 지금까지 인터플레이의 행적과 레몽 도네크와 몇몇 단원의 런던행 때문에 경쟁의식이 더욱 강해진 것 같다.

"당연히 우리가 해야지!"

"우! 우! 우! 우!"

마누엘 노이어의 외침에 한스 등이 추임새를 넣기 시작했는데 꼭 전쟁을 앞둔 부족 전사처럼 보였다.

"아하하. 재밌겠는데? 이거 근데 기준이 뭐야?"

이승희 역시 흥미를 보였다.

"카밀라 말로는 10월까지의 언론사별 선정 수에 따른대요."

"타임즈, 슈피겔, 그래모폰 등 백여 개 언론사에서 선정한다고 하는데 솔직히 특별한 일이 없다면 어느 한 악단이 특출할 것 같진 않아."

내가 설명하자 케르바 슈타인이 부연설명을 했다.

"왜요? 당연히 우리랑 빈, 암스테르담 삼파전 아닌가? 그치, 윤희야?"

"마, 마, 마, 맞아요."

이승희의 질문에 나윤희가 얼른 고개를 끄덕였다. 어찌나 빨리 끄덕이던지 목이 떨어지는 건 아닌가 싶을 정도였다.

"연고에 영향이 있을 수밖에 없으니까. 비슷한 수준이라면 일단 자기 지역의 오케스트라를 1순위로 올릴 테니 비슷해지지 않을까 싶어."

"그렇지는 않을 거다."

"셰프."

오늘은 B팀만 연습하는데 푸르트벵글러가 연습실에 방문하자 사람들이 놀라 고개를 돌렸다.

눈이 쌓인 모자를 툭툭 털어내며 들어온 푸르트벵글러가 주변을 둘러본 뒤 말했다.

"전 세계의 이목이 집중되어 있다. 게다가 세계 클래식 음악 협회가 주관하니 그렇게 대놓고 움직이진 못할 거다."

심술궂은 표정을 보아하니 뭔가 중대발표를 할 것 같다.

아니나 다를까.

"런던을 쳐부순다. 다들 각오해!"

"예, 셰프!"

예상대로 의지 가득히 선전포고를 날렸다.

연습을 마치고 돌아오니 할아버지가 달려와 나를 끌어안으셨다. 어렸을 적부터 반복된 일이지만 익숙해질 수 없는 힘이다.

숨이 막힌다.

"하, 항복."

"하하하하! 잘 지냈니, 음?"

"그럼요. 할아버지도 건강해 보이시네요."

"욘석. 잘 지내면서 일 년 내내 할애비 한 번 보러 안 오는구나."

맞는 말이라 뭐라 답할 수 없었다.

베를린 필하모닉 콘서트홀 증축 기간에 살짝 시간이 남았으니 한 번쯤 갔어도 됐을 텐데 하고 생각했다.

"부담 없을 때 놀러 갈게요. 계시는 동안 같이 있어요."

"그래. 껄껄."

할아버지가 만족스럽다는 듯 고개를 끄덕였고 놀이방으로 향하셨다.

이 시간이면 도진이가 한창 만화영화에 빠져 있을 때인데 아마 도진이와 놀고 싶으신 모양이다.

도진이가 방해하지 말라고 하고 할아버지는 서운해하면서도 도진이를 보고 계실 것 같다.

그때 최지훈과 채은이가 달려들었다.

"도빈아!"

"오빠!"

채은이가 할아버지와 함께 온 것은 알고 있었는데 최지훈도 있을 줄은 몰랐다.

"놀랐지!"

"이야기 들었어. 난 지훈이가 있어서 놀랐는데. 콩쿠르 나간 다 하지 않았어?"

"나간다 했어!"

채은이가 내 뒷말을 따라 하며 최지훈에게 물었다. 무슨 일 인지 채은이가 무척 들떠 있는데 아무래도 놀러 온 것 자체가 즐거운 모양이다.

최지훈을 보니 씩 하고 웃으며 핸드폰으로 기사를 보여줬다.

"우승했지!"

"와, 대박!"

채은이가 뿌듯해하는 최지훈이 만족할 만큼 크게 반응해 주었다.

"축하해."

"약해. 약해. 더 기뻐해 달라고."

"콩쿠르 그만 다니고 앨범에 집중하라고 말하려 했는데."

"……축하해 줘서 고마워."

씩 하고 웃곤 최지훈을 끌어안아 등을 쓸어내렸다.

여전히 정진하고 있는 형제가 자랑스럽다.

저녁 식사 시간이 정말 정신없었다.

소소와 진달래가 평소대로 우걱우걱 포식했고 도진이가 그 모습을 따라 했다.

체할까 걱정되어 말리는 사이에 최지훈은 얌전히 교양 있게 밥을 먹었다.

채은이는 최근 조금씩 주목받고 있는 나윤희에게 이것저것 물었는데 과도한 관심을 받은 나윤희는 쩔쩔맸다.

어머니는 할아버지와 티격태격하시다가 채은이의 어머니와 수다를 떨기도 하셨고 아버지는 김 실장님과 무엇인가에 대해 말씀을 나누셨다.

북적북적하다.

식사를 마치고 최지훈과 옥상 테라스에서 커피를 한잔하는 도중 녀석이 이상한 이야기를 꺼냈다.

"으으. 베를린 필과 협연이라니 너무 긴장돼."

"한 달이나 남았잖아."

하던 대로 하면 될 텐데 쓸데없는 걱정을 한다.

"하지만 오케스트라는 뭔가 느낌이 다른걸. 그래서."

최지훈이 뜸을 들이다 말했다.

"좀 도와줄 수 있어?"

"뭘?"

"연습."

어이가 없어서 최지훈을 빤히 보다가 말했다.

"그래서 콩쿨 끝나자마자 왔구만?"

최지훈이 고개를 끄덕였다.

잔뜩 기대하고 있는 표정인데 사실 그리 반가운 일은 아니다.

두 번째 크리크에서 우승하고 재도전한 쇼팽 콩쿠르에서도 우승할 때 최지훈의 기량은 부쩍 늘었지만 어딘지 모르게 나와 닮은 느낌을 지울 수 없었다.

지금 최지훈이 받는 가장 많은 평 중에 하나가 제2의 배도빈.

나도 최지훈도 세간의 이목에 신경 쓰지 않지만 미래를 위해서라도 최지훈의 음악 세계에 더 관여하면 안 된다고 생각했다.

11살 때부터 그는 이미 어엿한 피아니스트였으니까.

"싫어."

"어? 왜?"

"어렸을 때야 네가 무리하고 있기도 했고 부족한 점도 많아서 도와줬지만 지금은 아니잖아."

커피를 한 모금 마셨다.

"지금까지 혼자서 잘해왔어. 이번에도 그럴 거고."

최지훈이 입을 쭉 내밀었다.

예전에도 도와주긴 했지만 결국에는 혼자서도 잘해왔던 녀석이 이런 반응을 보이니 무슨 일이 있나 싶다.

아니나 다를까 속마음을 털어놓는다.

"실은 요즘 조금 정체되어 있는 것 같다는 생각이 들어. 연습을 게을리하는 것도 아닌데."

슬럼프인가.

최지훈이 일어나더니 난간에 기대어 턱을 괴었다. 옆으로 가니 베를린의 야경이 한눈에 들어왔다.

"이대로 멈춰버리는 건 아닐까 걱정돼."

"피아노는 여전히 재밌어?"

"그럼."

그 대답에 안심했다.

"오랜만에 같이할까?"

"웅!"

내 층으로 내려가 연주실에 들어섰다. 히무라와 칠삼의 도움으로 악기란 악기는 있는 대로 사서 그 넓던 장소가 조금 좁게 느껴질 정도다.

피아노 앞에 앉자 최지훈도 마주하고 있는 피아노에 자리했다.

"드뷔시 행렬."

"어?"

연주를 시작하자 최지훈이 곧잘 따라왔다.

드뷔시가 남긴 작은 모음곡 중 행렬은 힘찬 주 멜로디 주변을 보조 멜로디가 발랄한 느낌으로 재잘대는 연탄곡이다.

당당한 걸음을 연상시키는 연주 속에 날아가듯이 들려오는 연결음들.

짧은 연주를 마치고 말했다.

"잘하잖아."

"갑자기 시작하면 어떡해."

"미뉴에트."

드뷔시의 작은 모음곡 중 미뉴에트는 간질거리며 시작한다.

최지훈이 약이 올랐는지 멜로디를 뺏어 자기가 연주하기 시작했다.

자연스럽게 서로의 위치가 바뀌었고 나는 최지훈의 연주를 더욱 돋보이게 해주기 위해 약간의 변형을 주어 즉흥적으로 연주하였다.

즐겁다.

피아노 소리에서 최지훈이 조금 당황한 게 느껴진다.

그러나 그것도 잠시.

최지훈도 원래 악보에서 벗어난다. 더 자유롭게 더 아름다운 멜로디를 엉망으로.

이제 더 이상 드뷔시의 작은 모음곡이라 할 수 없다.

그렇게 연주를 마치자 최지훈이 말도 없이 연주를 시작했다.

녀석이 가장 좋아하는 쇼팽의 에튀드 G플랫 장조, 흑건이다.

빨리 덤비라는 듯한 연주에 흥이 나 중간부터 조금씩 음을 변형시키자 즉흥 연주에는 아직 능숙하지 않는 듯 조금씩 최지훈의 연주가 꼬이기 시작했다.

슬쩍 피아노 너머로 녀석을 보니 독이 바짝 올라 있으면서
도 입가가 슬며시 올라가 있다.

연주가 끝났다.

"좋아하다 보면 알고 싶고 그래서 찾다 보면 실력은 자연스
레 따라와. 너무 걱정하지 마."

다른 일에 대해서는 모르지만 적어도 음악은 사랑과 같다.

사랑하는 법은 저마다 다르겠지만 관심이 생긴 뒤의 과정은
비슷하다.

나 같은 경우는 내 몸과 영혼을 불태워 어둠 속에 있는 음
악을 찾아다녔고.

최지훈의 경우에는 순수한 마음을 키워왔다.

그 마음이 계속되는 한 녀석은 끝없이 발전할 것이다.

그래서 잠깐의 슬럼프 따위 걱정하지 않는다.

내 의도가 잘 전달되었는지 최지훈이 웃으며 고개를 끄덕였다.

"와, 엄청 잘하네."

그때 진달래가 쟁반을 든 채 안으로 들어왔다. 그 뒤에 채
은이가 케이크를 들고 있다.

"와, 이게 다 뭐야?"

채은이는 연주실을 둘러보며 감탄했다. 이 집에는 처음 오
는 만큼 이것저것 신기한가 보다.

"아줌마가 간식 주셨어."

진달래와 채은이가 쟁반을 내려놓았다.

"고마워."

"둘이 재밌게 놀더라. 부럽다."

피아노 소리를 들었는지 채은이가 케이크를 먹으며 말했다. 피아노로 놀 수 있다는 게 부러운 눈치다.

"왜 부러워?"

최지훈이 의아하게 물었다.

"잘 치니까?"

채은이의 말을 들은 최지훈이 정말 황당하다는 듯 눈을 크게 뜨고 입을 벌렸다. 어버버버 대면서 나보고 뭐라 말 좀 해달라는 듯하다.

그냥 웃자 최지훈이 채은이에게 말했다.

"아니, 너 피아노 엄청 잘 쳤잖아. 무슨 말을 하는 거야?"

"내가? 무슨 소리야."

채은이가 깔깔대며 웃었는데 나도 조금은 충격이다.

"기억 안 나?"

정색하고 묻자 채은이가 골똘히 생각하다가 입을 열었다.

"어렸을 때 오빠랑 놀면서 쳤다는 기억은 있는데, 그래 봐야 일 년에 며칠뿐이었잖아? 아, 그래도 오빠가 만들어준 곡은 계속 연습했어. 잘 기억은 안 나지만 얼마나 서러웠는데. 그땐 오빠가 일하러 나가는 게 왜 그렇게 슬펐는지 몰라."

채은이의 말을 듣고서 나는 나와 최지훈이 뭔가 착각하고 있었음을 깨달았다.

본래 어른스러웠던 최지훈이 본격적인 훈련을 받은 시기도 겨우 여덟 살 때였다.

나야 한평생을 살았기에 어렸을 적부터 있었던 일을 모두 기억하고 내 의지대로 행동했지만(비록 어휘력의 문제로 인해 지금도 이불을 걷어찰 기억이 몇몇 있지만).

채은이가 내게 피아노를 처음 배운 나이는 고작 다섯 살. 그마저도 처음 한 달을 제외하고선 바쁜 와중에 며칠 만나지도 못했다.

녀석이 자기의 목표가 '평론'이라 말했을 때도 겨우 초등학교에 입학한 해의 겨울이었다.

나나 최지훈이나 몇몇 사람을 빼놓고 생각하면 자신의 의지보다는 주변 환경에 영향을 받는 게 당연한 나이였다.

친구 한 명 없이, 과하게 소심했던 채은이에게 나와 최지훈은 유일한 또래였고 피아노는 그저 함께 노는 도구였다고 생각하는 게 맞을 거다.

'도진이도 그랬으니까.'

도진이가 과학 쪽에 관심을 가지게 되었던 시기를 떠올려 보았다.

도진이는 우연히 함께 본 과학 다큐멘터리에 나온 이야기를 아버지와 어머니께 전했고 두 분은 깜짝 놀라셨다.

지금 생각해 보면 녀석이 그 말을 이해는 했을까 싶은데, 시작은 부모님이 기뻐하셨다는 데 있다.

그때부터 도진이는 그런 쪽에 관심을 가졌고 자기가 본 지식을 아버지와 어머니께 말하기 시작했다.

당연히.

교육 수준이 높은 아버지와 어머니는 너무나 신기해하셨고 말이다.

최지훈이 물었다.

"난 너 피아노 듣고 좌절할 뻔했단 말이야. 그런 애한테 이런 말 들으니까 엄청 충격이다."

"글쎄……. 그렇게 말해도 난 기억 안 나는데. 그냥 오빠랑 도빈 오빠 나오는 TV 보면서 놀았지 뭐. 어차피 그때부터 바빴잖아. 둘 다. 내 기억엔 그런데?"

내 생각대로.

나와 최지훈과 함께 놀지 못하는 채은이는 우리가 나오는 TV를 보며 시간을 보냈고, 평론가든 패널이든 나와 최지훈에 관련한 이야기 하면 그것을 자기 아버지에게 들려줬을 거다.

예전에 채은이의 아버지가 채은이에게 그런 이야기를 했다고 들은 적 있으니까.

내게는 평론을 한다는 채은이의 선택이 뜬금없었지만 채은이에겐 너무도 자연스러웠던 거다.

'……지훈이도 엄마가 좋아해서 시작했다고 했지.'

그 과정이 계속되다가 피아노 자체에 흥미를 붙였던 거라 생각하니 조금 황당해졌다.

말이 안 되는 것 같으면서도.

묘하게 맞아떨어지는 느낌이다.

최지훈이 다시 물었다.

"정말, 정말 피아노 못 쳐?"

"그렇다니까. 심심할 때 치긴 했어도 오빠들처럼은 절대 무리지."

"아깝잖아! 지금이라도 시작하는 게 어때? 분명 엄청난 피아니스트가 될 거야."

"내가 무슨. 오버하지 마."

채은이는 웃으며 말했다.

최지훈이 농담을 하는 거라 받아들이고 있는 듯했다.

"진지해! 너, 네가 어떤 사람인지 정말 몰라?"

최지훈이 언성을 높였다.

스스로도 뛰어난 재능을 가진 천재라는 걸 알아줬으면 하지만.

최지훈은 항상 나와 채은이를 의식했다.

곧고 바른 마음 때문에 나와 채은이를 두고도 시기하거나 질투하지 않았지만 자신의 재능을 부정하는 채은이의 태도에 흥분한 것이다.

그런 재능을 가졌으면서도 왜 노력하지 않냐고.

평소 같았으면 그냥 넘어갔을 테지만, 슬럼프를 겪느라 괴로운 녀석이 채은이를 닦달했다.

아쉬운 것은 나도 마찬가지라 최지훈이 흥분하는 것도 이해할 수 있었다.

하지만.

'욕심이지.'

그건 나와 최지훈의 욕심일 뿐이다. 찬란한 재능이 만개하는 것을 보고 싶은 마음일 뿐.

피아노를 치는 것도 평론을 하는 것도 모두 채은이가 선택할 일이다.

채은이가 자신의 재능을 모를 수밖에 없었던 것도.

그리고 음악을 분석하는 일을 하게 된 것도 이해할 수 있었지만 지금에 와서 굳이 나와 최지훈의 욕심으로 채은이에게 다시 피아노를 하라고 할 이유도, 명분도 없다.

그래서는 안 된다.

"야, 너 왜 채은이한테 화내냐?"

가만히 있던 진달래가 최지훈에게 물었다. 오늘 하루 만났는데 꽤나 친해진 모양이다.

"피아노를 치든 말든 애 마음이지. 왜 네가 하라 마라야?"

"너랑은 상관없는 일이야."

"그래. 난 너희 둘이 얼마나 친한지도 모르고 오늘 처음 봤지만 그런 걸 왜 강요하는데?"

진달래의 말을 들은 최지훈이 뭐라 말하려 입을 벌렸다가 이내 닫았다. 그리고 잠시 생각을 정리하더니 이내 사과했다.

"미안. 강요할 생각은 없었어. 그냥. 그냥 내가 널 부러워했던 거야."

최지훈의 평소답지 않은 행동에.

슬럼프로 인해 녀석이 그간 얼마나 많이 괴로워했는지 알 수 있었다.

생각해 보면 난 녀석을 쭉 어른처럼 대했다.

이제 고작 18살. 한 달 뒤 내년이라도 19살인데 모든 역경을 이겨낼 수 있을 거라 믿었다.

지금도 잠시 흥분하긴 했지만 제대로 이성적으로 생각할 정도로 녀석은 어른스러우니까.

지금까지 그래 왔으니까.

최지훈의 손을 잡아주었다.

그리고 무척 당황했을 채은이에게 말했다.

"놀랐지?"

채은이가 고개를 저었다. 조금 놀라서 그런지 무엇 때문인지 조금 울먹이고 있다.

"난 내 음악을 정확히 이야기해 주는 친구가 있어서 기뻐.

지훈이도 네가 써준 글 보고 얼마나 자랑했는지 몰라. 음악 하는 사람에게 자기 음악을 정확히 바라봐주는 사람이 있다는 게 얼마나 기쁜 일인데."

채은이가 자기가 하는 일에 대해 자부심을 잃지 않도록 진심을 담아 말했다.

"사실 아쉽기도 해. 네 선택이라 존중했지만 네 피아노는 정말 좋았어. 지금도 기억이 생생하니까. 나도 지훈이도 네 피아노를 좋아하니까 아쉬워하는 거야. 나쁜 뜻은 없었어."

그리고 오해하지 않도록 사실대로 말했다.

어머니와 아버지께 배운 화법은 이럴 때 정말 크게 도움이 된다.

예전 같았으면 어떻게 말해줘야 할지 상대의 마음이 어떨지 제대로 이해하지 못한 채 그렇게 관계를 잃었을 테니까.

참 아이러니하게도.

어렸을 때 어머니께서 내게 또래 친구를 만들어주려 하셨던 마음을 요즘에야 조금씩 이해할 수 있다.

홍승일과 토마스 필스가 떠나고 푸르트벵글러와 사카모토의 얼굴에 주름이 짙어지면서.

내 주변을 둘러봐도 내 또래에 함께할, 음악을 향유할 친구가 없음을 깨달았다.

그래서 내겐 지금 이 방에 있는 이들이 너무도 소중하다.

이들의 사이가 틀어지면 그보다 슬픈 일도 없을 것이다.

최지훈이 채은이에게 다시 한번 사과했고 채은이는 고개를 저으며 최지훈을 안아주었다.

"너희 엄청 친하구나?"

진달래가 부러운 듯 말했다.

"물론이지."

19살의 최지훈. 16살의 차채은.

모두 성장통을 겪을 뿐 서로를 생각하는 것만큼은 예나 지금이나 변하지 않았다.

분위기를 전환할 겸 채은이와 각각 피아노 앞에 앉았다.

"나 정말 못 하는데."

"괜찮아."

차채은을 위한 피아노 연습곡 1번 C장조.

천천히 연주를 시작하자 채은이가 따라오기 시작했다. 아예 손을 놓고 있던 것은 아닌지 생각했던 것보다는 괜찮다.

여전히 완벽한 박자 감각을 가졌지만 타건은 예전의 발랄함을 찾아볼 수 없다.

머뭇거릴 때에는 거기에 맞춰 대신 음을 채워 넣었고 그러면 그 뒤에는 다시 연주를 이어나갔다.

"와, 이건 뭐야? 너무 좋잖아."

연주를 마치자 진달래가 손으로 허벅지를 치며 박수를 대신했다.

"차채은을 위한 피아노 연습곡. 예전에 연습할 곡이 딱히 없어서 만들어줬어."

"와. 내가 다 간지러운 이름이네."

진달래가 웃었다. 그러고는 자기 방으로 가더니 베이스를 가지고 왔다.

"나도 같이할래. 엄청 하고 싶어졌어."

최지훈과 채은이가 말을 하진 않았지만 꽤 놀란 눈치였다. 진달래의 의수를 못 봤을 리가 없기에 그런 듯하다.

최지훈에게 피아노 자리를 양보했고 바이올린을 들었다.

"뭐 하지?"

채은이와 진달래의 레파토리가 좁아서 연주할 만한 게 딱히 없었다.

"즉흥으로 하지 뭐."

내가 음을 내기 시작하자 최지훈이 피아노를 연주하기 시작했고 진달래가 베이스로 아래를 깔아주기 시작했다.

채은이가 한참을 망설이더니 최지훈의 멜로디에 반주를 넣었다.

"항항항항. 엉망이잖아."

연주를 마치자 진달래가 웃기 시작했고 채은이와 최지훈이 따라 웃었다.

나도 마찬가지.

엉망이지만 꽤 즐겁다.

그러다 문득 지구방위대 가랜드가 떠올랐다. 예전에 최지훈도 채은이도 봤고 비슷한 또래인 진달래도 알고 있을 거라 생각했다.

"아, 나 이거 알아!"

활기를 되찾은 채은이가 연주에 합류 최지훈이 채은이의 연주를 보조했다.

그렇게 어렸을 때 봤던 만화영화의 주제곡을 연주하다 보니 조금씩 호흡이 맞아갔다.

나중에 루트비히 오케스트라를 만들면 이렇게 시작하게 될까?

그 과정이 무척 즐겁다.

연말 연주회를 준비하는 기간에도 OOTY에 대한 이야기는 계속해서 화두로 올라섰다.

채은이가 당연하다는 듯 말했다.

"그야 베를린 필이지!"

"나도."

최지훈이 고개를 끄덕였고 진달래는 고민하다가 잘 모르겠다고 했다.

소소와 나윤희도 당연히 베를린 필하모닉이라 답했는데 나카무라 료코의 대답은 달랐다.

"기준이 뭔데?"

본격적인 이야기라 조금 고민하다가 대답이 갈렸다.

나와 최지훈과 채은이는 음악성이라 말했고 소소는 매출액, 나윤희는 팬층에 대해 언급했다.

"그…… 얼마나 다양한 사람을 포용할 수 있는지가 중요하지 않을까?"

듣고 보니 맞는 말이다.

"돈이 최고야. 좋은 음악이랑 팬이 많다는 걸 나타내는 게 돈이니까."

소소가 의외로 현실적인 점을 지적했다.

그녀의 말도 확실히 일리가 있다.

음악성과 대중성(팬)을 정확히 나타낼 수 있는 지표가 마땅히 없으니 매출액이라고 말하는 것이다.

소소의 말에 다들 심각하게 고민하기 시작했고 진달래가 나섰다.

"되게 칙칙하잖아. 돈 좀 덜 벌면 어때. 멋진 음악을 하는 게 중요하지."

이 역시 정론.

답이 없는 와중에 어머니와 나윤희를 보기 위해 놀러온 이승희가 명쾌한 답을 내렸다.

"본인들이 제일 잘 알지 않을까?"

그 말에 다들 이승희를 보았다.

"그렇잖아? 난 솔직히 베토벤이나 브람스는 베를린이 젤 뛰어나다고 생각하는데 오페라 쪽은 빈 필이 아무래도 낫더라고."

그 이야기를 푸르트뱅글러에게 전했더니 그가 껄껄 웃었다.

"그 말대로다. OOTY를 누가 받느냐도 중요하지만 명심해라, 도빈아. 항상 최선을 다하지만 내년은 더 열심히 해야 해. 런던의 음악가들이 스스로 느끼도록 말이야."

푸르트뱅글러는 인터플레이에 협조하는 음악가들에게 본때를 보여주고 싶은가 보다.

그뿐만이 아니라 베를린을 중심으로 한 반인터플레이 음악가들은 대부분 그런 생각을 가지고 있는 듯하다.

하지만 난 그들의 음악을 런던보다 낫다고 느낀 적 없었다.

도리어 런던 필과 런던 심포니의 경우에는 좋아한다.

명장 브루노 발터가 이끄는 런던 심포니의 연주에서는 고전의 향수를 물씬 느낄 수 있다.

'싸울 이유가 없는데 말이지.'

여러 사람에게 누차 해왔던 말이지만 질 나쁜 음악은 있어도 나쁜 장르는 없는데.

결국 런던파와 베를린파는 지향하는 음악적 세계관이 다를 뿐. 어느 쪽이 옳다 그르다를 판단할 일이 아니다.

'나쁜 건 그걸 선악구도로 만들어 시장을 장악하려는 인터플레이지.'

그렇게 생각하니 묘하게 OOTY에 대해서도 관심이 생겼다.

전 세계 음악 팬들이 모두 주목한다면 런던의 음악이든 우리의 음악이든 좋다는 걸 인식시킬 수 있지 않을까.

그런 생각을 하는데 때마침 좋은 이야기가 들렸다.

"잠시 주목해 주세요."

카밀라 앤더슨이 연습실에 들어왔다. 모두 시선을 돌렸고 카밀라가 공문 하나를 게시판에 꽂았다.

"세계 클래식 음악 협회에서 내년 2월에 대회를 연다고 해요. OOTY 평점에 포함된다니까 확인해 주세요. 세프와 악장단은 잠시 시간 좀 내주시고요."

사무국에서 카밀라가 참여 의사를 물었다.

"당연히 참가해야죠."

케르바 슈타인이 먼저 나섰다.

파울 리히터가 그에 동조했고 찰스 브라움은 보류, 소소는 아직 의사를 밝히지 않았다.

OOTY와 열의를 태우던 푸르트벵글러가 가만있는 게 의외였는데 소소가 입을 열었다.

"일정 애매해."

소소가 말을 마치자 푸르트벵글러가 입을 열었다.

"연말, 연초를 준비하는 것만으로도 빠듯하다. 기껏 인원을 늘렸거늘 다시 단원들을 잡을 순 없지. 게다가 대회 일정이 한 달이군. 확장 공사 때문에 석 달이나 정기 연주회를 못 가졌는데 이번에도 그럴 순 없다. 팬들을 기만하는 짓이야."

역시 푸르트벵글러의 최우선은 베를린 필하모닉의 팬인 듯하다.

나도 어쩔 수 없지만 정기 연주회에 집중하는 게 좋다고 생각했기에 푸르트벵글러의 말에 동조하려는데 그가 단호히 말했다.

"B팀으로 참가한다."

카밀라와 악장단이 푸르트벵글러의 말에 놀랐다.

"네?"

"연습실로 가지. 카밀라, 자네도 함께 와주게."

푸르트벵글러가 단단히 마음을 먹은 모양이다. 폭군답게 가타부타 설명도 없이 발을 옮겼다.

모든 단원을 앞에 두고 푸르트벵글러가 지휘단에서 연설을 시작했다.

그는 세계 클래식 음악 협회가 보낸 공문서로 대중의 상황을 공유하고 있던 단원들에게 정기 연주회의 중요성을 강조.

단원 대부분이 그에 동조했다.

"그러니 B팀이 참가하도록 하겠다."

그러나 참가방식에 대해서는 여전히 애매한 반응이다.

상황상 A팀이 출전하지 않는 것은 다들 공감했지만 그렇다고 B팀의 출전을 바라는 건 아니다.

그러나 런던을 쳐부순다고 천명한 푸르트벵글러에게 불참이란 선택지는 없는 모양.

'다들 어떨떨한 표정이네.'

사람들을 살펴보니 조금 당황한 눈치다.

그도 그럴 것이 B팀은 입단한 지 두세 달밖에 안 된 인원들로 구성되어 있었다.

푸르트벵글러가 단원으로 들일 정도로 수준급 실력을 보유했지만 아직 오케스트라로서는 빈약할 수밖에 없다.

구성부터 호흡까지 전체적으로 퀄리티를 끌어올리기엔 시간이 부족할 수밖에.

제대로 된 편성으로 참가할 다른 오케스트라에 비해 부족한 것이 사실이다.

"배도빈 악장, 앞으로."

푸르트벵글러 옆으로 가자 그가 다시 단원들에게 말했다.

"여기 배도빈 악장이 B팀을 이끌고 OOTY 오케스트라 대전에 참가할 것이다. 이의는 받지 않는다."

"이의 있습니다."

한스가 손을 들었다.

푸르트벵글러가 그를 무시하고 계속해서 말을 이어나갔다.

나윤희가 축 늘어진 한스의 등을 토닥여 주었다.

"무슨 생각을 하고 있는지 안다. 빈, 암스테르담, 런던과 함께하기엔 이르다는 생각이겠지. 너희가 아직 부족함은 나도 잘 알고 있다."

푸르트벵글러가 먼저 B팀에게 시간이 필요함을 말하자 수심 가득했던 B팀 단원들의 얼굴이 조금은 펴졌다.

"하지만 그런 생각으로 참가한다면 용서치 않는다. B팀이라 해서 2군이라 생각하는 사람이 있다면 지금이라도 짐 싸 들고 나가."

푸르트벵글러가 단원들을 둘러보았다.

"베를린 필하모닉의 이름을 달고 있는 이상 어정쩡한 마음가짐과 연주는 허용하지 않는다. 너희는 이 내가 선택한 최고의 연주자다. 내 얼굴에 먹칠할 생각은 꿈도 꾸지 마."

푸르트벵글러가 나를 잡아 끌어 지휘단에 세웠고 스스로 내려갔다.

"목표는 우승. 최고의 악장이 너희와 함께할 거다. 최고의 연주를 하고 와라."

푸르트벵글러가 한발 물러섰고.

단원들이 내게 시선을 집중했다.

뭐라도 한마디 해줘야 할 것 같은데 앞서 푸르트벵글러가 멋진 말을 다 해버렸다.

"평소보다 열심히 하죠."

이유는 모르겠지만 A팀 단원들이 B팀을 불쌍하게 쳐다보았다.

베를린 필하모닉 B팀은 지휘자 배도빈이 준비한 스케줄러를 확인하고는 절망에 빠졌다.

09:00~09:30 미팅

09:30~12:30 파트 연습

13:30~17:00 합동 연습

17:00~17:30 개인 정비

18:00~19:30 실내악 연주

19:30~20:00 연주회 합평

점심시간 1시간과 저녁 시간 30분을 제외하고는 오전 9시부터 오후 8시까지 쉬지 않았다.

더군다나 틀린 부분은 귀신같이 포착하는 지휘자 배도빈 덕에 단원들은 매시간 단단히 긴장할 수밖에 없었다.

그렇지 않으면 19시 30분부터 시작하는 합평 시간이 너무도 괴로웠기 때문이었다.

연주회가 없는 날이면 퇴근은 빠르지만 그만큼 개인 연습을 요구했기에 단원들은 날로 피로가 쌓였지만 유독 아시아 측 단원들은 쌩쌩했다.

대한민국 출신의 배도빈과 B팀 제2바이올린 수석이 된 나윤희.

중국 출신의 B팀 악장 소소와 콘트라베이스의 시엔 얀.

일본 출신의 B팀 바이올린 주자 오오타 타카히코 등은 평범하게 생활했다.

결국 고된 일정을 견디던 제1바이올린 주자들이 소소를 찾았다.

"악장, 악장은 안 힘들어요?"

점심을 먹고 있던 소소가 고개를 돌렸다.

"뭐가?"

"일정이 너무 빡빡하잖아요. 쉴 시간은 줘야죠."

'지금도 쉬고 있지 않나?'

소소는 잠시 생각하다 무엇인가 생각났다는 듯이 말했다.

"점심시간 뒤에 낮잠 시간 줬으면 좋겠다."

점심 뒤에 낮잠 시간이라니 이상하게 생각했지만 단원들은 우선 악장이 휴식 시간을 늘리는 데 긍정적인 반응을 보여 안심했다.

제2바이올린도 마찬가지였는데 그들은 그들의 수석 나윤희에게 물었다.

"수석, 일정이 너무 과한 거 같은데 어떻게 생각해요?"

"그, 그런가요? 저는 너무 편해서……."

고등학교 때부터 네이즈 시절까지.

하교와 퇴근 시간이 10시 이전이었던 적이 없었던 나윤희에게 베를린 필하모닉의 근로조건은 천국과도 같았다.

일본인들도 마찬가지니 독일과 타 지역에서 온 단원들은 혀를 내둘렀다.

'독한 아시아인들.'

그러나 그런 그들의 불만도 단 2주 만에 자신들의 실력 향상을 몸소 체험하니 조금씩 사그라지기 시작했다.

베를린 필하모닉 B팀과 최지훈의 협연은 여러 반응을 보였다.

확대 편성한 베를린 필하모닉도 좋은 관심사였으나 역시나 화제의 중심은 최지훈과 배도빈이었다.

연말 연주회 직전에 예정된 배도빈 지휘, 최지훈 독주의 라흐마니노프 피아노 협주곡 2번.

두 개의 메이저 콩쿠르에서 우승을 차지한 피아니스트 최지훈과 조금씩 베를린 필의 왕위를 계승하고 있는 배도빈이었기에 여러 집단과 계층에서 관심을 가질 수밖에 없었다.

└크. 안 들어도 뻔하다. 듣자마자 졸도할 듯.

└라피협 2번은 레이첼 오베 안네스가 진짜 대박인데. 베를린 필이랑 최지훈이라니까 이것도 좀 기대된다.

└배도빈이랑 최지훈이 엄청 친하잖아. 케미 장난 아닐 것 같음.

└최지훈이 레파토리가 조금 좁은 편인데 그래도 조금씩 넓혀나가는 게 보기 좋다.

└최근엔 조금 슬럼프인 것 같기도 함. 연주가 거기서 거기임.

└지훈이 아직 20대도 안 됐어ㅋㅋㅋ 슬럼프야 다들 겪는 거고 잘 이겨낼 거임.

└근데 도빈이 베를린 B팀 생긴 뒤로는 계속 지휘하네. 직위는 아직 악장으로 되어 있는데.

└푸벵옹 혼자 A랑 B 일정 소화하게 하면 노인 학대임.

└난 베를린 필이랑 푸르트벵글러가 잘하고 있다고 봄. 어차피 베를린 필하모닉 차기 지휘자는 배도빈인데 저렇게 경험 쌓게 해주는 거지. 단원들과 호흡도 맞춰가면서.

└진짜 왕위계승 중이었던 거임.

└그런가? 푸르트벵글러가 한 최근 인터뷰 보면 칼 에케르트 지휘자에 대해 꽤 많이 언급하고 있음. 솔직히 배도빈이라 확정된 건 아닌 것 같은데.

└칼 에케르트는 누구임?

└빈 필 객원 지휘자 역할 하다가 토마스 필스 타계 후 로스앤젤레스로 갈 뻔한 지휘자.

└콩깍지 카페에 칼 에케르트를 모르는 사람이 있네;;

ㄴ모를 수도 있지.

ㄴ도빈이 크리크 우승하고 빈 필이랑 모차르트 피아노 협주곡 D단
조 협연했잖아. 그때 지휘했던 사람임.

ㄴ아니, 8년 전에 협연한 곡이랑 지휘자까지 기억하는 게 이상한 것
같은데.

ㄴ기본 아님?

ㄴㅇㅇ 기본임.

한편 덴마크 국영 방송사는 여러 평론가와 교수를 초빙해
현재 화제가 되고 있는 클래식 음악 소식을 다루었다.

"미스터 최의 연주는 대단히 낭만적입니다. 음을 표현하는
데 누구보다도 적극적이며 그 음색은 유니크하죠."

"정확한 말씀입니다. 첨언하자면 음을 잘 표현한다는 건 곡
에 대한 해석 능력이 뛰어나단 뜻입니다. 그것을 청중에게 전
달하는 스킬은 기본 소양으로 갖췄다는 말이죠."

"확실히 최근 대한민국의 피아니스트들의 약진은 주목할 만
한 일입니다. 최성신, 남궁예건, 손한음, 최지훈까지 2000년도
에 들어서고 3대 국제 피아노 콩쿠르에서 이들이 차지한 상만
7개입니다. 최근에는 크리크 4강에 한국 학생이 두 명이나 포
함되었고요."

"역시 마에스트로 배도빈에 대한 이야기를 안 할 수가 없겠죠."

"그렇습니다. 배도빈 이후 대한민국에는 클래식 붐이 일어났습니다. 콩깍지 신드롬이 대표적인 예죠. 대한민국은 음악 영재를 육성하는 데 아낌없이 투자하고 있습니다. 그 결과가 지금 조금씩 드러나고 있잖습니까? 유럽 역시 이를 본받아야 합니다."

"글쎄요. 저는 생각이 조금 다릅니다만."

"그게 무슨 뜻입니까? 헤먼 쇼익."

"대한민국의 시스템은 훌륭하지만 배도빈 개인에 대해 너무 과대평가하는 면이 없지 않아 있습니다. 마치 모두가 현재 클래식 음악계를 부흥시킨 게 배도빈이라고 말하는 것 같아요. 물론 배도빈이 활동하면서 클래식 음악계가 호전되기 시작한 것은 사실이지만 인과관계를 확대해석하는 듯합니다."

"배도빈은 현재까지 40곡이 넘는 신곡을 만들었고 그 음반 판매량은 그 어떤 곡보다 많았습니다. 영화 등의 타 문화에도 연결되어 시장 확대에 기여했음은 명백한 사실입니다."

"그런 생각이 문제라고 말씀드리고 있는 겁니다."

"뭐라고요?"

"두 분 잠시 진정해 주시기 바랍니다. 헤먼 쇼익, 발언 시간은 1분 남았습니다."

"감사합니다. 이어 말하자면 배도빈의 공로를 인정하지 않는 것이 아니라 배도빈 때문에 다른 음악가들이 조명 받지 못

하고 있다는 겁니다. 당장만 해도 전문가들이 모인 자리에서 배도빈에 대한 칭찬만 일색이죠. 미스터 최에 대한 이야기도 결국에는 배도빈의 뛰어남을 칭송하는 것으로 마무리되지 않았습니까? 저는 그러한 점을 경계해야 한다는 뜻입니다."

해먼 쇼익의 말에 공감하는 사람도, 그의 말을 '그럴듯하지만 결국엔 배도빈을 견제하고 런던을 밀어주려는 것'으로 해석하는 사람도 있었다.

이에 팬들은 분통을 터뜨렸다.

└아니, 저 새끼는 입만 열면 거짓말이네.

└배도빈이 일본에서 활동하던 시기에 정확히 일본 클래식 음반 판매량이 1.5배가 되었음. 한국은 20배가 늘었고. 클래식을 가장 많이 소비하는 북미랑 유럽에서도 1.2배가 증가했는데 뭔 개똥같은 소리야?

└저거 어제는 런던 심포니 칭찬만 한 시간 동안 했음. 양심이 있으면 시발 평론가 이름 떼라.

└맞는 말 했는데 열폭하죠?

└맞는 말은 개뿔. 머리랑 귀는 장식이냐?

└네. 다음 흔한 관종.

└난 솔직히 좀 이해가 안 되는데 해먼 쇼익뿐만이 아니라 런던 쪽에서 저렇게 개소리들 해대는데 대체 배도빈은 왜 가만히 있음?

└ㅇㅇ 답답해 뒤지겠다. 고소라도 했으면.

└배도빈이 헛소리하는 평론가 무시하는 게 하루 이틀이었냐? 난 그런 고고한 모습이 더 멋짐.

└그래도 저건 정도가 심하잖아. 암만 개소리라도 저렇게 지능적으로 까돌리면 진짜 믿는 놈들 생긴다니까?

└ㅋㅋㅋㅋㅋ배도빈이 음악계를 살렸대. 자의식 과잉 오지죠?

└정말이네.

팬들의 분노는 극에 달했고 이는 여러 커뮤니티 사이트에 상주하고 있는 관심병 환자들을 통해 더욱 커져만 갔다.

더 이상 갈 곳을 잃은 분노는 터지기 일보 직전이었고 이는 그간 일부 음악계 종사자들만 의식하고 있던 런던파와 베를린파를 나누는 결정적인 요인이 되었다.

└아직도 런던 음악 듣는 흑우 새끼 있냐?

└어디서 질 떨어지는 베를린 빠는 소리가 들리네.

└베를린 필이 질 떨어진댘ㅋㅋㅋㅋ 와, 진짜 세상 막 돌아가네?

└하다하다 푸르트벵글러랑 베를린 필을 음악으로 까려는 놈들이 생긴 거 보니 확실히 유입이 늘어나긴 한 듯. 똥물이.

└4살짜리 애가 만든 곡 빠는 수준하곤ㅋㅋㅋㅋ 상식적으로 생각했을 때 과거 음악가들의 곡이 좋겠냐 아니면 아시아에서 온 눈 찢어진 꼬맹이 음악이 좋겠냐?

ㄴ자기가 무슨 말을 하고 있는지도 모르는 정신병자가 이해할 수 있을지는 모르겠지만 음악계 거장들이 인정한다. 배도빈이 4살 때 만든 곡이든 최근에 만든 베를린 환상곡이든 전부 과거 천재들을 뛰어넘는다고. 배도빈이 괜히 세기의 천재다 인류의 희망이다 불리는 게 아니야.

ㄴ인종차별ㅋㅋㅋㅋ 장담하는데 배도빈이 너보다 훨씬 잘생겼어. 타임즈 안 보냐? 세계에서 가장 섹시한 남자 20인에 든 거 모름?

ㄴ인종차별이라면서 지는 외모지상주의 억ㅋㅋㅋㅋㅋ

ㄴ쟤는 무슨 생각으로 사는 걸까?

ㄴ무시가 답인 듯.

ㄴㅇㅇ. 저러면서 인생에 희열 느끼는 불쌍한 친구임.

이렇게 점점 고조되는 상황을 배도빈의 주변 인물들이 모를 리 없었다.

배영준과 유진희는 여태껏 느껴보지 못했을 정도로 크게 화가 났지만 그보다 배도빈이 받을 상처가 걱정되었다.

유장혁 회장의 개인 법무팀은 배도빈을 향한 인신공격 및 비방 글을 올린 이들을 찾아내 법적 책임을 엄중히 요구했다.

동시에 그들과 인터플레이의 관계를 찾아내고자 노력했다.

그러나 그렇게 법적 대응을 한 이들 대부분이 인생을 포기하고 그저 인터플레이발의 자극적 언론 플레이를 따라하여 댓글과 비추천 등의 '관심'을 바라는 낙오자일 뿐이었다.

인터플레이의 이기적 행동이 무지한 인간들 사이에 이미 깊숙이 퍼졌다는 증거였다.

유장혁 회장은 최우철에게 사업 추진을 더욱 서두를 것을 요구했다.

그리고 한편, 베를린 필하모닉 단원들도 더는 못 참고 사무국으로 향했다.

마누엘 노이어가 나섰다.

"국장님, 우리도 참을 만큼 참았습니다. 그런데 이건 아니에요. 인터플레이의 행동이 도를 넘었습니다."

단원 모두가 마누엘 노이어와 같은 마음이었다.

카밀라 앤더슨이 잔뜩 화가 난 그들을 보며 말했다.

"그렇지 않아도 세계 클래식 음악 협회에 진정을 넣었습니다. 그간 평론가 해먼 쇼익에 대해 조사한 자료도 함께요."

카밀라 역시 그들과 마찬가지였다.

베를린 필하모닉과 배도빈을 향한 무분별한 비방도 벌써 반년 이상 흘렀고 그 과정에서 베를린을 주축으로 한 반 인터플레이 조직도 만들어진 상태였다.

더군다나 세계 클래식 음악 협회라는 조정기구도 생긴 만큼 더 이상 좌시할 수만은 없다고 판단했던 것이다.

카밀라 앤더슨의 적절한 대응에 단원들의 화도 조금은 누그러졌다.

그때 사무국 사무실 문이 열렸다.

"다들 여기서 뭐 해요?"

"악장."

사무실에 들어선 배도빈은 사무국 사무실을 가득 채운 단원들을 의아하게 보았다.

100명이 넘는 사람들이 들어서 있으니 그 넓은 사무실도 빽빽했다.

이승희가 배도빈에게 상황을 설명했다.

"인터플레이를 압박하자고 건의하러 온 거야. 국장님에게 어떤 조치가 취해졌는지 막 들었고."

그 말을 들은 배도빈은 고개를 작게 끄덕이며 필요한 서류를 찾은 뒤 사무실에서 나갔다.

그 모습에 단원들도 직원들도 조금은 허탈해졌다.

"멘탈이 좋은 건지 관심이 없는 건지. 평소랑 똑같지 않아?"

"뭐 어때. 믿음직스럽지. 난 저렇게 안 휘둘리고 연주회 준비만 해서 더 믿을 수 있더라. 이런 일이야 우리 앤더슨 국장님이 잘 처리해 주시고."

사무실에 갔더니 사람들이 잔뜩 모여 있는데 그 이유가 참

불편하다.

'협연이랑 송년 음악회가 코앞인데.'

단원들이 나를 얼마나 아끼는지 알아서 예전처럼 화가 나진 않지만.

그래도 그들이 신경 쓸 수밖에 없는 상황을 조성한 놈들에 대해선 슬슬 짜증이 쌓였다.

개가 짖어도 적당히 짖어야 할 텐데 옆에서 계속 왈왈 대니 무시하는 데에도 한계가 있는 법.

그러나 우선은 팬들을 위해 최지훈과의 협연과 연말 연주회를 완벽하게 준비해야 한다.

그보다 중요한 일은 없으니 말이다.

그런 생각을 하며 마음을 달래고자 슈퍼 슈바인으로 향했다.

"오, 어서 오렴."

슈퍼 슈바인의 주인 김덕배가 반갑게 맞이해 주었다.

"슈니첼 특제 카레랑 탄산 넣은 오렌지 주스요."

"이런. 특제 카레는 방금 막 주문을 받았는데 말이야."

김덕배가 안타까운 듯 고개를 돌렸고 그의 시선을 따라가자 나윤희가 있었다.

쑥스럽게 웃으며 인사한다.

"여기 알고 있었어요?"

"으응. 달래가 맛있다고 해서 와봤어. 사, 사장님, 특제 카레는 도빈이한테 주세요. 저는 버섯 카레 주시면 돼요."

나윤희의 말에 김덕배가 눈썹을 들며 턱을 잡아당겼다. 어떻게 할 거냐고 묻는 표정이다.

"아니에요. 늦었으니까요. 기본 카레에 파 많이 올려주세요."

주문을 하곤 나윤희 옆으로 자리를 옮겼다.

"달래는요? 전화도 안 받던데."

"아, 오늘은 아파서 쉰대. 감기 걸렸나 봐."

"많이 안 좋아요?"

어렸을 때 배영빈이 보던 일본 만화에서 바보는 감기에 안 걸린다고 했는데 그것도 아닌 모양이다.

"그렇진 않은데 다음 주에 작게 노래할 수 있는 기회가 생겼대. 목 상태 관리하려고 조금 아플 때 쉬려나 봐."

"좋은 생각이네요."

자기관리를 하는 듯하니 조금 기특해져서 카레라도 포장해 갈까 생각했다.

최지훈과의 협연을 3일 앞두고 베를린 필하모닉 B팀은 마지막으로 지휘자 배도빈에게 점검을 받았다.

최지훈 역시 일주일 전부터 함께 호흡을 맞추었다.

"사라, 이 부분 표현이 좋아졌어요. 무대에서도 그 감각 유지하도록 해요."

"네. 감사합니다."

"톰 밀러, 중반부에 음이 끊어지는 경향이 있어요. 자각하고 있죠?"

"내일까지 고쳐보겠습니다."

"좋아요. ……오오타 타카히코, 오늘 활털을 너무 많이 감은 것 같아요. 소리가 다르네요."

"아. 네. 감사합니다."

"진, 악기 바꿨죠?"

"네."

"연주회 직전에 조절하면 적응하기 힘들 테니 오늘 미리 손봐 두도록 해요. 음이 흔들려요."

"네. 주의하겠습니다."

마흔 명의 단원들을 상대로 한 명, 한 명 코멘트를 마치고 배도빈이 연습이 끝났음을 알렸다.

"오늘도 고생하셨습니다. 내일은 쉬고 모레 리허설 때 뵙죠."

"수고하셨습니다."

단원들이 지휘자 배도빈에게 고개 숙여 인사했고 배도빈 역시 그에 답하였다.

"배도빈 악장."

때마침 푸르트벵글러가 연습실 문을 열고 배도빈을 불렀다. 단원들이 푸르트벵글러에게 목례했고 배도빈은 그에게 다가갔다.

"무슨 일이에요?"

"차 한잔하지."

"네. 지훈아, 먼저 가."

"웅. 신경 쓰지 마."

배도빈이 연습실을 떠나자 엄숙했던 연습실 분위기가 트여 시끌벅적해졌다.

"소소, 배도빈 악장 정말 대단한 거 같지 않아요?"

중국인 콘트라베이스 주자 시엔 얀이 소소에게 말을 걸었다. 바이올린을 챙기던 소소가 고개를 돌렸고 시엔 얀은 계속해서 말을 이었다.

"대단하다, 대단하다 하는데 전 이런 점이 더 대단한 거 같아요. 마치 단원 전체를 앞에 두고 있는 것 같으니까요."

"도빈이는 어렸을 적부터 그랬어."

소소가 그에게 얼후를 가르쳐 주었던 시절을 떠올리며 답했다.

"지금도 어리지만…… 그때의 배도빈 악장은 모르니까요. 전 꼭 선생님하고 같이 일하는 것 같아요."

소소가 눈썹을 올려 무슨 뜻인지 묻는 걸 대신했다.

"하나하나 꼼꼼하게 확인해 주는 것도 그렇고. 사실 지금 여러 말이 나오고 있잖아요? 정신적으로 힘들 텐데 연주회 준비에 집중하는 게 뭐랄까. 존경스럽다고 해야 하나?"

시엔 얀의 말에 소소가 작게 웃었다.

"그리고 최도. 우리 연습할 때 코멘트 안 받은 사람은 최랑 소소뿐인 거 알아요?"

시엔 얀이 최지훈을 슬쩍 보았다.

"그렇게 작은 나라에 천재들이 나오는 게 신기하다니까요."

"그러게."

소소가 건조하게 답했다.

한편 나윤희는 묵묵히 짐을 꾸리는 최지훈에게 다가갔다. 배도빈의 집에 함께 머물고 있어 몇 차례 이야기를 나눈 사이였다.

최지훈은 나윤희의 바이올린을 무척 높게 평가했고 그것은 나윤희도 마찬가지였다.

"오, 오늘 좋았어."

"감사합니다. 누나 연주도 정말 좋았어요."

최지훈이 밝게 웃었다.

나윤희가 따라 웃으며 저녁 식사를 권유했다.

"승희 언니랑 저녁 먹으러 갈 건데 혹시 괜찮으면 같이 갈래?"

"아, 죄송해요. 돌아가서 연습해 보려고요."

"으, 응. 힘내."

최지훈이 단원들과 인사를 나눈 뒤 떠났고 때마침 이승희와 마주쳤다.

최지훈이 반갑게 인사했다.

이승희도 웃으며 최지훈을 대했다.

"오! 연습 끝났어?"

"네. 다들 너무 잘하시더라고요."

"그럼. 어디 단원들인데. 아, 윤희랑 저녁 먹으러 갈 건데 같이 갈래?"

"좀 더 연습하고 싶어서요. 죄송해요."

"이야. 기특한데? 파이팅!"

"파이팅."

두 사람이 웃으며 헤어졌다.

연습실로 들어선 이승희가 나윤희에게 다가갔다.

"오늘도 고생했어. ……뭐 보고 있어?"

나윤희가 연습실 문을 보고 있어 이승희가 의아하게 물었다.

"지훈이 뭔가 힘이 없어 보여서요."

"어? 그랬나? 평소랑 똑같던데."

나윤희가 걱정하는 듯해 이승희가 그녀와 팔짱을 끼며 말했다.

"저래 보여도 열 살 무렵부터 세계에서 놀던 애야. 아마 친구가 지휘하고 독주하는 자리니 더 잘 준비하고 싶겠지. 아~

시간 정말 빠르다. 도빈이 데리러 갔을 때 지훈이가 사인해 달
라고 했거든? 근데 지금은 나보다 훨씬 크잖아. 요즘 애들은
왜 그렇게 크다니?"

이승희가 조잘대기 시작했고 나윤희도 곧 그녀의 이야기에
동참했다.

푸르트벵글러와 카밀라의 집무실로 향했다. 카밀라는 퇴근
했는지 보이지 않는다.

"이럴 거면 집무실에 다시 짐 들이는 게 낫지 않아요?"

"여기가 편해."

푸르트벵글러가 카밀라의 비싼 커피를 갈기 시작했다.

도와줄 생각으로 커피포트에 물을 받는데 푸르트벵글러가
슬쩍 이야기를 꺼냈다.

"꽤 열심히 하더구나. 단원들도 잘 따라오는 것 같고."

"다들 기본 실력이 있으니까요. 곡을 이해하기만 하면 소화
하는 데 지장 없는 것 같아요."

"암. 그래야지."

물을 올려두고 소파에 앉았다.

"최근에 네 이야기가 나오는 건 알고 있을 게다. 단원들이

네 걱정을 하는 것도."

나를 잘 아는 푸르트벵글러가 왜 그 이야기를 꺼내는지 알
수 없다.

"알고 있어요."

"너는 휘둘리지 않고 네 역할에 충실하고 있고. 단원들은 그
런 너를 신뢰하고 있지. 바람직해."

푸르트벵글러가 진지한 표정으로 말했다.

삐이이익-

물이 끓는 소리가 났다.

커피포트를 가지러 일어섰다.

"무슨 일인가 싶었는데 격려해 주려는 거예요?"

커피포트를 들어 물을 따르는데 푸르트벵글러가 하 하고 웃
었다.

"네가 그런 일에 신경이나 쓰겠냐? 내가 굳이 격려하지 않아
도 알아서 잘하고 있지 않느냐."

살짝 고개를 돌려 푸르트벵글러를 보았다.

확실히 그런 것 같지는 않다.

그러나 확실히 평소보다 진지한 어투라 커피 잔을 그 앞에
내려놓고 물었다.

"무슨 일인데요?"

푸르트벵글러가 잔을 받으며 말했다.

"내가 인정하는 두 사람이 있다. 한 명은 사카모토 료이치고 다른 한 명은 너야."

"……."

뜬금없다.

"뜬금없어도 들어. ……음악에 대해서라면 너와 료이치 말고도 몇몇이 더 있지만 너와 료이치는 내가 가지지 못한 것을 가지고 있다. 그게 무엇인지 알고 있느냐?"

나와 사카모토에게는 있고 푸르트벵글러에게는 없는 거라.

"세련된 영혼이죠."

"누가 고집불통 꼰대라는 게야!"

"……그렇게까진 말 안 했는데."

자기가 쇠고집인 건 자각하고 있는 모양이다.

푸르트벵글러가 커피를 한 모금 마신 뒤 자신의 이야기를 이어갔다.

"너와 료이치는 단원들의 마음을 살피고 그들을 이끌 수 있는 지도자다. 또 나와는 달리 인격적으로도 훌륭하지."

내가 이런 말을 들을 줄이야.

만약 하늘에서 옛 벗들이 푸르트벵글러의 말을 듣는다면 크게 놀랄 것이다.

"푸르트벵글러도 다들 좋아해요."

그가 고개를 저었다.

"내 이야기를 하려는 게 아니다. 난 네가 걱정이야."

지금까지 그가 한 이야기와는 전혀 다른 말이라 그의 말을 들어보고자 기다렸다.

"네 행동과 마음가짐은 더할 나위 없이 바람직하다. 언론에 휘둘리지 않고 팬과 연주회만을 생각하니까. 최고의 악장이다."

푸르트벵글러가 잔을 내려놓고 내 눈을 보았다.

"하지만 왕좌에 앉아 있는 사람으로선 아니야."

푸르트벵글러의 시선에서 그의 진심을 확인할 수 있었다.

"집단을 이끌고 대표하는 사람은 그래선 안 된다. 때로는 가혹해야 하고 때로는 지극히 이상적이어야 하지만 동시에 현실적이어야 한다. 너는 너무도 이상적이야. 료이치가 그러했던 것처럼 말이야."

"무슨 뜻이에요?"

"빈 필하모닉의 전통이 깨질 뻔한 일이 있었다. 료이치가 악장으로 있었을 때지. 당시 모든 단원과 팬, 악단주마저 사카모토 료이치가 빈 필의 상임 지휘자가 되어주길 바랐다. 하지만 놈은 그러지 않았어. 빈 필의 정신과 추구하는 방향을 스스로 변질시킬 수 없다는 생각이었지."

"좋은 일이잖아요."

"정말 그럴까."

잔을 내려놓았다.

"사람은 자주 듣는 이야기를 기억할 수밖에 없다. 기억하다 보면 아무리 자아가 확고해도 그 내용을 다시 한번 생각할 때가 온단다."

인터플레이의 언론 플레이를 말하는 듯하다.

"너는 그러지 않을지언정 다른 사람은 아니야. 그리고 그런 상황을 방치하는 건 리더가 할 일이 아니란 말이다. 내 말, 무슨 뜻인지 알겠느냐?"

푸르트벵글러의 어조는 확고했고 그 내용은 지금까지 내가 생각하던 방향과는 달랐다.

하지만 분명 틀린 이야기는 아니었다.

악단을 이끄는 입장에 서본 적 없는 나로서는 푸르트벵글러의 말을 귀담아들을 필요가 있다.

내가 베를린 필로 돌아온 이유가 이러한 것을 배우기 위함이니까.

"흔들리라는 말이 아니다."

"그런 것도 악단 관리란 말이죠?"

다시금 이야기를 시작한 푸르트벵글러의 말에 동조했다.

그가 잠시 말을 멈추더니 씩 하고 웃었다.

푸르트벵글러는 나와 사카모토가 닮았다고 하지만 나는 사카모토와 분명 다르다.

푸르트벵글러도 마찬가지.

나도 두 사람도 틀리지 않았고 각자의 길이 다를 뿐이다.

사카모토는 악단을 관리하면서 그곳이 자기 뜻대로 바뀔 상황을 피했고, 이후에도 뜻이 맞는 사람들과 일해 왔다.

때문에 하나의 일을 맡을 때마다 함께하는 사람이 달랐고 소속도 많아졌다.

그로 인해 사카모토 료이치의 활동폭과 인맥이 늘어나 현재는 전 세계에서 가장 영향력 있는 음악가가 된 것이다.

푸르트뱅글러는 악단을 철저히 관리했다.

30년 가까이 상임 지휘자로 머물면서 자신의 음악을 베를린 필의 정체성으로 만들었다.

많은 사람이 그를 폭군이라 부르지만 정말 폭군이었다면 투표로 선정하는 상임 지휘자직에서 그 긴 세월을 군림할 순 없었을 것이다.

그는 단원들에게 자신의 음악과 정신을 강요하는 대신 자부심을 주었다. 함께 세계 최고라는 타이틀을 거머쥐었다.

그렇다면 나는 어떻게 해야 할까.

개 짖는 소리야 무시하면 그만이지만, 그것에 분노하는 단원과 팬이 있는데 가만있는 것만이 답은 아니리라.

푸르트뱅글러는 그 말을 해주고 싶은 것 같다.

오늘도 도빈이는 내게 코멘트를 하지 않았다.

나는 부족함을 절실히 느끼는데 예전처럼 이야기해 주지 않아 조금 서운하기도 하다.

독주자에 대한 예의일까 아니면 친구로서의 배려?

그런 거 조금도 신경 쓰지 않는데.

'도빈이랑은 첫 협연이니까.'

완벽하게 하고 싶다.

"오빠, 좀 쉬면서 해."

그런 생각을 하고 있는데 채은이가 방으로 들어왔다. 옆으로 움직이니 채은이가 옆에 앉았다.

주스를 건네주어 받아 마시니 답답했던 가슴이 한결 나아졌다.

"고마워."

"어렸을 때도 그랬지만 도빈 오빠랑 둘이 아주 죽일 듯이 달려든다니까. 벌써 저녁이야."

피아노를 연습하다 보면 시간이 흐르는 것도 잊고 만다.

채은이도 아버지나 집사님처럼 걱정인가 보다.

"이렇게 안 하면 따라갈 수 없으니까."

"뭘?"

"어?"

"뭘 따라가는데?"

"도빈이."

"……."

채은이가 조금 시무룩해져 조금 당황했다. 안쓰럽게 보일까 싶어 말을 고쳤다.

최근에 재능에 대한 일도 있었으니까.

"아니야. 그런 게 아니라 그냥 예전에 도빈이하고 약속한 게 있어서."

"약속?"

슬쩍 고개를 끄덕였다.

"도빈이는 대단하잖아. 베를린 필과 연습하면서 느꼈어. 그런 대단한 곳에 있어도 부족하다고 생각하는 것 같아. 매일 악보를 보고 직접 연주도 해보면서 더 나은 음악을 찾고 있더라."

"좋은 거 아니야?"

"응. 멋져. ……그래서 가끔 걱정도 돼. 어렸을 때도 그렇지만 지금도 도빈이가 어디쯤 걸어가고 있는지 보이지 않으니까. 걔도 분명 지치고 힘들 때가 있을 텐데 그때 내가 알아주지 못하진 않을까 하고."

아버지와 집사님께도 말하지 않은 말이 자연스럽게 나왔다.

"그래서 함께하고 싶은데 나는 아무리 노력해도 그럴 수 없으니까. 협연 정해졌을 때는 조금 다가간 것 같아 기뻤는데 지금은 조금……."

내 기분을 정확히 알 수 없다.

초조한 걸까?

아니면 그저 욕심일까.

도빈이와 멋진 연주를 하고 싶은 것만큼은 분명한데 지금 내 마음을 어떻게 표현해야 좋을지 모르겠다.

"오빠는 좋겠다."

"어?"

"도빈 오빠 말이야. 오빠처럼 생각해 주는 사람이 있으니 얼마나 좋겠어."

채은이가 자기 몫의 주스를 한 번에 쭉 들이켜곤 다시 말을 이어갔다.

"난 어려운 거 잘 모르지만 가끔…… 그런 생각은 해. 내가 정말 피아노를 계속했으면 도빈 오빠랑 같이 무대에 설 수 있었을까? 하고. 어렸을 때는 매일 외국 다녀서 그게 서운하기도 아쉽기도 했는데 지금은 달라. 도빈 오빠 학교도 안 다녔잖아. 친구도 우리 말고는 없었고. 난 여기 와서 달래 언니 보고 조금 안심했어."

그간 채은이도 여러 생각을 했는지 두서없지만 여러 이야기를 꺼냈다.

"나한테는 세상을 알려준 사람이니까 나도 알려주고 싶어.

배도빈이 어떤 사람인지, 어떤 음악을 하는 사람인지. 외롭지 않게. 난 그렇게 응원하고 있어."

혼자 속마음을 털어놓아 조금은 머쓱했는데 채은이도 그래 주니 조금은 마음이 편해졌다.

"아, 그리고 도빈 오빠가 이런 말도 했나?"

"뭘?"

"도빈 오빠가 외국 다녀올 때마다 옷이랑 장난감이랑 핸드폰 같은 거 사다 줘서 부담스러웠거든."

"그게 왜?"

"이래서 부자들은 안 돼."

"그게 무슨 상관이."

"하여튼. 말 끊지 말아봐. 나는 아무것도 해준 거 없이 받기만 했으니까. 어렸을 때야 좋았지. 철들고 나서는 그런 거 안 보내주고 연락하는 게 더 좋은데 말이야. 근데 오빠가 그러더라. 내가 오빠한테는 큰 힘이 된대."

"……."

"사실 아직도 잘 모르겠어. 내가 부담 가지지 않게 그냥 한 말인지 뭔지는 모르겠는데 기쁘긴 하더라. 내가 도빈 오빠 좋아하는 만큼 오빠도 날 생각해 주는 거 같아서."

채은이가 나를 보며 말했다.

"근데 그래도 역시 조금 부러워. 난 아무리 칼럼을 써도 친한 동생일 뿐인데 오빠 도빈 오빠랑 같이 음악 하고 있잖아."

"아니야."

아니다.

나는 아직 도빈이의 그림자조차 따라가지 못했다.

하지만 채은이는 고개를 슬쩍 저으며 말했다.

"도빈 오빠가 여기저기 자원봉사자처럼 음악가들 돕고 다니는 거 알지? 재단까지 만들었잖아."

"응. 재능 있는 사람들 도와주잖아."

"도빈 오빠가 안 돕는 사람, 오빠 말고는 전부 대단한 사람이라는 거 알고 있어?"

채은이의 말이 머리를 때린 것 같았다.

"도빈 오빠는 이미 오빨 동등하게 보고 있는 거야. 음악가로서."

"……."

가슴과 목이 떨려 채은이에게 고맙단 말을 하지 못했다.

베를린 필하모닉 B와 최지훈의 협연은 많은 관심을 받았던 만큼 인파가 밀려들었다.

이틀에 걸쳐 총 네 번의 협연을 하는데 오늘 첫 무대를 듣기 위해 찾아온 사람들로 인해 베를린 시내가 북적거렸다.

여러 유명 인사들이 얼굴을 비추었고 그중에는 독보적인 스타일의 피아니스트 니나 케베리히도 있었다.

클래식 음악의 부흥으로 인해 클래식 전문 잡지를 발간하게 된 슈피겔의 빌리 브란트 기자는 니나 케베리히와의 단독 인터뷰를 요청.

그녀가 오늘의 두 주인공과 어떤 관계인지 잘 알고 있기 때문에 분명 큰 반응을 얻을 수 있을 것으로 생각했다.

"반갑습니다. 니나 케베리히."

"안녕하세요."

"보스턴과 뉴욕, 필라델피아 연주회를 성공적으로 마친 뒤 공개석상에는 처음 나오셨습니다. 그간 어떻게 지내셨나요?"

"스케줄이 많아 지쳤는데 충분히 쉴 수 있었어요."

"쉴 때는 보통 무엇을 하십니까?"

"피아노를 치거나 들어요."

"하하. 일과 휴식이 같다니 대단하네요. 최근에 듣는 음악이라면?"

"배도빈, 가우왕의 두 대의 피아노를 위한 협주곡이요. 사실 한국에서 했던 홍과의 실황 녹음본을 가장 좋아하지만요. 언젠가는 도빈이랑 함께 연주해 보고 싶어요."

"명반으로 잘 알려져 있죠. 그 음반의 주인공이 지금은 베를린 필의 악장이 되었습니다. 배도빈 지휘, 최지훈 독주의 공연이 예정되어 있는데 두 사람에 대해 한 말씀 부탁드립니다."

니나 케베리히는 잠시 고민했다.

베를린 필하모닉 악장 오디션 무렵, 자신을 그렇게 좋아해 주던 최지훈이 화를 냈던 것이 떠올랐다.

"그보다 잘 어울리는 조합은 없을 거예요. 두 사람, 정말 친하거든요."

"두 사람의 친분은 익히 알려져 있습니다. 평소 두 사람에 대해 말씀해 주신다면?"

"도빈이는 음악 말고는 평소에 정말 엉뚱해요. 일주일에 세 번은 카레를 먹어야 한다든지, 아침에 커피를 내릴 땐 꼭 60알을 간다든지. 음, 그리고 요리를 정말 못 해요."

뜻밖의 이야기라 기자들이 니나 케베리히의 말에 관심을 보였다.

"지훈이는 뭐랄까. 평소에는 순둥순둥한데 음악 할 때는 무척 열정적이에요. 피아노를 치는 걸 보고 있으면 저도 뜨거워지더라고요."

"니나, 이제 들어가야 해."

니나 케베리히와 함께 있던 박선영이 곧 공연이 시작됨을 알렸다.

그 말을 들은 기자가 다급히 나섰다.

"마지막으로 하나만 더 여쭙습니다! 최근 일부 평론가들이 배도빈 악장에 대한 부정적 이야기를 내놓고 있는데 어떻게 생각하십니까?"

그 말에 돌아서려던 니나 케베리히가 기자를 보았다. 그리고 차분하고 단호하게 답했다.

"도빈이는 언제나 음악으로 말해왔어요. 오늘도 그럴 거라 믿어요. 만약 그들이 도빈이의 연주회를 듣고도 변치 않는다면 그건 그들의 자질에 문제가 있는 거겠죠."

"니나, 들어가자."

말투는 차분했지만 니나 케베리히의 답변은 그녀가 현 상황에 얼마나 화가 있는지 알려주었다.

생방송을 통해 중계된 그녀의 말은 전 세계에 송출되었고 박선영은 니나 케베리히가 혹시나 경솔한 발언으로 피해를 입진 않을까 우려했다.

베를린 필하모닉의 디지털 콘서트홀에 모인 사람들은 그에 대해 이야기하기 시작했다.

└니나 케베리히 실수하네.

└니나 케베리히의 말은 옳습니다. 최근 런던 측 평론가들이 배도빈과 베를린 필하모닉에 대한 부정적인 발언을 계속하는데 그것은 다분히 의도적입니다. 실제로 배도빈 악장이 베를린 필과 함께하면서 베를린 필의 성장은 눈부실 지경입니다. 팬과 시장이 증명하는 일을 부정하

는 해먼 쇼익 및 일부 평론가들은 평론을 할 자격이 없습니다.

└난 어려운 건 잘 모르겠고 음악가면 음악으로 말하는 게 맞지. 배도빈은 지금까지 항상 그래왔고. 단 한 번도 실망한 적 없음.

└중국이나 북한도 아니고 생각은 다를 수 있지. 배도빈을 까면 무조건 자격이 없는 거라니. 니나 케베리히가 잘못 생각하는 거임.

└생각이 다를 수 있고 그걸 표현할 수 있지만 거짓된 정보를 사실인 양 의도적으로 하는 건 범죄지.

└생각은 다를 수 있댘ㅋㅋㅋ 제정신인 척하고 있네, 벌레 새끼가. 최소한의 예의와 지식은 갖추고 떠벌려야지, 인마.

└다양, 다원이란 명제는 알면서 사익을 위해 의도적으로 남을 까내리는 게 범죄란 건 왜 모를까?

└저런 걸 보고 덜 배웠다고 하는 거임.

└ㄷㄷ 무서워서 무슨 말을 못 하겠네. 이거 다 언론 통제 아님?

└미친 소리 ㄴㄴ해.

└언론 통제가 아니지. 너처럼 망상과 무식과 비인간적인 인간들이 열심히 활동하는 음악가를 욕되게 하니까 자정하는 거임.

└꼭 저런 놈들이 지들이 하는 짓이 범죄라는 건 모르더라.

연주회 직전 바흐의 칸타타를 들으며 마음을 다스리고 있는데 노크 소리가 겹쳤다.

"네."

최지훈이 문을 열고 들어왔다.

며칠 전까지 불안해하던 얼굴이 아니라 조금은 안심했다.

이랬을 때는 무대에 오르기 전에 손을 떨었는데 마음을 다
잡을 계기가 있었던 모양이다.

"물어보고 싶은 게 있어."

"뭔데?"

"내 연주가 요즘 안 좋았던 거 알았을 텐데 왜 아무 말도 안
했어?"

지금이라면 말해줄 수 있을 것 같아 솔직하게 이야기했다.

"네가 힘들어했으니까."

"……그랬구나."

최지훈이 납득했다는 듯 고개를 끄덕였다.

슬럼프를 심각하게 자각하고 있는 녀석에게 이것저것 말해
봤자 부정적인 영향을 줄 테고.

무엇보다 난 녀석을 믿는다.

많은 사람이 어느 날 벽을 마주했을 때 그것을 넘기 위해 노
력한다.

그것을 좋아하는 사람이라면 한 번, 두 번, 세 번 반복해 도
전하는 것은 당연하다.

그러나 그것을 넘어설 때까지 노력하는 사람은 무척 적다.

그러하기에 누구나 다 노력했다고 생각하지만 나는 그것을 노력이라 생각하지 않는다.

음악가라면 누구나 벽을 마주한다.

나조차 몇 년째 대교향곡의 1악장을 완성하지 못하고 있다.

재능의 차이로 벽을 만나는 시점과 벽을 넘기 위해 필요한 시간은 차이가 있을지 몰라도 포기하지 않고 그것을 극복한 순간, 나는 그때까지의 시간과 시도를 노력이라 여긴다.

그리고 최지훈은 그 누구보다도 그러한 노력을 이어왔다.

나나 채은이, 나나와 같은 재능을 목도하고도 부단히 걸어 온 녀석은 결국 오늘, 같은 무대에 오를 정도로 성장했다.

앞으로도 그럴 거라 믿어 의심치 않고 그렇기에 굳이 사족을 덧붙이지 않았다.

지금도 연락하며 가르침을 주는 진 마르코나 나카무라 료 코 등과 달리 최지훈만큼은 내가 보살필 존재가 아니라 등을 맞댈 수 있다고 생각하기 때문이다.

"난…… 이 상태로 너랑 같은 무대에 서도 되는지 모르겠어. 내 가 바란 무대는 이런 식이 아닌데."

최지훈이 말했다.

어렸을 적부터 내 곡의 독주자로 함께하고 싶었던 최지훈의 마음을 알기에 저 아쉬움을 이해 못 하는 건 아니다.

입을 열었다.

"대학에서 재밌는 이야기를 들었어."

최지훈이 갑자기 무슨 이야기를 하냐고 묻듯이 눈을 동그 랗게 떴다.

악보를 들고 그곳에 적힌 한 음악가의 이름을 읊었다.

"라흐마니노프는 어렸을 적부터 재능을 발휘했대. 4살부터 피아노를 배우고 10살부터 작곡을 했다나."

슬슬 연주회가 시작될 시간이기에 천천히 문으로 향했다.

"그런데 20대 때 발표한 피아노 협주곡 1번이 꽤 혹독한 평 을 받았다고 해. 그 이후로 라흐마니노프는 꽤 오랜 시간 슬럼 프를 겪었는데 우울증에 걸렸다는 기록까지 있으니 본인에겐 더 심각했겠지."

"……."

최지훈의 가슴에 주먹을 뻗었다.

툭 하고 밀치며 말했다.

"그랬던 라흐마니노프가 재기에 성공한 곡이 피아노 협주곡 2번이라는데."

"난."

"할 수 있어."

라흐마니노프의 피아노 협주곡 2번은 슬럼프를 겪으며 쌓 였던 그의 감정이 격정적으로 드러나는 곡이다.

어렸을 적부터 승승장구한 천재가 겪은 첫 실패.

그로 인한 두려움에 라흐마니노프는 괴로워했지만, 결국 음악을 향한 그의 열정은 두려움마저 불살랐다.

역사는 라흐마니노프가 슬럼프를 겪은 4년간 단 하나의 곡도 만들지 못했다고 기록하지만, 그 시간은 그의 생에서 가장 격렬한 투쟁이었을 것이다.

그렇기에 나는 그의 4년이 '작곡하지 못한 시간'이 아니라 '피아노 협주곡 2번을 만든 시간'이라 여긴다.

지금 나아가지 못한다고 생각하는 최지훈이 멈춰 있는 게 아니라 생각하는 것처럼 말이다.

"응."

최지훈이 고개를 끄덕였다.

문을 열고 무대로 향했다.

형제와 함께 오르는 지금보다 든든할 때가 또 있을까.

베를린 필하모닉 콘서트홀을 찾은 팬들이 박수로 나와 최지훈을 맞이해 주었다.

소소가 단원들을 향해 일어나라는 제스처를 취했고 나는 그녀와 악수를 나누었다.

이어 최지훈도 소소와 손을 맞잡았고 지휘대에 올랐다. 열렬한 인사를 보내오는 팬들에게 고개 숙여 화답하고는 단원들을 정면에 두었다.

최지훈과 시선을 마주했다.

담담한 얼굴이지만 속에는 불안함이 남아 있을 거다.

녀석이 이 무대를 꿈꿨던 만큼 나도 기다렸기에 잘하고 싶은 마음이 얼마나 클지도 잘 안다.

몇 마디 말로 해결할 수 있다면 슬럼프라고 할 것도 없을 테니 분명 지금도 자문하고 있을 것이다.

어떻게 행동해야 하는지 무엇을 생각해야 하는지 등등.

하지만 최지훈이라면 내 지휘에 맞춰 지금까지 함께한 이 곡을 잘 표현해 줄 것이다.

최지훈이 고개를 끄덕였다.

1악장 모데라토(Moderato: 보통 빠르기), C단조.

피아노에 손을 얹고 작고 무거운 첫 음을 내었다. 점차 분위기가 고조되며 피아노는 내달리기 시작한다.

오케스트라가 함께할 때다.

운명이 도래했다.

♬♪♪♩

새벽이 오기 전 어둡고 푸른 밤.

겨울바람이 옷깃에 스며든다.

말에 탄 남자는 우수에 젖은 채 끝없이 펼쳐진 대지를 가로

지른다.

사명을 다하라고 강요하는 오케스트라의 압박 속에서도 피아노는 묵묵히 제 앞으로 나아간다.

작은 길조차.

이정표 하나 없이, 끝도 없이 펼쳐진 대지.

피아노는 자신이 갈 길을 알고 있다는 듯 망설임 없이 달린다.

바이올린이 남자의 굳은 의지를 드러내고 갑작스레 매서운 바람이 닥친다.

일순간 정적.

남자는 천천히 그가 걸어온 자리를 뒤돌아본다.

찬란했던 과거를 꿈꾼다.

달콤한 추억이 그를 괴롭히나 다시금 나아갈 수 있는 힘이기도 함을 깨닫는 순간.

여리게 터치하듯 연주하던 피아노가 호른이 함께하며 생기를 되찾는다.

트럼펫이 그가 다시 달리길 응원하고 남자는 다시금 내달리기 시작한다.

'훌륭해.'

최지훈은 마치 감정을 쏟아내듯 연주했다.

지금까지 악보에 충실했던 녀석이 마침내 자신을 드러내기 시작한 것이다.

슬럼프를 이겨내고자 하는 의지 덕분일까.

녀석의 연주는 굳센 의지와 함께했다.

바이올린이 이끄는 웅장하면서도 신비로운 멜로디 사이를 누비는 피아노.

격정적이면서도 섬세한 이 웅장한 곡을 함께할 수 있어 기쁘다.

도빈이가 지휘하는 베를린 필하모닉 B는 경이롭다.

만들어진 지 이제 겨우 두세 달 된 오케스트라라고는 생각할 수 없다.

이 많은 악기들이 마치 하나처럼 노래한다.

연습할 때부터 느꼈지만 단원들이 도빈이를 얼마나 신뢰하며 따르는지 알 것 같다.

그러지 않고서는 이 복잡한 감성을 이렇듯 절절히 표현하진 못할 거다.

신뢰로 이어진 도빈이와 베를린 필하모닉 B가 함께하니 조금씩, 지금까지 무엇을 망설였는지 잊기 시작했다.

하루에도 스무 번씩 반복해 연주했고 그 외의 시간은 언제나 악보를 들여다보았다.

포기하지 않는다면 노력은 배신하지 않음을 잘 알고 있었기에 피아노를 치기 싫을 때가 있더라도 단 하루도 연습을 빼먹지 않았다.

지금은 알 수 없어도 분명 내 안에서 완성되고 있다고 믿었다.

그것이 단지 내 손을 통해 연주되지 않을 뿐.

그렇기에 자꾸만 내 연주가 마음에 들지 않았던 것 같다.

무대에서 연주를 이어나가는 지금도 그것을 느낀다.

하지만 이 자리.

객석을 가득 채운 팬들과 베를린 필하모닉 그리고 지휘봉을 든 도빈이를 앞에 두고 나는 후회하고 싶지 않다.

절대로 그러지 않을 거다.

지금의 내가 부족하다면 그것을 받아들이고 할 수 있는 한 이 몸과 영혼을 다할 뿐.

그뿐이었기에 그마저도 못하고 오늘의 무대를 후회로 기억하고 싶지 않았다.

싸우자.

어떻게 연주해야 할지는 알고 있다.

손가락이 무거워 움직이지 않는다면 평소보다 더 힘을 주어 연주하자.

도망치고 싶고 포기하고 싶은 마음은 꽁꽁 묶어 가슴 한편에 묻어두고 악을 질러서라도 나아가자.

당장 나아지진 않겠지만 그렇게 싸우다 보면 언젠가는 분명 좀 더 높은 곳으로 향할 수 있을 거라 생각한다.

그렇게 1악장을 연주하니.

그간의 노력과 나를 믿어주는 도빈이, 채은이의 말을 온전히 받아들일 수 있을 것 같다.

후련하다.

무거웠던 가슴과 손가락이 오랜만에 편안함을 느낀다.

연주를 마쳤을 때.

"브라보!"

관객들이 일어서 박수를 보내주었다.

도빈이가 한발 물러나 오늘 밤의 영광을 내게 돌리려 했다.

고개를 저었다.

도빈이의 손을 잡고 앞으로 나섰다. 소소 누나를 보며 웃자 누나가 단원들을 일으켜 세웠다.

함께할 수 있어서 기쁘다.

이렇게 훌륭한 음악가들과 팬과 함께하니 망설이고 두려웠던 것도 잊을 수 있었다.

혼자가 아니다.

이 박수 소리가 답답했던 가슴을 시원하게 뚫어내 주었다.

실력은 나아지지 않는데 짙은 안개가 갠 듯한 느낌이 드는 이유는 분명 기분 탓일 거다.

하지만 음악이 즐겁다는 걸 다시 확인할 수 있는 것만으로도 충분히 계속 노력할 수 있다.

'고마워요.'

관객들에게 인사를 하고 무대에서 내려왔다.

'오늘은 목욕하고 푹 쉬어야지.'

돌아갈 준비를 하고 도빈이를 만나러 복도로 나섰는데 도빈이의 대기실 앞에 기자들이 잔뜩 있었다.

어찌나 많은지 복도를 지나갈 엄두조차 나지 않는다.

어렸을 적부터 이런 일을 귀찮아하지 않고 대하는 도빈이가 신기하다. 평소 성격이었으면 귀찮게 군다고 짜증을 낼 텐데 말이다.

"지훈!"

"아, 사라 씨."

리스텀지의 기자 사라 씨가 인파를 헤치고 다가왔다.

예전부터 도빈이의 기사를 다뤘던 분인데 크리크에서 우승한 뒤로는 내 특집 기사를 내주시곤 했다.

고마운 분이고 오랜만에 만나 반갑게 악수를 나누었다.

"최고였어."

"정말요?"

"짓궂게 묻는 거 보니 슬럼프는 괜찮아진 모양인데?"

"마음이 편해졌어요."

나를 잘 아는 분인 만큼 이야기하기도 편하다. 이렇게 농담을 주고받을 수도 있으니까.

'도빈이는…… 한참 걸리겠지?'

지휘자 대기실 쪽을 보니 도빈이가 해방되려면 시간이 꽤 걸릴 것 같다.

"대기실에 음료수가 있던데 마시면서 이야기해요."

"이래서 네가 좋다니까."

독주자 대기실로 돌아와 사라 씨와 마주 앉았다.

"좋아. 그럼 우선 오늘 연주회 이야기부터 해야겠지? 라흐마니노프 피아노 협주곡 2번을 연주한 이유는?"

"마에스트로 푸르트벵글러와 도빈이 그리고 제가 회의 끝에 정했어요. 마에스트로는 베를린 필하모닉 B가 다양한 음악을 하길 바라는 것 같았고 저도 새로운 도전을 하고 싶어서 결정하게 되었어요."

"결과적으로 아주 좋은 결정이었던 것 같아. 최근 조금 지쳐 보였던 느낌을 전혀 찾아볼 수 없었거든. 오늘은 정말 멋졌어."

사라 씨가 웃으며 말했다.

"고마워요. 슬럼프가 꽤 길었으니까요."

"그거 말이야. 개인 연주회를 하지 않은 지 벌써 몇 달째니까 팬들은 의아한가 봐. 그도 그럴 게 최근에 차이코프스키에서 우승도 했고 오늘 같은 훌륭한 연주도 들려주었으니, 팬들은 네 슬럼프가 뭔지 궁금해하더라고. 말해줄 수 있어?"

잠시 생각하고 답했다.

"심리적인 게 가장 큰 거 같아요. 예전에는 조금이라도 꾸준히 실력이 늘었는데 최근에는 정체되어 있으니까요. 툭타미셰바 씨나 나나 누나같이 비슷한 시기에 활동을 시작한 사람들에게 뒤처진다고 생각했어요. 그런 생각이 절 괴롭혔던 것 같아요."

"객관적인 지표만 놓고 보면 그 둘보다 네가 훨씬 인정받고 있는데도?"

"툭타미셰바 씨는 작년에 비해 실력이 부쩍 늘었고 나나 누나는 정말 과소평가 받고 있어요. 도빈이도 저도 나나 누나의 피아노는 정말 대단하다고 생각해요."

사라 씨가 녹음기를 잠시 멈추고 물었다.

"나나 케베리히가 유니크한 피아니스트인 건 알지만 내겐 네가 최고야, 스위티."

"하하. 고마워요. ……하지만 오늘 연주로 슬럼프는 더 이상 신경 쓰지 않기로 했어요. 제 연주를 듣고 기뻐하시는 분이 계시고 함께 음악을 하는 사람들과 함께하니 즐겁더라고요. 피아노."

사라 씨가 서둘러 내 말을 받아 적었다. 바쁜 그녀 대신 녹음기를 다시 켜주었다.

"고마워. 그럼 슬럼프는 극복한 거네? 이제 다시 리사이틀을 기대해도 되는 거야?"

"그럼요. 그래야죠."

"좋아! 아, 맞다. 이건 디지털 콘서트홀에 올라온 댓글인데…… 읽어줄게? 슬럼프라 하더니 레퍼토리에도 없는 라흐마니노프 피아노 협주곡 2번을 이렇게 멋지게 연주했어. 최지훈 대체 정체가 뭐야. 라는 글이야. 다들 비슷한 생각인 것 같아서 캡처해 놨는데, 팬들에게 답변해 준다면?"

나도 모르게 웃음이 나왔다.

"천재니까요."

사라 씨도 따라 웃었다.

베를린 필하모닉 B와 최지훈의 협연은 종종 그러하듯 전문가와 팬들 사이에 다른 반응을 보였다.

디지털 콘서트홀을 포함해, 베를린 필하모닉 콘서트홀을 찾은 팬들은 과거 라흐마니노프 피아노 협주곡 2번을 연주했던 이들 중에서도 가장 뛰어나다 평을 받는 '헤르베르트 카라얀-알렉시스 바이센베르크'나 '안토니오 마마에스-레이첼 오베 안네스[3]'와 어깨를 나란히 할 명연주로 여겼다.

└지훈이 연주 뭔가 좀 슬펐어.

3) 레이프 오베 안스네스/안토니오 파파노, Rachmaninov: Piano Concertos 1&2, EMI Classics, 2005

ㄴ나도. 치열하다고 해야 하나? 뭔가 정말 연주를 위해 몸은 던진다는 느낌이고.

ㄴ아마 실제로도 그랬을걸? 자기는 슬럼프지 무대는 베를린 필하모닉과 함께인데 지휘자는 자기랑 가장 친한 친구니까 엄청 부담스럽지.

ㄴ슬럼프 진짜임? 못 믿겠음ㅋㅋㅋ 너무 좋아 ㅠㅠ

ㄴ월간 관중석에 차채은 칼럼 읽어봐. 정말 눈물 나올 것 같더라. 3주 내내 잠도 줄여가며 연습했대.

ㄴ나도 그거 봤어. 그렇게 연습하는 최지훈을 안쓰럽게 보면 안 될 것처럼 치열했다고. 응원하게 되더라고.

반면 전문가들의 평은 달랐다.

배도빈의 라흐마니노프 피아노 협주곡 2번 해석은 놀랍도록 진취적이었지만, 그것을 연주한 베를린 필하모닉 B는 아직 베를린 필하모닉이란 명성을 따라가기 멀었다는 입장이 주를 이루었다.

더불어 독주자 최지훈의 연주에 대해서는 열정적이었으나 새로움은 없었다는 다소 박한 평을 하였다.

인터플레이 측에서 베를린 필을 공격해 오던 잡지사가 아니라 우호적이었던 독일의 평론가들도 비슷한 평이었으니 베를린 필하모닉 B의 자존심은 뭉개질 대로 무너져 버리고 말았다.

"······."

이승희, 나윤희와 함께 차를 마시며 해당 기사를 접한 소소는 잡지를 구겨 쓰레기통에 던졌다.

기사를 함께 읽은 나윤희의 표정도 좋지 못했다. 아랫입술을 꽉 깨물고 간신히 분을 삭였다.

"너무 신경 쓰지 마. 평론 같은 거 도빈이부터 무시하잖아."

이승희가 소소와 나윤희를 위로하고자 말을 꺼냈지만 두 사람의 표정을 보고선 말을 줄였다.

음악가로서 지금 그들이 어떤 심정일지 충분히 이해할 수 있었기 때문이었다.

'다른 사람들도 장난 아니겠네.'

이승희의 생각대로 지금껏 열심히 활동했던 베를린 필하모닉 B의 단원들은 자신들의 부족함에 이를 갈았다.

지휘자 배도빈이 아깝다는 뉘앙스의 이야기에 부끄러워 어쩔 줄을 몰라 했다.

연말 연주회를 코앞에 둔 시점.

베를린 필하모닉 B의 단원들이 자발적으로 출근 시간을 앞당겨 연습을 하는 원인이었다.

기사를 본 최지훈이 웃었다.

"나 혼났어."

부정적인 기사를 접하고도 저러는 걸 보니 이제 완전히 예전으로 돌아온 듯해 안심했다.

단원들도 약이 바짝 올라서 연습에 박차를 가한다.

자세가 된 사람들만 모였으니 조만간 한 단계 올라설 거라 믿었다.

"팬들이 좋아하면 된 거야."

"응. 나도 즐거웠으니까."

그렇게 대화를 나누며 피아노를 연주하고 있자니 진달래가 문을 벌컥 열고 들어왔다. 감기로 며칠 고생하더니 이젠 힘이 넘치는 모양이다.

"배도빈! 너 양말 자꾸 뒤집어 놓을 거야?"

"……어?"

"내가 못 살아 진짜! 왜 자꾸 뒤집는 거야! 이건 또 뭐야. 왜 이렇게 어질러 놨어?"

진달래의 말을 듣고 주변을 둘러보았는데 악보랑 음반 그리고 악기들뿐이다.

"깨끗한데?"

"깨끗하긴 개뿔! 바닥이 안 보이잖아! 대체 무슨 수로 하루만에 이 넓은 방을 이렇게 어지럽히는 거냐? 나가, 나가! 다 치우면 들어와!"

"나 놀고 있잖아. 그리고 왜 자꾸 시키지도 않는 청소랑 빨래를 해. 그 시간에 독일어 공부하라고."

"누굴 거지로 알아? 먹여 주고 재워 주고 입혀 주는데 어떻게 가만있냐? 아주머니는 돈도 안 받으시고 이런 거라도 해야지!"

"나중에 벌어서 갚아. 지금은 공부만 하고."

"아, 쫑알쫑알 대지 말고 빨리 나가! 시상에 옷 벗어둔 것 좀 봐. 허물 벗냐?"

"황하하하하!"

어어 하는 사이에 진달래에게 쫓겨나와 버리고 말았다.

최지훈이 그때까지도 계속 웃었다.

"뭐가 웃겨."

"재밌잖아. 나 너한테 이렇게 대하는 사람 처음 봐."

나도 처음이다.

생활력과 자립심이 강한 건 좋은 일이지만 녀석이 빨리 공부에 집중할 수 있도록 날을 잡아서 이야기해야겠다.

하는 수 없이 다른 방으로 들어가려는데 마침 채은이가 엘리베이터에서 내렸다.

"오빠!"

평소보다 묘하게 목소리가 높다.

"응."

"나 부탁이 있는데……."

"부탁?"

생전 내게 부탁한 적이 없었기에 의아했다. 되물어 보니 채은이가 고개를 끄덕이곤 물었다.

"이번에 신곡 연습 마무리되었지?"

신곡이라면 찰스 브라움을 말하는 걸 테고 이미 마지막 연습만 남은 상황이다.

"응. 그런데?"

"나 연습실 데려가 주면 안 돼?"

"안 돼."

"연주회 전까지는 절대, 절대 기사 안 쓸게. 응?"

"안 돼."

연말 연주회에서 신곡을 발표하는 건 여러 매체를 통해 홍보했지만 곡은 철저히 관리했다.

지금까지 기다리고 물어본 걸 보면 채은이도 그걸 의식하는 것 같은데 녀석을 믿는 것과는 다른 문제다.

내가 주도해 대외비로 다뤘던 일을 내가 부정해 버리는 꼴이 되니 말이다.

채은이도 더는 조르지 않았다.

"왜 그러는데?"

"나 글 쓰는 속도 느리잖아. 베를린 환상곡 분석도 일주일 뒤에나 기사로 썼고. 자꾸 발표가 늦으니까 이상한 인간들 말이 더 먹히는 것 같단 말이야."

"그런 건 신경 안 써도 돼. 네 글은 비교적 정확하니까."

"그런 건 아는 사람들만 그렇게 생각한단 말이야. 그치?"

채은이가 최지훈을 보며 동조를 구했다. 의외로 최지훈이 고개를 끄덕였다.

"맞아. 요즘 인터플레이 쪽 평론가들이 지나치니까 이런 것도 필요할 것 같아. 굳이 채은이가 아니더라도 그쪽 일은 도움이 되지 않을까?"

"굳이? 쓸데없는 말 하지 마!"

채은이가 최지훈을 흔들었다.

그러고 보니 푸르트벵글러도 비슷한 말을 했고 생각해 볼 여지는 있는 듯하다.

그의 말대로 음악가로서의 내 고집과는 무관하게 지휘자로서는 단원들이 연주에 집중할 수 있는 환경을 조성해 줘야 할 테니 말이다.

'협연 이후에 묘하게 다들 바짝 약이 오른 것 같기도 하고.'

최근 계속된 헛소리들에 단원들의 신경이 예민해져 풀어줘야 할 텐데, 그 방법을 모르겠다.

"이번에는 악단과 이야기한 일이라 안 돼. 다음에는 생각해 볼게."

채은이가 어쩔 수 없다는 듯 고개를 끄덕였다.

"참, 인터플레이 말이야."

최지훈이 뭔가를 떠올린 듯 말을 시작했다.

"아버지가 인터플레이 관련해서 무슨 일을 하시나 봐. 정확히는 가르쳐 주시지 않는데 그게……."

말끝을 흐려 의아하게 보니 최지훈이 묘한 표정을 지었다.

"되게 즐거워 보이셨어."

영국 헤이스팅스에 위치한 인터플레이의 자회사 레독은 녹음, 음향기기를 다루었다.

최근 인터플레이 소속 오케스트라에 제공할 혁신적인 설비를 준비 중에 있기에 케이 볼튼 대표는 무척이나 바쁘게 움직였다.

"반갑습니다, 대표님."

"어서 오시오, 통스 뒤샹."

케이 볼튼이 얼마 전 파트너십을 맺은 통스 뒤샹을 반갑게 맞이했다.

프랑스 출신의 개발자이자 사업가인 통스 뒤샹이 개발한 녹음 기술은 인터플레이가 주목할 정도로 대단한 성능을 보유하고 있었다.

인터플레이는 그들의 음향 장비와 통스 뒤샹의 기술이 결합된다면 세계 최고 수준 품질로 음악 서비스를 할 수 있을 거라 판단했다.

그렇게 고액을 지불하여 통스 뒤샹의 기술과 그의 회사를 인수한 레독은 오늘부터 기술 이전을 위해 여러 준비를 마친 상태였다.

"그래. 공정 과정은 어떻게 되었소."

"간소화 작업을 진행하고 있습니다. 시간은 조금 걸리겠지만 품질에 문제가 생기는 것보단 낫겠지요."

"하하하. 옳은 말이오. 하지만 결코 늦어서는 안 될 거요."

"여부가 있겠습니까."

케이 볼튼은 통스 뒤샹이란 남자가 퍽 마음에 들었다.

보통 개발자라는 사람들은 자신이 만든 제품이나 기술에 대해 독점 욕심을 내 스스로 어떻게든 팔아보려 하지만 그렇게 성공한 인물은 드물었다.

그럴 바에는 차라리 인터플레이와 같이 대기업에 붙어 사업적으로나 기술적으로나 협력하는 것이 낫다고 생각하는데.

통스 뒤샹이란 사람은 쓸데없는 고집 없이 흔쾌히 레독에게 핵심 기술과 회사를 팔았고, 대신 본인을 자문 역할로 받아들이라는 조건을 붙였다.

'다루기 쉬운 친구야. 유능하고.'

"그럼 저는 잠시 둘러본 뒤 돌아가 보겠습니다."

"음음. 그렇게 하시오."

통스 뒤샹이 정중히 인사하고 밖으로 나서자 사무실에 남은 케이 볼튼이 만족스럽게 시가에 불을 붙였다.

한편 헤이스팅스에서의 일을 마친 통스 뒤샹은 자신의 차에서 전화를 걸었다.

몇 번의 발신음 뒤에 전화가 연결되었다. 통스 뒤샹이 능숙한 솜씨로 한국어를 사용했다.

"접니다, 보스. 레독과의 일은 잘 처리하였습니다."

-수고했네. 시간은 잘 벌었는가?

"네. 지시하신 대로 공정 과정을 간소화할 수 있다고 하니 말미를 주더군요."

-비용을 줄일 수 있는 건 좋은 일이지. 물건은 오늘 도착할 테니 마무리까지 잘 부탁하네.

"네. 차질 없이 진행하겠습니다. 교체 시기는 내년 2월부터 3개월로 잡혀 있습니다."

-빠르면 빠를수록 좋겠지.

그 말에 통스 뒤샹이 멋쩍게 웃었다. 요구를 들어주지 않으면 자신이 어떻게 될지 통스 뒤샹은 너무도 잘 알고 있었다.

-참.

통화를 나누던 통스 뒤샹의 또 다른 핸드폰이 울렸다. 액정에 80만 유로가 입금되었다는 알림을 확인한 통스 뒤샹의 입이 찢어질 듯했다.

"감사합니다."

─유능한 동료에게는 그만한 대가를 지불해야지. 수고하게.

통스 뒤샹이 차에 시동을 걸고 물건이 도착하기로 한 이스트본으로 출발했다.

한편.

통스 뒤샹과 통화를 마친 최우철은 슬며시 웃었다.

'똑똑하고 돈 밝히는 사람보다 다루기 쉬운 사람도 없지.'

유장혁 회장과 손을 잡은 그는 WH그룹에 플랫폼 사업을 진행하면서 인터플레이를 무너뜨리기 위한 준비를 차곡차곡 준비하고 있었다.

'아무리 견고한 성이라도 지반이 무너지면 쓰러지게 마련. 인터플레이도 어쩔 수 없군.'

최우철은 그가 준비하고 있는 일들을 떠올리며 생각했다.

목적은 인터플레이를 무너뜨리고 유럽 전역과 미 동부 지역에 새로운 플랫폼을 세우는 일이었다.

수단은 여러 가지.

하나는 통스 뒤샹 등 유령 회사를 내세워 WH그룹의 우수한 기술력을 인터플레이의 기반 시설을 확보하는 일이었다.

쉽지 않은 일이었으나 그렇다고 불가능한 일도 아니었다.

최우철이 EI전자의 부장으로 있었을 시절에 여러 중소업체나 경쟁사를 무너뜨렸던 방법이었고 그런 비열한 수법들이 최우철이 결국 사장직까지 오를 수 있었던 근거였다.

통스 뒤샹을 통해 모든 기기 제품을 교체하면 그 뒤부터 인터플레이의 음향 설비는 세계 최악이 될 예정이었다.

뒤늦게 상황을 알아챈 인터플레이가 통스 뒤샹에게 책임을 물으려 할 때는 이미 유럽에서 그를 찾을 수 없게 되고.

모든 기기를 교체, 수리하기 위해선 통스 뒤샹이 들인 시간 이상으로 소요될 것이 뻔했다.

현재 여러 악단과 음악가들에게 가장 중요한 음반, 온라인 스트리밍 서비스 등에 문제가 생긴 인터플레이에 소속 음악가들이 항의할 것은 당연한 수순.

그때 인터플레이 소속 음악가들의 불만을 터뜨릴 기폭제도 준비해 두었다.

그때 인터폰이 울렸다.

최우철이 버튼을 누르고 말했다.

"무슨 일인가."

-세계 클래식 음악 협회 앤드류 제이 조정의원과 베를린 필하모닉 카밀라 앤더슨 사무국장께서 방문하셨습니다.

"정중히 모시도록."

이내 집무실에 들어온 두 사람을 최우철이 반갑게 맞이했다.

"반갑습니다."

♪

몇 달 전, 배도빈이 헌정곡이라며 악보를 넘겼을 때 찰스 브라움은 뛸 듯이 기뻤다.

자신이 가장 사랑하는 음악가에게 곡을 받는 일이 얼마나 기쁜 일인지 경험해 보지 못한 이들은 절대 알 수 없을 거라 생각했다.

그러나 베를린 필하모닉의 그 누구도 찰스 브라움을 부러워하지 않았다. 그저 안쓰럽게 바라볼 뿐이었다.

"악장이 불쌍해요."

"저걸 안 할 수도 없을 테니까."

"그래도 정말 잘 어울리는 것 같긴 해요. 찰스 브라움 악장이 아니고서야 누가 이걸 연주할 수 있겠어요?"

단원들의 생각을 찰스 브라움이 모를 리 없었다.

베를린 필하모닉에 악장으로 취임한 뒤 찰스 브라움은 배도빈이 만들어 준 바이올린 협주곡 13번, F장조 '찰스 브라움'을 연습하는 데 대부분의 시간을 할애해야 했다.

그 난이도는 극악.

처음 악보를 받았을 때 찰스 브라움은 뭔가 잘못되었음을 깨달았다.

"이건 날 위한 곡이 아닌 거 같은데."

"맞아요."

"……이거 연주할 수 있는 곡 맞아?"

"글쎄요. 하지만 찰스라면 할 수 있을 거예요."

"글쎄요라니."

"난 안 켜봤거든요."

"……."

그 말이 농담이라고 생각했지만 배도빈의 눈은 너무도 당당하게 찰스 브라움에게 향했다.

그는 시선을 피하듯 다시 한번 악보를 살폈고 숨 돌릴 틈도 없이 빽빽하게 들어선 음표들을 보고선 한숨을 내쉬었다.

그리고 지금.

베를린 필하모닉 송년 음악회, 즉 '찰스 브라움'의 초연을 하루 앞두고 찰스 브라움의 몸은 비명을 지르고 있었다.

'나니까 가능했지.'

'찰스 브라움'을 완벽히 마스터했다는 것에 자부심을 느끼며 목욕을 마친 그가 가운을 둘렀다.

라임을 반으로 잘라 탄산수에 짜낸 뒤 소파에 앉아 TV를 틀었다.

배도빈이 추천한 온수 목욕으로 인해 노른노른한 기분에 취한 찰스 브라움은 채널을 돌리며 라임 탄산수를 들이켰다.

청량감이 몸을 누볐고 때마침 무릎 위로 올라온 고양이 엘리자베타의 엉덩이를 긁어주었다.

'볼 게 없군.'

채널을 돌리다 지친 찰스 브라움은 조금 이르지만 잠을 청할까 고민했다.

그때 그의 핸드폰이 울렸다.

액정으로 전화를 건 사람이 케르바 슈타인임을 확인한 찰스 브라움이 스피커 모드로 전화를 받았다.

"늦은 시간에 무슨 일인가, 슈타인. 전야제라면 사양하겠네."

─……셰프가 쓰러지셨네.

그 순간 찰스 브라움이 잔을 놓쳤다.

날카로운 소리를 내며 그의 유리잔이 깨졌고 깜짝 놀란 엘리자베타가 그의 품에서 빠져나갔다.

그러나 충격을 받은 찰스 브라움은 움직일 수 없었다.

"설마."

─나도 방금 연락받았어. 샤리테 대학 병원으로 와주겠나?

"바로 가지."

통화를 마친 찰스 브라움은 한동안 멍하니 있다가 배도빈에게 전화를 걸었다.

그러나 발신음이 모두 가고 안내음이 나올 때까지 배도빈은 전화를 받지 않았다.

♪

내일은 송년 음악회가 있으니 잠을 푹 자둘 생각으로 저녁 산책을 다녀왔다.

소소와 나윤희도 저녁을 먹고는 자기 방에서 나오지 않았고 최지훈과 채은이가 도진이와 놀아주었다.

방으로 돌아와 향초를 피웠다.

샤워를 하니 몸이 나른하다.

머리를 말리며 퇴근 전 카밀라가 전해준 박스를 꺼냈다.

잔뜩 쌓인 팬레터를 읽는 일만큼은 미룰 수 없는데 이제는 하나하나 답장을 못 해주는 게 아쉬울 뿐이다.

아기자기하고 귀여운 편지 봉투 중에 노란 봉투가 눈에 띄어 열어보니 한 면 가득 채운 편지를 읽을 수 있었다.

베를린 필하모닉 악장 배도빈에게

힘차고 정갈한 필체다.

겨울의 베를린은 여전히 추운지 모르겠습니다.

저는 은평구에 사는 두 딸을 가진 아빠입니다.

젊었을 적 음악을 하다 지금은 공사장을 전전하고 있는데 몇 년 전부터 딸들이 클래식 음악에 흠뻑 빠졌습니다.

당신과 비슷한 나이의 두 딸은 영화를 통해 '가장 큰 희망'을 알게 되었고 동시에 당신의 팬이 되었습니다.

다양한 음악이 나오는 지금, 오케스트라 음악을 듣는 아이들이 신기하기도 하고 저도 소싯적의 기억을 떠올리며 딸들과 당신의 음악을 찾아 듣기 시작했습니다.

삭막했던 우리 가족에게 당신의 힘차고 격렬한 음악은 큰 힘이 되었고 비록 지금은 어렵지만, 언제고 반드시 가족들과 함께 베를린 필하모닉 콘서트홀에서 당신이 지휘하는 연주회에 가고 싶습니다.

최근 몇몇 사람이 당신과 베를린 필하모닉에 대한 안 좋은 이야기를 하는 것 같다고 아이들이 말해주었습니다.

부디 힘을 잃지 않고 굳세게 그 자리를 지켜주시기 바랍니다.

언젠가는 꼭 한 번 당신의 음악을 직접 듣고 싶습니다.

힘내세요, 베를린의 마왕.

편지를 읽고는 잠시 아무 일도 못 했다. 생계가 힘들어 보이는데 내 음악이 힘이 된다니 목 언저리가 꽉 조이는 듯했다.

잘은 모르지만 전문 기술이 없는 한 노동을 해서 가정을 이끄는 일이 쉽지만은 않을 텐데.

반드시 찾아오겠다는 말에 베를린 필하모닉을 굳세게 지켜야겠다고 다짐하였다.

그런 생각을 하며 다른 편지를 읽고 있는데 카밀라로부터 전화가 왔다.

시계를 보니 밤 아홉 시.

늦은 시간에 무슨 일일까 싶어 바로 받았다.

"네, 카밀라."

-도빈아.

카밀라의 목소리가 심하게 떨렸다.

그녀는 울음을 참아내듯 힘겹게 말했다.

-빌이. 빌이 쓰러졌어.

가슴이 무너져 내렸다.

"……그게 무슨 말이에요?"

카밀라는 대답하지 못하고 결국 울기 시작했다.

"지금 어디예요? 네?"

몇 번을 다그쳐 물은 뒤에야 카밀라가 겨우 진정하였다.

-샤리테 대학 병원이야.

"지금 갈게요."

서둘러 외투를 둘렀다.

엘리베이터를 기다릴 수 없어 계단으로 뛰어 내려갔다.

1층에서 어머니와 집사를 만났다.

어머니께서 걱정스레 다가와 물으셨다.

"무슨 일이니? 창백해져서는."

"푸르트벵글러가 쓰러졌대요."

어머니께서도 놀라셨다.

"먼저 가볼게요. 소소와 윤희 누나한테 다른 단원들에게 연락해 달라고 말 좀 전해주세요. 샤리테 대학 병원이에요."

"그래. 걱정 말고 다녀와."

어머니께 부탁을 하고 신발을 대충 신었다.

"집사님."

1층을 둘러보았는데 방금까지만 해도 보였던 집사가 보이지 않았다.

"도련님, 바로 나오시면 됩니다."

고맙게도 내 말을 듣고 바로 나섰던 모양. 차에 올라탔다.

'안 죽는다 했잖아.'

빌어먹을.

병원으로 향하는 몇 분이 너무도 길게 느껴졌다.

"도착했습니다."

"오래 걸릴 것 같으니 돌아가 계세요. 전화 드릴게요."

서둘러 차에서 내리고 응급실로 뛰었다.

정확한 위치까지는 듣지 못해 한참을 돌아다녔는데 복도에 케르바 슈타인과 찰스 브라운, 헨리 빈프스키, 파울 리히터 그리고 마누엘 노이어가 있었다.

"도빈아."

"셰프는요?"

노이어가 고개를 돌려 병실을 보았다.

문을 열고 들어서려는데 케르바 슈타인이 짧게 상황을 설명해 주었다.

"심각한 건 아니래. 단순 과로라니까 너무 걱정하지 마. ……놀랄 수밖에 없었을 테지만."

그 말을 들으니 그나마 안도가 되었다.

천천히 문을 열고 들어가자 누워 있는 푸르트뱅글러와 그의 손을 꼭 잡고 울고 있는 카밀라를 볼 수 있었다.

"셰프."

푸르트뱅글러가 나를 보더니 인상을 썼다.

"설마 단원 모두 오는 건 아니겠지? 별일도 아닌데 왜 난리야?"

"어떻게 된 거예요?"

카밀라가 눈물을 훔치고 돌아섰다.

"그간 너무 무리한 것 같아. 신경 쓸 일도 많았고."

"나이 먹으면 그럴 수도 있는 게지. 신경 쓸 것 없다. 내일은 중요한 날이니 돌아가 쉬어라."

푸르트뱅글러에게 다가가 그의 얼굴을 두 손으로 잡았다.

그간 A와 B로 나뉘어 자주 못 봤는데 확실히 많이 야위었다.

"무, 무슨 짓이냐."

"왜 이리 수척해졌어요."

왼쪽 얼굴도 오른쪽 얼굴도 볼이 쏙 들어가 있다. 눈 아래가 짙은 걸 보니 잠도 제대로 못 잔 것 같다.

"이 녀석이! 손 놓지 못해!"

"세프⋯⋯."

안쓰럽게 그를 보고 있자 푸르트벵글러가 내 손을 잡아 내리고 카밀라에게 말했다.

"밖에 있는 사람들 들어오라 해."

카밀라가 고개를 끄덕이고 악장들을 불러들였다.

푸르트벵글러가 잠시 눈을 감고 생각을 하다 어렵게 입을 뗐다.

"당분간 쉬어야 한다더라. 송년 음악회 뒤에는 아무래도 그래야 할 것 같다."

케르바 슈타인이 나섰다.

"그 말씀은 이 상태로 내일 지휘를 하신다는 뜻입니까?"

"그럼. 팬들이 오는데 취소라도 하란 말이냐?"

케르바 슈타인이 나를 보았다.

그가 무슨 생각을 하는지 알고 있기에 동의하듯 고개를 끄덕였다.

"다른 일도 아니고 건강 문제입니다. 배도빈 악장도 저도 있습니다. 내일은 저희에게 맡기고 쉬세요."

푸르트벵글러가 으르렁댔다.

"내 일이고 팬들과의 약속이다. 다시는 그런 말 마라."

"……."

케르바 슈타인의 마음을 알고 있으면서도 푸르트벵글러는 고집을 부렸다. 그것이 그다운 행동이라고 생각하면서도 걱정되었다.

푸르트벵글러가 나를 보았다.

"네가 내 입장이었으면 어떻게 했을 것 같으냐, 도빈아."

"……할 거예요."

"그래."

악장들을 둘러본 푸르트벵글러가 다시 입을 열었다. 아무렇지 않은 척하려고 하지만 목소리가 꽤 지쳐 있다.

"우리에겐 중요한 시기다. 내년은 너희가 베를린 필하모닉을 지탱해야 하니 마음 굳게 먹길 바란다."

입을 꾹 다물고 있던 악장단과 마누엘 노이어가 답했다.

"네, 세프."

그때 갑자기 밖이 소란스러워졌다.

병실에 있던 사람들이 의아하게 문을 바라보았고 곧 단원들이 물밀 듯이 들어왔다.

"세프!"

"죽으면 안 돼요!"

"꺼어허억! 끄으헝!"

침대에 누워 있는 푸르트벵글러에게 달려든 단원들이 눈물을 쏟으며 달려들었고 그들을 본 푸르트벵글러가 호통을 쳤다.

"당장 안 나가!"

병실을 나온 뒤 카밀라가 단원들에게 상황 설명을 해주었다.

베를린 필하모닉을 향한 공세가 시작된 뒤로 푸르트벵글러는 여러 방면에서 자신의 권위와 역량을 발휘, 여러 집단을 규합했다고 한다.

베를린 필하모닉이 베를린파의 중심으로 있을 수 있었던 데에는 거장 중의 거장이라는 빌헬름 푸르트벵글러 덕분인 것 같다.

당연하게도 푸르트벵글러에게 부담되는 대외적 업무가 갑작스레 늘어났고 베를린 필하모닉도 확대 편성하였으니 쓰러지는 것도 무리는 아니란 생각이 들었다.

단원들은 예전보다 훨씬 나은 근무 환경에서 음악을 할 수 있게 되었지만 정작 푸르트벵글러 본인은 그런 환경을 조성하기 위해 자신을 몰아붙였던 것이다.

베를린 필하모닉의 왕.

말뿐만이 아니라 몸소 자신의 왕국을 지켜왔던 것이다.

"셰프가……."

"……."

푸르트벵글러다운 이야기라 다들 숙연해졌다.

그러나 내일 공연이 중요했기에 다들 해산했고 소소, 나윤희와 함께 돌아오는 길에 생각에 잠겼다.

B팀을 온전히 내가 맡는 것으로도 푸르트벵글러의 부담이 줄어들지 않는다면 지금 당장은 괜찮더라도 언젠가 분명, 멀지 않은 날에 또다시 이런 일이 생길 것이다.

주먹을 꽉 쥐었다.

가장 가까이 있었으면서도 푸르트벵글러가 얼마나 많은 일을 부담하고 있었는지 몰랐던 내게 화가 났다.

더 이상 그가 혼자 싸우게 두지 않을 거라고.

가슴에 새겼다.

거장 빌헬름 푸르트벵글러의 입원 소식은 일파만파 번져나갔다.

베를린 필하모닉의 송년 음악회 당일, 베를린은 물론 유럽

전 지역에 해당 기사가 쏟아져 나왔다.

덕분에 베를린 필하모닉 사무국은 끝없이 이어지는 문의 전화에 대응해야 했고, 카밀라 앤더슨은 겨우 정신을 차린 채 점심을 지나기 전, 기자회견을 열어 일정과 출연진에 변동이 없다고 여러 뜬소문을 일축하였다.

최근 여러 거장이 연달아 타계하였고 빌헬름 푸르트벵글러 역시 적지 않은 나이였기에 다들 우려하고 있는 사이, 베를린 필하모닉의 송년 음악회를 듣기 위해 사카모토 료이치가 베를린에 방문했다.

공항에서 소식을 접한 사카모토 료이치는 즉시 푸르트벵글러의 자택으로 향했다.

"빌헬름! 빌헬름!"

사카모토 료이치가 다급히 문을 두드렸고 한참 뒤 푸르트벵글러가 귀찮다는 듯 문을 열었다.

"거참. 귀찮게들 하는구만."

푸르트벵글러의 얼굴을 확인한 사카모토가 한숨을 내쉬었다.

"자네 마지막 연주회가 될 수도 있다고 해서 왔지."

"망할 영감탱이 같으니라고."

푸르트벵글러가 안으로 들어섰다.

거실에 적당히 자리를 잡고서 사카모토 료이치가 걱정스레 물었다.

"그래, 병원에서는 뭐라 하던가."

"단순 과로일 뿐이야. 며칠 쉬면 나아지니 걱정 말게."

사카모토가 소파 옆에 놓인 수액과 주사기를 보고서는 쓸쓸히 웃었다.

"담배도 끊어. 나이 먹어서도 그렇게 몸을 돌보지 않으니 그런 거 아닌가."

"잔소리할 거면 돌아가."

틱틱대지만 오랜만에 사카모토를 만나 기분이 좋아진 푸르트벵글러가 그가 좋아하는 음료를 내놓았다.

"유진희 씨가 준 매실청이란 것을 탄 탄산수야. 맛이 좋더군."

"매실청이라. 좋지."

음료를 마시며 잠시 정원에 시선을 둔 푸르트벵글러가 사카모토에게 물었다.

"자네가 생각하기에 도빈이는 뭘 바라는 것 같나."

"음?"

갑작스러운 질문에 사카모토 료이치가 잠시 고민하다가 허허 하고 웃었다.

"즐거운 음악을 하는 걸로 족할 것 같은데 말일세."

"그런가."

간격을 두었다가.

다시 말을 붙였다.

"베를린 필에서의 녀석은 어떤가."

"보기 좋네. 혼자서 있던 때랑은 다르게 활발해 보여 좋네만. 그건 왜 묻는가."

"글쎄. 여러 생각이 들어서 말이지."

사카모토 료이치는 굳이 묻지 않았다. 느긋하게 기다리면 알아서 말해줄 거라 여기며 매실청을 섞은 탄산수를 마셨다.

마침내 푸르트뱅글러가 입을 열었다.

"난 도빈이가 자유로워졌으면 싶네. 런던이니 베를린이니 인터플레이 같은 거지 같은 놈들에게 신경 쓰기엔 너무나 아까워. 그래서."

잠시 말을 멈춘 푸르트뱅글러가 남은 음료를 모두 털어 넣었다.

"그래서 녀석에게 지휘봉을 쥐여주는 게, 베를린 필하모닉을 맡기는 게 옳은 일인가 싶네."

푸르트뱅글러의 말을 들은 사카모토는 잠시간 고민을 하더니 이내 고개를 끄덕였다.

"음악 외적인 일 때문에 걱정되는 건가."

"그래. 그 아이의 순수함을 생각하면 가슴이 아파."

푸르트벵글러가 가슴을 치며 말했다.

"돈 밝히는 꼬맹이라고, 단원들을 혹독하게 다루는 고집쟁이라고 하지만 그 녀석보다 순수한 사람도 없었네. 마음 같아서는 평생 지켜주고 싶네만, 곁에 두고 싶네만."

그가 말끝을 흐렸다.

자신의 늙은 몸과 너무도 거대하고 방대하게 펼쳐진 방해물이 마음에 걸렸다.

사카모토 료이치가 슬쩍 웃었다.

"너무 걱정하지 말게."

푸르트벵글러가 그의 벗을 보았고 사카모토는 말을 이어 나갔다.

"자네가 말하지 않았나. 도빈 군만큼 순수한 음악가도 없을 거라고. 나 또한 그리 생각하네. 도빈 군은 그 어떤 일이라도 해결해 나갈걸세. 우리보다도 더 간절하지 않은가."

"……."

"도빈 군이라면 세 살 때부터 봐왔네. 처음에는 그 천재성에 놀랐지. 하지만 그게 전부가 아니었어. 그 누구보다 간절하고 절박해 보였지. 세상 모두가 그를 천재라 하지만 난 그 말이 도리어 도빈 군을 모욕하는 것처럼 느껴지더군."

"그렇지."

"그런 도빈 군을 알게 되니 기특하기도 하면서도 안타깝더군. 매번 경이로운 모습을 보여주기 위해 그야말로 자신에게 주어진 모든 시간을 음악에 쏟아붓고 있지 않은가. 자네 말대로 그 누구보다 순수하게."

"그래서 걱정이란 말이야. 음악만 할 수 있다면 얼마나 좋겠는가. 분명 세상을 깜짝 놀라게 할 거야. 암. 그렇고말고. 하나, 그런 아이가 다른 무엇도 아닌 멍청한 작자들로 인해 자칫 엇나갈 수 있는 것이 너무나 답답하이."

사카모토 료이치가 고개를 저었다.

"그것도 걱정하지 않아도 되네. 나와 자네가 젊었을 적과는 다르니까."

푸르트벵글러가 눈썹을 좁혔다.

"무엇이."

"도빈 군이 왜 인류의 희망이라 불리는지 생각해 본 적 있는가?"

사카모토 료이치가 배도빈을 가장 높이 사는 이유를 언급하기 시작했다.

"자네는 잘 모르겠지만 일본을 향한 한국인의 반감은 뿌리 깊게 박혀 있네. 일본이 제국주의의 망령에서 벗어나지 못하는 한, 진실 된 사과를 하지 않는 한 한국인은 결코 용서하지 못할걸세. 그런데 일본이 가장 힘들 때 입학조차 하지 않은 한국 아이가 손을 뻗었지. 부끄럽게도 일본 정부는 말도 안 되는 짓을 했지만 국민들은 분명 기억하고 있네. 지금도 방사능이

가득한 농산물을 자국민에게 팔아먹으려는 잔악한 무리보다 도빈 군에게, 그때 도움을 준 이들에게 더 감사하고 있지. 그뿐인가? 유럽에는 잘 알려지진 않았지만 한국에서 도빈 군이 빈곤층에게 생활비와 교육을 지원해 주었지."

"……오지랖 넓은 성격은 알고 있었지."

사카모토 료이치가 고개를 저었다.

"히무라 군이 내게 하소연한 적이 있었네. 도빈 군이 대한민국 빈곤층에게 기부하는 돈이 1년에 100만 달러라고."

그 말을 들은 푸르트벵글러가 마시던 탄산수를 뿜을 뻔했다.

베를린 필하모닉의 악장이 받는 연봉은 현재 평균 10만 유로, 달러화로는 약 11만 달러였다.

샛별 엔터테인먼트의 최대 주주로 인한 수익이 있고, 배도빈의 음반 판매량과 저작권 수입이 세계 최고 수준이라고는 하지만 연간 100만 달러라 한다면 수입의 대부분이라 생각할 수밖에 없었다.

"도빈 군은 수입의 큰 부분을 그런 데 사용하고 있네. 자기 가족이 지낼 돈을 제외하곤 대부분 다시 베풀고 있어. 뿐만인가? 아프리카와 남미에는 아예 도빈 재단이 들어서 학교를 설립하고 식량을 제공하고 있지. 한 사람이 전 세계 모든 빈곤층을 돌보려 하는 듯이 말이야."

"어리석은 짓."

"아니. 그렇지 않네, 빌헬름. 난 도빈 군의 음악 끝이 항상 희망차게 끝나는 것이 그의 진심이라 생각하네. 멍청하고 무의미한 일이라 생각되는 일을, 도빈 군은 벌써 14년째 계속해 오고 있네. 그리고 사람들은 그를 희망이라 부르고 있지."

"……."

"더군다나 재능 있는 음악가들을 발굴해 육성하고 직접 스카우트하고 있지. 그들 모두가 도빈 군의 힘이라네. 자네가 무엇을 걱정하는지도 알아. 하지만 나는 믿네. 도빈 군이 뿌린 씨앗이 반드시 그 무엇보다 그에게 큰 힘이 되어주리라 말일세."

사카모토 료이치의 말에 푸르트벵글러가 조용히 눈을 감았다.

"그중에는 자네와 베를린 필하모닉도 있지 않은가. 걱정할 필요 없네, 빌헬름. 자네가 생각하는 것보다 도빈 군과 베를린 필은 훨씬 더 굳건하다네."

푸르트벵글러는 답하지 않았다.

그저 그 입가에 담긴 작은 미소만이 그의 기분을 표현할 뿐이었다.

베를린 필하모닉이 확대 편성된 뒤 첫 송년 음악회 당일이었다.

언제나 만석을 채웠던 베를린 필하모닉의 티켓 파워는 세간의 몇몇 이야기 따위에 조금도 흔들리지 않았음을 증명하고 있었다.

티켓을 구하지 못한 이들은 뉴튜브, 웹플릭스, 베를린 필하모닉 디지털 콘서트홀 세 개 플랫폼에서 4달러를 지불하여 관람할 수 있었고 그렇게 모인 웹 시청자는 공연 시작 전, 동시 시청자 수 2천만 명에 도달해 있었다.

저가라고는 해도 유료 서비스임을 감안했을 때 배도빈과 베를린 필하모닉에 대한 전 세계 팬들의 관심이 얼마나 큰지 알 수 있는 기록적 지표였다.

곧 첫 번째 무대가 준비되었다.

베를린 필하모닉 B가 무대 위에 올라서 케르바 슈타인의 지시로 음을 조율했고 이어 독주자 찰스 브라움과 지휘자 배도빈이 등장했다.

베를린 환상곡 이후 약 10개월 만의 신곡이 발표되는데, 그것이 세계 최고의 바이올리니스트 찰스 브라움을 위한 헌정곡임이 알려지면서 관객과 시청자들의 기대는 최고조에 달했다.

배도빈이 관객들의 박수를 뒤로하자 장내는 마치 아무도 없는 듯 고요해졌다.

조명이 모두 꺼지고.

빛이 배도빈과 찰스 브라움에게만 떨어졌다.

숨을 크게 들이마시고 길게 내뿜은 찰스 브라움이 배도빈에게 시선을 주곤 바이올린을 켜기 시작했다.

배도빈 바이올린 협주곡 13번, F장조. 찰스 브라움.

1악장 모데라토 칸타빌레(Moderato Cantabile: 보통 빠르기로 노래하듯이).

산들거리는 바람을 타고 파이어버드의 깊은 음색이 객석에 전해졌다.

섬세하게 다룬 음이 활기찬 산새처럼 이리 튀고 저리 튀어 장난을 치는 듯했다.

배도빈이 손짓하자 플루트가 바람처럼 노래하기 시작했다.

바이올린과 함께 어울려 오전의 활기찬 숲을 표현하는데 때때로 트럼펫이 추임새를 더했다.

이어 모든 악기가 산새처럼 날아다니는 바이올린을 뒤쫓기 시작했고 플루트는 바람이 되어 파이어버드를 인도했다.

아기자기한 동화가 펼쳐졌다.

'좋다.'

객석에 앉은 진달래가 슬며시 미소 지었다.

밝고 기운찬 음표들이 흥겹게 날아들어 듣는 것만으로도 기분이 좋아졌다.

'좋나 보네.'

진달래가 슬쩍 옆에 앉은 배도진을 보았다. 아주 살짝 엉덩이를 들썩이며 고개를 끄덕이는 배도진은 무척 즐거워 보였다.

한편 사카모토 료이치는 뜻밖의 분위기에 잠시 놀랐다.

지금까지 격렬하다 못해 폭력적이기까지 했던 배도빈의 곡 풍과는 사뭇 다른 곡이었다.

귀엽고 아기자기한 느낌의 1악장은 마치 그를 유년 시절로 되돌려 놓는 듯했다.

'편안한 곡이구만. ……그도 아닌가.'

1악장의 마지막에 들어 조금씩 무거워지는 음을 들으며 사카모토 료이치는 역시 배도빈의 곡이라 생각했고.

이어지는 2악장의 분위기에 고개를 끄덕였다.

2악장 안단테 콘 테네레차(Andante Con Tenerezza: 천천히 우아하게).

2악장에 들어 파이어버드는 본연의 음색을 보다 확실히 드러냈다.

천천히 늘어지는 음 속에서 찰스 브라움의 뛰어난 표현력이 빛을 발하는 순간이었다.

배도빈의 지휘 아래 베를린 필하모닉 B가 천천히 산경을 표현한다.

첼로와 비올라가 나무를.

콘트라베이스가 산을 그리듯 자연스럽게 분위기를 확장시켜 나갔고 플루트와 오보에만이 템포를 빠르게 가져가다 때때로 천천히 잦아들며 바람을 표현했다.

배도빈이 팀파니스트 디스카우에게 시선을 주며 지휘봉을

올리자 그가 간격을 길게 두고선 팀파니를 울리기 시작했다.

그럴수록 묘한 긴장감이 생겨나기 시작했고 찰스 브라움의 카덴차가 시작되었다.

음이 치솟았다.

나뭇잎을 헤치고 솟구친 산새가 푸른 하늘을 향해 날개를 퍼덕인다.

힘차게.

더 높이.

열기를 더해 가속하는 시위를 통해 관중과 시청자들은 마치 귓가에 파이어버드의 날갯짓이 울리는 듯했다.

'과연 찰스 브라움인가.'

푸르트벵글러의 초청으로 베를린 필하모닉 송년 음악회를 방문한 지휘자 칼 에케르트가 고개를 끄덕였다.

한계까지 끌어올린 빠른 박자를 이토록 정확하고 명확히 표현할 수 있는 바이올리니스트는 몇 없었다.

찢어지는 듯한 소리가 아니라 너무도 맑은 음이 이어짐에 칼 에케르트와 관객들은 점차 '찰스 브라움'에 몰입하기 시작했다.

이윽고.

긴 간격을 두고 소리를 내던 팀파니가 바이올린과 같은 템포로 따라붙으며 긴장감은 더욱 심화되었다.

오보에와 플루트가 슬프게 울어 가슴을 옥죄고 나무와 산을 이룬 첼로, 비올라, 콘트라베이스가 울기 시작하는데.

그에 따라 힘차게 날아가던 파이어버드가 조금씩 지쳐갔다.

태양을 향해 날아오르던 새가 마침내 멈추었고.

이내 추락하며 2악장이 끝났다.

잠깐의 간격은 고요했다.

'음.'

푸르트벵글러가 고개를 무겁게 끄덕였다.

배도빈의 지휘와 그가 작곡한 '찰스 브라움'은 완벽했다.

배도빈답지 않게 무척 밝고 활달한 1악장은 사람들의 가슴을 편안케 했고 그에 대비되어 느린 템포의 2악장은 점차 분위기를 고조시키더니 찰스 브라움의 카덴차로 인해 격정에 이르렀다.

당장 며칠 전까지만 해도 아직은 부족하단 생각을 했었는데, 어느새 단원들은 한마음으로, '악기'로서 배도빈의 곡을 노래했다.

세기의 천재가 이끄는 오케스트라가 혹평을 받았기에 그들 스스로가 분발했던 덕분이었다.

빌헬름 푸르트벵글러가 쓰러지고 마음을 다잡은 베를린 필하모닉 B는 어느새 폭군에게 인정받을 정도로 성장해 있었다.

눈을 감은 채 감정을 잡은 배도빈이 지휘봉을 들었다.

그가 눈을 뜨자.

베를린 필하모닉 B는 그의 눈동자에 빨려 들어가는 듯했다.

자신들을 향한 그 깊은 눈에.

아름다움을 갈망하는 뜨거운 눈빛에 동조되었다.

수많은 사람이 그를 완벽하다 하지만 탐미하는 그는 지칠 줄 몰랐고 그 누구보다도 열정적이었다.

가장 먼저 연습실에 들렸고 가장 늦게 집으로 향했다.

그러면서도 단원 한 사람, 한 사람 곁에서 함께 고민하고 해결책을 내주었으며 기다려주었다.

바이올린을 연주하는 단원은.

비올라를 연주하는 단원은.

첼로를 연주하는 단원은.

모든 단원은 그들의 부족함으로 이 신이 내린 보석이 빛을 잃기 바라지 않았다.

함께 빛나고 싶었다.

배도빈이라는, 베를린 필하모닉이라는 빛나는 이름과 함께하고 싶다.

그런 마음과 함께.

배도빈이 지휘봉을 내리자 팀파니와 트럼펫이 웅장하게 막을 열었고 그 순간.

관객들은 등을 의자에 파묻고 입을 벌릴 수밖에 없었다.

마왕이 비로소 자신의 수족을 얻는 순간이었다.

· 47악장 ·
그 누구도 끄지 못하리라

[고뇌와 비상 그리고 불멸의 이야기]

전략.

미궁에 갇힌 이카로스는 아버지와 함께 떨어진 깃털을 밀랍으로 굳혀 날개를 만들었다고 한다.

마침내 날개를 달고 미궁을 탈출한 이카로스는 하늘을 나는 것에 심취했고 찬란한 태양에 매료되었다.

높이 더 높이 태양에 가까워지고 싶었던 이카로스는 밀랍이 녹는 것도 망각한 채 그저 날갯짓을 할 뿐이었다.

작곡가 배도빈의 열세 번째 바이올린 협주곡 '찰스 브라움'은 철없는 산새가 태양을 사랑하는 이야기로 시작한다.

이상을 향해 맹목적으로 나아가는 산새의 날갯짓은 힘차고 굳세나 결국 힘이 다하고 만다.

독주자이자 이 곡을 헌정 받은 베를린 필하모닉의 악장 찰스 브라움은 파이어버드의 음색을 발휘하여 산새의 천진난만함과 점차 태양을 알아가는 심적 변화를 탁월하게 표현해냈다.

그러나 작곡가 배도빈의 모든 곡이 그러했던 것처럼 이야기는 비극적으로 끝나지 않았다.

힘이 다해 떨어진 산새는 다시금 도약했고 떨어지길 반복했다.

마치 불새처럼.

떨어져도, 떨어져도 굴하지 않고 부활하여 태양을 향해 도전하는 3악장은 그 비장하고 웅장한 반주 속에서 홀로 타오르는 산새를 그려냈다.

그 누구도 작은 새를 어리석다 할 수 없었다. 처절하기까지 한 파이어버드의 음색이 폐부에 스며들 듯 나도 모르게 그를 응원하게 되었다.

지금까지의 바이올린 곡 중 가장 빠른 템포로 11분간의 처절한 연주를 마친 찰스 브라움은 땀에 젖었다.

스포트라이트 아래에서 사력을 다한 찰스 브라움의 모습에서 '찰스 브라움'이 왜 그에게 헌정되었고 그를 위한 곡인지 알 수 있었다.

그 누구도 '찰스 브라움'을 연주하진 못할 것이다.

불가능에 도전하여 끝끝내 태양에 닿은 파이어버드에 경의를 표하며 작곡가 배도빈의 새로운 시도와 성공적인 확장에 다시 한번 압도되었다.

-관중석 칼럼 기자 차채은

배도빈의 신곡 '찰스 브라움'은 지금까지 배도빈의 발표곡 중 가장 큰 반응을 불러일으켰다.

뉴튜브, 웹플릭스, 베를린 필 디지털 콘서트홀 도합, 기존 2,100만 명이었던 동시 접속 시청자가 2악장에 끝날 무렵에는 7,000만 명까지 상승.

세계 각지에서 찬탄이 끊이질 않았다.

이상을 향해 처절하게 투쟁하는 3악장은 빌헬름 푸르트벵글러, 마리 얀스, 사카모토 료이치, 칼 에케르트, 제르바 루빈스타인 등 내로라하는 거장들에게서 극찬을 받았고.

이들과 어깨를 나란히 하고 있는 런던 심포니 오케스트라의 브루노 발터와 런던 필하모닉의 아르투로 토스카니니마저 언론을 통해 배도빈과 찰스 브라움에 경의를 표했다.

극악의 난이도를 자랑하는 3악장, 11분간.

혼신을 다해 연주한 찰스 브라움이야말로 이 시대 최고의 바이올리니스트라고 인정받았고.

함께한 베를린 필하모닉 B는 비로소 그 이름에 걸맞은 연주를 했다는 평을 받았다.

실황 앨범 주문이 쏟아졌고 베를린 필하모닉 레코드가 행복한 비명을 질러댈 때.

한 남자가 고민에 빠져 있었다.

파인 리파스토.

인터플레이가 인수한 영국의 작은 클래식 음악 잡지사의 편집장이자 평론가인 그는 '찰스 브라움'을 비난하라는 요구를 받고 며칠째 술을 들이켰다.

'어쩌라는 거냐.'

서서히 무너지는 사세.

이름 있는 평론가였고 인망이 두터운 파인 리파스토였으나 잡지 판매량은 분기마다 바닥을 뚫어내고 있었다.

그런 그에게 인터플레이는 마지막 남은 동아줄이었다.

대표와 파인 리파스토는 그들의 잡지를 인수하고 빚은 대환해 준다는 인터플레이의 손을 뿌리칠 수 없었고 그것이 파인 리파스토를 또 다른 절망에 빠뜨렸다.

인터플레이는 그들이 바라는 기사를 쓰길 바랐고 파인 리파스토는 그 요구를 들어줄 수밖에 없는데.

문제는 그것이 그가 가장 좋아하는 음악가 배도빈에 대한 비난성 글이라는 점이었다.

어쩔 수 없이 그럴듯하게 써낸 기사로 인해 파인 리파스토의 명망은 과거의 일이 되어버렸다.

'자네에게 크게 실망했네.'

'어디 말 같지도 않은 말을! 자네 대체 요즘 무슨 생각을 하는 겐가!'

'쯧. 차라리 솔직히 말하게. 돈이 궁했다고. 어차피 다들 뻔

히 알고 있는데 입 다물고 있다고 해결되나?'

그의 죄였기에 파인 리파스토는 변명하지 않았다.

두 아이를 위해 어쩔 수 없었다고 말할 수는 없었다. 그것이 비록 사실일지라도 자신의 죄를 자식들에게까지 전할 수는 없었다.

그리고 지금.

'찰스 브라움'을 공격하라는 요구에 파인 리파스토는 고개를 저었다.

지금까지 어떻게든 그럴듯한 말을 지어냈으나 배도빈의 신곡 '찰스 브라움'의 초연은 그가 생각하기에 단 하나의 단점조차 없이 완벽했다.

이미 버린 평론가로서의 자부심은 오물에 젖어 다시 빨아낼 수도 없이 더러워졌으나 그래도 이건 아니라고 자꾸만 그를 괴롭혔다.

키보드 앞에서 싸구려 진을 들이켜며 방황한 지 나흘째.

그의 큰아들이 조심스레 물었다.

"아빠, 많이 힘들어요?"

파인 리파스토는 큰아들이 건네준 따뜻한 꿀물을 물끄러미 쳐다볼 뿐이었다.

그러다 피식 웃었다.

"다 컸네 우리 아들. 아빠는 괜찮으니 걱정 마."

"저……."

아들이 우물쭈물하자 파인 리파스토가 취중에도 그 눈치를 알아보았다.

평소 옷 한 벌 사달라는 말조차 어려워하는 아들이었기에 무슨 말을 하나 싶었다.

"아빠한테는 다 말해도 돼. 무슨 일이니. 용돈이 필요해?"

파인 리파스토가 웃으며 물었다.

그의 아들이 고개를 젓고 어렵게 입을 열었다.

"베를린 필하모닉에서 다음 주까지 찰스 브라움을 재연한대요. 혹시 아빠랑 갈 수 있나 해서……."

파인 리파스토의 얼굴에서 웃음기가 가셨다.

"앤도 듣고 싶다고……."

어린 둘째도 듣고 싶다는 말에 명예를 버린 평론가는 가슴이 짓이겨지는 듯했다.

"오빠, 뭐 해?"

그때 그의 방으로 어린 앤이 들어섰다. 문 옆에 조심스레 서 있는 앤은 아빠와 오빠를 보고 있을 뿐이었다.

파인 리파스토가 딸에게 물었다.

"앤, 찰스 브라움 듣고 싶니?"

앤은 아빠를 보다가 고개를 저었다.

"아니. 괜찮아."

딸의 그 모습에 파인 리파스토의 가슴에서 무엇인가가 무너져 내리는 것 같았다.

어려운 형편에 너무 어려서부터 철이 든 아이들은 눈치가 빨랐다.

파인 리파스토가 얼마나 힘들어하는지 알았고 또 '어렵게 말한 나들이'를 아빠가 망설이는 것도 알았다.

그래서 듣고 싶은 공연을 가기 싫다고 하는 아이들.

파인 리파스토는 비로소 절감했다.

자신이 정말 못된 아버지였음을.

두 아이에게 그토록 훌륭한 음악조차 들려주지 못한다면 이렇게 살아야 할 이유는 없다고.

파인 리파스토가 인터넷을 켜 구매할 수 있는 티켓을 확인했고 그 즉시 결제했다.

"이번 주 토요일에 가자. 대신 일요일에 돌아오니까 숙제는 다 해놓고 출발해야 한다?"

"우와!"

"정말요?"

파인 리파스토의 말에 두 아이의 얼굴이 순식간에 기쁨으로 가득 찼다.

이토록 웃는 얼굴을 본 적이 대체 언제였을까.

달려든 두 아이를 끌어안고 달랜 뒤 돌려보낸 파인 리파스토는 모니터를 바라보다 이내 키보드를 두드리기 시작했다.

[빛나는 인류애를 노래한 음악가에 대해]

키보드를 누르는 그의 손은 조금도 망설이지 않았다.

최우철을 만난 카밀라 앤더슨은 다소 흥분해 있었다.

최근 너무도 많은 업무에 치였고 동시에 연인 빌헬름 푸르트벵글러가 쓰러지면서 그녀의 신경은 극도로 예민해져 있었다.

그녀가 지금까지 일을 문제없이 처리하고 대인 관계를 무탈히 유지한 것은 그녀의 초인적인 이성 덕분이었는데.

역사상 유례없이 성공한 베를린 필하모닉의 송년 음악회에 대한 비난 글이 모습을 드러내기 시작하니 마침내 그녀도 폭발한 것이었다.

"당장 법적 조치를 취해야겠어요. 도와주세요."

그녀가 자신을 최대한 억누르며 정중히 말했다.

그러나 그녀가 바라는 행동은 평소 베를린 필하모닉 사무국장의 모습이 아니었다.

최우철이 그녀에게 차를 권했다.

"천천히 얘기해 보죠, 앤더슨 국장. 갑자기 이리 나오시는 이유를 말씀해 주시겠습니까?"

"더는 좌시할 수 없어요. 베를린 필하모닉의 송년 음악회는 최고였어요. 그렇게 명백한 일에 저치들은 말도 안 되는 이야기를 늘어놓으며 언론을 흐리고 있고요."

최우철이 손가락 끝을 모은 채 물었다.

"말씀대로 베를린 필하모닉은 현재 과거 그 어떤 때보다 좋은 페이스를 보이고 있습니다. 단순 매출로만 따져도 재작년에 비해 320퍼센트 상승했죠. 무엇이 당신을 그렇게 조급하게 하는 겁니까?"

빌헬름 푸르트벵글러의 건강.

자랑스럽고 어린 배도빈이 짊어질 부담.

무지한 자들의 근거 없는 비난으로 고통받는 단원들.

이유는 차고 넘쳤다.

카밀라의 설명을 들은 최우철은 빙그레 웃었다.

"좋습니다. 그럼 고소를 하면 어떻게 되겠습니까? 단언하건대 지금으로서는 그들의 행동을 막을 수 없습니다."

"인터플레이가 의도적으로 하는 짓이라는 걸 모든 사람이 아는데 무슨 근거로 못 막는다 하시죠?"

"그게 중요합니다. 모든 사람이 이미 다 알고 있죠. 그런데 왜 어려울까요. 언론사를 이용해 관심사를 돌리는 일은 많이 해봐서 압니다."

최우철이 카밀라를 보며 말했다.

"그렇게 꼬리가 걸릴 일을 그 친구들이 왜 하겠습니까? 들켰다가는 기업 이미지는 걸레짝이 될 겁니다. 차라리 사명을 바꾸는 게 나을지도 모르죠. 하지만 걸리지 않으리라 확신하기 때문에 행하는 겁니다. 국장의 말처럼 모든 사람이 알고 있습니다. 하지만 법정에서 인정되는 것은 다른 문제예요. 누가 모릅니까? 문제 덮으려는 의도로, 관심 돌리려는 의도로 다른 기사를 쓰는 식의 언론 플레이. 하지만 여러 사례가 결과를 말해줍니다. 그래도 인터플레이는 잘 돌아갈 겁니다."

"……."

"이슈가 될 수는 있겠죠. 동조도 많이 받을 겁니다. 유럽이니 어쩌면 인터플레이 불매 운동이 성공적으로 이루어질 수도 있습니다. 하지만 인터플레이가 돈을 쥐고 음악가들을 휘두르는 이상, 콘텐츠가 있는 이상 그들은 무너지지 않아요."

"그럼 대체 어떻게!"

"음악가와 평론가가 스스로 인터플레이를 떠나게 해야죠."

최우철의 자신 있는 모습에 카밀라가 간신히 이성을 되찾았다.

"방법이 있군요."

"네. 보안을 위한 일이라 말씀드리진 않지만 기다리시면 됩니다. 참, 좋은 제품을 만들었는데 베를린 필하모닉도 한번 사용해 보시는 게 어떻습니까? 음집을 비롯해 기존 녹음 기기의 성능을 1.8배까지 끌어올린 제품입니다."

해가 바뀌고 런던 증권가에 두 가지 소문이 퍼졌다.

인터플레이가 수익을 부풀리고 있다는 이야기와 총 대표인 제임스 버만이 그룹 외 유통업체를 만들어 운용하고 있다는 내용이었다.

인터플레이의 자회사에서 만들어낸 제품이 그룹 밖, 제임스 버만의 사기업을 통해 유통된다는 소문이었다.

증권가의 이러한 찌라시는 언제나 상주해 있지만 그 정보처가 다른 어디도 아닌 인터플레이에 인수된 한 기업이었기에 소문은 일파만파 번져가기 시작했다.

'재밌단 말이야.'

남을 짓밟고 일구어낸 거대한 성.

그것을 무너뜨리는 일은 언제 해도 최우철에게 큰 가학적 기쁨을 선사해 주었다.

12월 23일부터 다음 해 1월 7일까지 이어진 베를린 필하모닉 송년 음악회·신년 연주회는 새로운 시대가 열렸음을 알리는 해일이었다.

베를린 필하모닉조차 예상하지 못했던 흥행으로, 기존 일정보다 1주일이나 길게 연주회를 가졌고.

그 빡빡한 일정을 소화하기 위해 악단 전체가 투혼을 발휘하였다.

16일간의 쉼 없는 공연 일정으로 단원들과 직원들의 피로는 극에 달했지만 그 과정에서 피어오르는 묘한 고양감이 그들을 움직였다.

연일 이어지는 언론의 찬사와 매일 경신하는 기록.

그들은 그들이 새로운 역사를 쓰고 있다는 사실을 자각하며 몸을 간지럽히는 성취감에 달아올라 있었다.

유료 누적 관객 수 380,149,078명(웹 스트리밍 관객 포함).

총매출액 11억 3천만 달러.

베를린 필하모닉의 순수익 2억 2950만 달러의 기록을 세운 16일간의 연주회는 클래식 음악계에 새로운 장을 열었다.

팬들은 90분에 달하는 연주를 듣고자 4달러를 흔쾌히 지불하였다.

웹 서비스로 인한 수익은 대부분 광고료였던 지금까지와는 달리, 이번 베를린 연주회로 인해 유료 서비스에 대한 분위기가 형성된 것이었다.

빌헬름 푸르트벵글러와 배도빈이 이끄는 베를린 필하모닉의 강렬한 음악에 본래 클래식 음악에 관심이 없었던 이들이 대거 늘어나면서, 언론은 이를 새로운 시장이 열렸다고 평했다.

말 그대로 천지가 개벽하듯 지금까지의 클래식 음악업계와는 전혀 다른 미래에 들어선 것이었다.

이제 그 누구도 클래식을 그들만의 문화라 말할 수 없었다.

세계의 중심에 배도빈과 베를린 필하모닉이 우뚝 서 있었다.

그리고 오늘.

마지막 공연을 마치고 운영진이 그간 수고한 단원들을 위해 뒤풀이 장소를 마련하였다.

베를린 필하모닉과 특별히 초청받은 업계 인사들이 즐거운 한때를 보내었다.

"하하하하! 한스 이안! 맥주 쇼 갑니다!"

"오오! 제법인데!"

"마셔라! 마셔라!"

한스가 500㎖ 잔에 가득 담긴 맥주를 단번에 꿀떡꿀떡 들이켰다.

단원들이 환호하며 박수를 보냈다.

빠른 속도로 사라지는 맥주를 보며 눈을 크게, 더 크게 뜨더니 마침내 잔을 모두 비워낸 한스에게 열렬히 환호했다.

"나도 질 수 없지!"

누구보다도 열광하던 마누엘 노이어가 나서 마찬가지로 500㎖ 잔을 들어 식도에 쏟아붓기 시작했다.

"진짜 애들이라니까."

테이블에 따로 자리 잡고 앉은 이승희가 그 모습을 보며 웃었다.

소소는 눈을 빛내며 잔뜩 차려진 음식을 꾸역꾸역 먹고 있었고 나윤희는 안절부절못하고 노이어와 한스가 있는 쪽을 보았다.

"흥! 남자라면 이렇게 마셔야지!"

"오오! 이런 멍청한 생각은 어떻게 한 거냐? 당장 하자!"

"카하하하하!"

맥주 500㎖ 단숨에 들이켠 두 사람의 경쟁에 팀파니스트 디스카우가 참전, 맥주에 키르슈(브랜디)를 타 마시기 시작했다.

"저, 저러다 큰일 나는 건 아닐까요?"

"뭐 어때. 다들 보름간 쉬지도 못했잖아. 이런 날도 있어야지."

이승희가 여유롭게 샴페인 잔을 들었고 동시에 그녀의 뒤에서 쿵 하는 소리가 났다.

이승희와 소소, 나윤희가 놀라 뒤돌아보자 한스와 노이어가 쓰러졌고 디스카우가 크게 웃고 있었다.

그러고 있을 때 배도빈이 스테이지에 올랐다.

휘익-

삐익-

16일간의 주인공 배도빈이 무대에 오르자 단원들이 휘파람을 불어댔다.

"오오! 하는 거야? 하는 거냐!"

"크하하하하!"

케르바 슈타인이 잔과 주스를 들고 무대 위에 올라서 배도빈과 어깨동무를 했다.

"자자! 모두 잔을 채우십시오!"

그의 말에 시끌벅적했던 사람들이 모두 배도빈에게 시선을 두었다.

케브라 슈타인이 주변을 둘러보곤 말했다.

"작년 한해 우리는 큰 시련을 겪었습니다."

단원들의 가슴속에 자리하고 있었던 억울함이 움직였다.

"하지만 우리는 증명해냈습니다. 우리의 음악이야말로 세계 최고라는 것을 멋지게 알렸죠."

"그렇지!"

"말 잘한다!"

"악장단을 대표해 이 영광을 우리의 지휘자 빌헬름 푸르트벵글러에게 바칩니다."

케르바 슈타인이 잔을 들어 멀찍이 사카모토 료이치와 함께 앉아 있는 푸르트벵글러에게 향했다.

폭군은 씩 웃으며 잔을 들어 케르바 슈타인의 말을 받아들였다.

단원들 모두 푸르트벵글러에게 잔을 내보이며 경의를 표했다.

"그리고 새로운 시대를 연 우리의 보물, 악장 배도빈에게 모두를 대표해 잔을 따르고자 합니다."

그가 빈 잔을 배도빈에게 넘기고 오렌지 주스를 채웠다. 그러자 단원들 사이에 불만이 터져 나왔다.

"오늘 같은 날 마셔야지!"

"16살 넘었잖아! 왜 안 마시는 거야?"

"그래! 17살 아냐?"

"마셔라! 마셔라!"

"내가 따라줄래!"

"내가 도빈이랑 더 친해! 따를 거면 내가 따라야지! 케르바 슈타인! 자네 내려오게!"

"단원 중 최고참인 내가 따라야지! 어디 피도 안 마른 놈이 나서?"

"뭐라고? 이 빡빡이가!"

"하하하하하!"

그 모습에 배도빈이 케르바 슈타인의 주스 병을 잡아 옆에 내려놓았고 주스를 마셔 잔을 비웠다.

그리고 가장 늦게 들어온 단원 디스카우에게 다가가 잔을 내밀었다.

"수고했어요, 디스카우."

"캬! 그렇게 나와야지, 악장!"

"호우!"

디스카우가 저알콜의 샴페인을 반쯤 채웠다.

"이거 납은 없죠?"

"납?"

농담이라는 듯 배도빈이 디스카우의 주먹을 맞부딪친 후 이번에는 푸르트뱅글러에게 향했다.

가장 오래 베를린 필하모닉을 지켜온 폭군은 기분 좋게 그 잔을 마저 채워주었다.

모두 배도빈에게 잔을 따라주고 싶었지만 배도빈의 퍼포먼스가 무슨 뜻을 지녔는지 알았기에 그것으로 만족하였다.

사카모토 료이치가 그 모습을 흐뭇하게 지켜보았다.

배도빈이 그와도 눈인사를 하고선 몸을 돌려 라운지 가운데로 향했다.

주변을 둘러본 뒤 물었다.

"카밀라, 연말 연주회를 들은 사람이 몇 명이라 했죠?"

"3억 8천만 명!"

"캬!"

"그렇지!"

환호하는 단원들 사이에서 배도빈이 귀를 막아 보였다.

그리고 떠들썩한 그곳에서 눈을 감고 소리에 집중했다.

그 행동에 다들 조용해졌다.

조용히 눈을 뜬 배도빈이 말했다.

"귀를 막아도 여러분이 내는 소리는 들을 수 있어요. 소리가 들리지 않는다면 가슴에 전해지는 작은 떨림으로도 느낄 수 있어요. 그들이 제아무리 우리와 팬들 사이를 막아서려 해도, 우리가 음악할 자리를 빼앗으려 해도."

배도빈이 힘주어 말했다.

"우리가 노래하는 한 팬들은 알아줄 거예요."

단원 한 사람, 한 사람과 시선을 나누며 배도빈이 말을 이어 나갔다.

제아무리 베를린의 음악을 감추고 팬들의 귀를 막으려 해도 그것이 불가능하다는 걸 말하고 싶었다.

열정을 태워 노래한다면 팬들이 분명 알아줄 거라는 것을 증명해냈기에 단원들은 배도빈의 말을 깊게 새겼다.

"그 누구도 우리의 불을 끄지 못할 겁니다."

배도빈이 잔을 들었다.

"우리의 음악을 위하여."

"위하여!"

잔을 단번에 들이켠 배도빈이 스테이지로 올라가 캐논을 켜기 시작했다.

격렬한 연주가 시작되자 회장은 다시금 활기를 찾았다.

그러자 찰스 브라움이 무대 위로 뛰어 올라갔다. 거나하게 취해 비틀대면서도 파이어버드를 들고 배도빈의 연주에 호흡을 맞추려 했다.

"뭐 하는 거야, 찰스! 엉망이잖아!"

"쟨 도빈이가 바이올린 켤 때마다 저러더라. 말려! 말려! 못 들어주겠네!"

그러나 단원들이 찰스를 끌어내기도 전에 쓰러져 있던 마누엘 노이어가 캐논의 폭발적인 소리에 깨 비틀거리며 오보에를 찾았다.

"나 빼고 이러면 안 되지. 어?"

"나도! 나도!"

흥이 난 이승희마저 첼로를 들고 무대 위로 올라갔다.

어느새 술에 취한 나윤희는 단원들의 환호를 받으며 샴페인을 벌컥벌컥 마셨다.

다들 엉망으로 연주했고 배도빈마저 조금씩 술기운이 올라와 연주를 중단하고 무대에서 내려오는데, 단원들이 그를 붙잡았다.

"어딜 가려고!"

"그만두면 안 되지. 어이, 이봐! 빨리들 좀 도와봐."

"뭐야, 뭐야. 재밌는 거 하려는 것 같은데?"

디스카우가 배도빈을 잡아 들자 사람들이 신을 내서 따라

하기 시작했다. 헹가래를 하려는 단원들의 행동 때문에 배도빈이 당황해서 허우적댔다.

"뭐야! 잠깐! 잠깐만요!"

"으햐햐햐햐!"

"어때? 좋지! 다들 이리 와! 우리 악장 좀 띄어주자고!"

"어지럽다고! 하지 마!"

"하나아. 두우울. 셋!"

"내려! 내리라고!"

"너무 재밌어하는 거 같은데? 한 번 더!"

내려달라고 외치는 배도빈이 너무나 밝게 웃고 있었기에 단원들은 신이 나서 그들의 보물을 다뤘다.

단원들이 배도빈을 내려놓자 그들의 악장이 소리쳤다.

"다음은 찰스 브라움!"

"오오! 좋지!"

배도빈의 지명에 모든 단원들이 만취한 상태에서도 여전히 자신의 연주에 심취해 엉망으로 연주하는 찰스 브라움에게 달려들었다.

영문도 모른 채 단원들에게 잡힌 찰스 브라움은 파이어버드를 빼앗기곤 비명을 질러댔다.

잠시 후.

떠들썩했던 회장이 조용해졌다.

소파에 파묻히거나 테이블에 얼굴을 댄 채 자는 이가 대부분이었다.

푸르트벵글러가 혀를 차며 말했다.

"쯧쯧. 아홉 시도 안 되었는데 지쳐 떨어지다니. 체력 문제야."

"보름간 쉬지도 못하지 않았나. 다들 피곤할 테지."

사카모토 료이치가 껄껄 웃었다. 단 술을 입에 머금고 풍미를 느낀 뒤 입을 열었다.

"정말 대단한 일을 해냈네."

"……."

"10년 전만 해도 누가 예상했겠는가. 클래식 음악으로 수억명의 사람들이 환호할지 말이야."

두 거장이 단 한 잔의 술에 취해 헤롱대는 와중에도 바이올린을 켜고 있는 배도빈을 보았다.

"저 아이 덕분이지."

푸르트벵글러의 말에 사카모토가 고개를 끄덕였다.

"나도 자네도 다른 사람들 모두 인터플레이의 독점 사업을 견제할 생각을 하고 있었거늘. 도빈 군만큼은 더욱 음악에 집중했지. 결과론적인 말이지만 결국엔 도빈 군의 생각이 옳았던 것 같네."

"쓸데없는 걱정이었지."

푸르트벵글러가 물을 마셨다.

사카모토는 모두와 함께 건배를 할 때를 제외하곤 줄곧 물만 마시는 그를 부드럽게 보았다.

"도빈 군의 음악을 듣고 싶어 하는 사람은 늘어났고 기존의 팬들은 더욱 열광하고 있네. 도빈 군은 이미 문화 그 자체야."

"칼이 그리더군. 어떤 기자가 도빈이를 해일로 표현했다고."

사카모토가 고개를 끄덕였다.

새로운 물결이라 표현하기에는 너무도 거대했다. 팬들의 산 티켓이 그것을 증명했다.

단 16일간의 연주회만으로 11억 3천만 달러의 매출을 기록.

믿을 수 없는, 그간 클래식 음악을 해왔던 이들에게는 비현 실적이란 말을 한참 웃도는 수치였다.

지금도 TV 등 각종 매체에서는 베를린 필하모닉과 배도빈에 대해 다루고 있었다.

"새로운 시대가 열린 거야."

"저 아이가 열었지."

"아직 함께할 수 있는 시간이 남아 참으로 다행일세. 그렇지 않은가?"

"앞으로 얼마나 더 성장할지 모르니 끝까지 함께하고 싶을 뿐일세."

"……."

두 거장은 배도빈이 어디까지 걸어가는지 두 눈으로 직접 확인하고 싶었다.

인류 역사상 가장 위대한 음악가를 손꼽는다면 바흐, 모차르트, 베토벤일 것이다.

하지만 그 뒤에 누구를 뽑을지는 사람들마다 각자 다른 이야기를 할 터인데.

푸르트벵글러와 사카모토 료이치는 배도빈이 앞으로 더욱 성장한다면, 지금의 자신들과 비슷한 나이가 된다면 배도빈이 강력한 후보가 될 거라 생각했다.

그때까지 함께할 수 없는 것이 안타까울 뿐이었다.

"생은 짧고 예술은 길다."

"그러하니 살아 있을 때 남김없이 불살라야 한다."

단 한 순간도 두 사람에게는 아쉬웠다. 그러니 주어진 시간에 더욱 음악에 집중하는 것이었다.

자는 시간을 제외하고는 항상 음악만을 생각했고 그것은 배도빈도 마찬가지였다.

아름다운 음악을 갈구하는 욕망을 채우기에 그들의 삶은 너무도 짧았다.

배도빈이 연주를 하다 비틀거리며 두 사람에게 다가갔다.

"뭐 하고 이써요?"

"이런저런 이야기 나누고 있었네."

풀린 눈으로 사카모토와 푸르트벵글러를 멀뚱히 보던 배도빈이 두 사람을 잡아끌었다.

"가취해요."

"음? 허허허허."

"이 녀석아, 취했으면 어서 돌아가 잠이나 자."

"취사하게. 빨리. 빨리."

배도빈의 억지에 이끌려 어쩔 수 없이 무대에 오른 두 거장은 오랜만에 함께 연주를 했다.

깨어 있는 몇 안 되는 단원들은 두 전설의 협연에 취한 와중에도 귀를 열었다.

그렇게 새로운 해가 밝아오기 시작했다.

새해가 밝고 2주 뒤.

여전히 세계 모든 언론에서 베를린 필하모닉을 칭송하였다.

그중에서도 주목받는 기사가 있었으니 바로 파인 리파스토의 칼럼이었다.

'찰스 브라움'을 작곡하고 지휘한 배도빈의 천재적 음악성과 극악의 난이도의 연주를 완벽하게 소화해낸 찰스 브라움.

그리고 투혼을 보여준 거장 빌헬름 푸르트벵글러와 베를린 필하모닉에 대한 진솔한 찬사는 많은 이에게 감동을 주었다.

동시에 그간 자신이 낸 기사를 부정하니 많은 이가 고개를 끄덕이는 한편 동시에 의문을 가졌다.

파인 리파스토의 태도가 변한 이유에 대해 의문을 가진 몇몇 이가 그에게 질문을 하였고 파인 리파스토는 자신이 설립한 잡지사를 그만두는 것으로 대답을 회피했다.

그와 비슷한 시기에 최우철이 그를 찾아갔다.

"반갑습니다. 최우철입니다."

비록 파인 리파스토가 음악 관련 잡지사를 운영했다고는 하나 세계적 기업인 EI전자의 사장이었던 최우철을 못 알아볼 리 없었다.

파인 리파스토가 조심스레 물었다.

"네……. 어쩐 일로 절 보자고 하셨는지."

"아아. 직원이 필요해서 말이죠."

"예?"

"영국과 프랑스에 선도 여럿 대고 계시고 본인도 뛰어난 평론가라 들었습니다. 음악계 전반에 대한 지식도 남다르다 하던데. 어떻습니까?"

사업가라는 건 알고 있었지만 최우철과 클래식 음악은 관련성이 적었다.

굳이 하나 꼽자면 그의 아들이자 촉망받는 피아니스트 최지훈이 있을 것이다.

"혹시 최지훈 피아니스트에 관한 일인가요?"

"하하하! 아닙니다. 제 아들이지만 우수해서 알아서 잘하고 있거든요. 다름이 아니라 유럽에서 클래식 음악 사업에 뛰어들 생각입니다."

"아."

최우철이 파인 리파스토에게 서류를 넘겨주었다.

"보시면 아시겠지만 베를린 필하모닉의 성장으로 인해 클래식 음악 시장은 크게 확대되고 있습니다. 본고장인 유럽은 두말할 필요 없겠죠."

파인 리파스토는 서류를 살폈다.

실제 유장혁, 최우철이 구상하고 있는 사업의 일부에 지나지 않았지만 그의 눈에는 충분히 방대한 범위의 사업이었다.

일반인, 학생, 평단이 클래식 음악계의 소식과 검증된 지식 등을 얻을 수 있는, 어찌 보면 공익성이 짙은 일이었다.

"여러 인재가 준비하고 있지만 음악가들과 소통하고 그에 관련한 정보를 입수하는 것도 중요하지요. 그런 면에서 파인 리파스토 씨가 활약해 줄 수 있을 듯합니다."

"저는……."

파인 리파스토가 잠시 망설였다.

자신이 세웠던 잡지사에서 나올 때 그는 속죄의 의미로 클래식 음악과 관련한 일은 하지 않겠다고 생각했었다.

그러나 최우철이 파인 리파스토에게 생각할 시간을 주지 않았다.

　"속죄를 하실 거라면 이보다 좋은 일도 없지 않습니까?"

　"……네?"

　"인터플레이 아래에서 후회할 일 많이 하지 않았습니까. 지금이라도 올바른 지식을 전파하고 사람들이 클래식을 즐길 수 있도록 일하시는 것이 본인을 용서할 수 있는 길이라 말씀드린 겁니다."

　최우철의 말을 들은 파인 리파스토가 눈을 몇 번 깜빡이더니 이내 자조적으로 웃었다.

　이미 양심을 팔아먹은 자신이 '클래식 음악계에 활력을 불어넣는 일'을 한다고 하면 어떨까.

　기업의 이미지만 망칠 뿐이었다.

　정말 좋은 기회라 생각했지만 파인 리파스토는 최우철에게까지 피해를 주고 싶진 않았다.

　"알고 계시다면 제가 이런 일을 맡으면 어떤 이미지로 비칠지 예상하실 수 있으시겠죠."

　"물론이죠."

　너무도 담담한 최우철의 태도에 파인 리파스토가 그를 의아하게 바라보았다.

　"그럼 왜……."

"인터플레이의 외압에 양심을 지켜 나온 최초의 지식인. 그 정도면 충분할 듯하네요."

"지금 절 놀리시는 겁니까?"

"그럴 리가요."

최우철이 자신의 핸드폰을 펼쳤다.

넓은 액정에 검색결과창이 떠 있었고 파인 리파스토는 자신의 눈을 의심했다.

[양심을 지킨 평론가의 은퇴에 대해]

[런던과 베를린의 관계에 관한 고찰]

[세계 클래식 음악 시장을 석권한 배도빈과 베를린 필하모닉]

[파인 리파스토의 잡지 먼즈, 1년 전 인터플레이의 자회사에 인수?]

"언론인으로서도 평론가로서도 오래 활동하신 당신이라면 잘 이해할 거라 생각합니다."

"……또 권력에 복종하라 말씀하시는 것 같군요."

"아이아. 그래서 훌륭한 명분을 드리지 않았습니까."

최우철은 복종하라는 말을 부정하지 않았다. 그저 상냥하게 웃으며 말을 이을 뿐이었다.

"당신의 과거를 씻어내고 돈도 벌 수 있습니다. 게다가 좋은 일까지 하니 얼마나 좋습니까."

"저는."

"파인 리파스토 씨."

말을 끊어낸 최우철이 다시 한번 입꼬리를 올리며 말했다.

"개를 키우는 사람도 여럿입니다. 각자 다른 방법이 있지요. 인터플레이처럼 굶기고 굶겨서 복종하게 하는 사람도 있고 풀어놓고 자유롭게 키우는 사람도 있듯이 말입니다."

최우철이 어깨를 으쓱였다.

"사실 양쪽 다 개에게 바라는 건 같습니다. 개는 시키는 일만 하면 돼요. 사냥감을 물어오라 하면 물어오고, 손을 내밀라 하면 그러면 되는 겁니다. 단지 주인에 따라 개가 하게 될 행동이 바뀔 뿐이에요. 제 말 무슨 뜻인지 이해하십니까?"

최우철이 파인 리파스토의 눈을 응시하다가 품에서 서류 하나를 꺼냈다. 그것과 명함을 테이블 위에 올려놓고 일어섰다.

"천천히 읽어보시고 내일 뵙도록 하죠."

최우철이 나서자 파인 리파스토는 떨리는 손으로 최우철이 남기고 간 종이를 펼쳤다.

치욕스러워 이가 바득 갈렸으나 파인 리파스토는 최우철에게 연락할 수밖에 없었다.

그곳에 자신의 청춘을 모두 바친 잡지사 '먼즈'가 인터플레이의 농간으로 재정 위기를 겪게 되었음을 증명하는 내용이 담겨 있었기 때문이었다.

♪

　제임스 버만은 눈매를 좁히며 보고 사항을 들었다. 이내 눈을 감고 콧등을 만지던 그가 짜증스럽게 손을 저었다.

　보고자가 말을 멈추었고 제임스 버만이 주변을 둘러보며 말했다.

　"대체 이게 무슨 일인가?"

　아무도 제임스 버만의 질문에 답하지 못했다.

　잠시 대답을 기다렸던 제임스 버만이 책상을 내려치고서는 역정을 냈다.

　"대체 뭣들 하고 있냐는 말이야!"

　호기롭게 출발했던 인터플레이.

　독점적 사업을 기반으로 인터플레이는 현재도 영화, 드라마 등의 영상 스트리밍에서는 전 유럽과 북미에서 가장 영향력 있는 플랫폼이었다.

　그러나 유독 음악 분야에 있어서는 고전을 면치 못했는데 바로 배도빈이 베를린에 합류한 뒤부터 조금씩 힘을 잃고 있었다.

　2021년 하반기 기준 유럽 시장의 47%를 차지하고 있던 인터플레이의 2022년 하반기 28%를 기록.

　여전히 유럽 1위의 음악 서비스 플랫폼으로 자리하고 있었으나 소속 악단은 그러지 못했다.

유럽의 클래식 음악 시장을 100퍼센트로 두었을 때 런던 심포니 오케스트라의 고정 팬은 11퍼센트로, 78퍼센트를 확보하고 있는 베를린 필하모닉에 조금도 미치지 못하게 되었다.

'최고의 음악'이 있다면 다른 음악을 듣지 않을 거란 제임스 버만의 생각과는 다르게 클래식 음악 팬들은 '좋은 음악'이면 런던이든 베를린이든 크게 상관하지 않았다.

세계 최고의 오케스트라를 만들 거라는 제임스 버만의 생각이 얕고 부질없었다는 게 증명된 셈이었다.

그러나 실패를 모르고 자신의 생각이라면 무조건 관철되는 삶을 살았던 제임스 버만이 그것을 납득할 리 없었다.

"대체 당신들 그 자리에서 뭘 하고 있냐고 묻잖아!"

런던 심포니 오케스트라가 최고다.

양식조차 지키지 않는 베를린 음악은 질 낮은 음악이다.

그런 생각을 바탕으로, 세계 최고의 지휘자와 연주자를 섭외하고 최상의 인프라를 구축한 뒤 사람들을 끌어모았으니 제임스 버만의 편협한 사고방식으로는 현재 상황을 이해할 수 없었다.

"……."

"……."

더더욱 2/4분기부터 1퍼센트 대 성장률을 기록하고 있는 인터플레이와는 달리 베를린 연합은 1년 내내 분기마다 두 자릿

수의 고성장을 이어오고 있었다.

인터플레이의 모든 역량을 총동원하였지만 기울어지려는 판을 뒤집을 순 없었다.

인터플레이가 아무리 언론을 통제하려 해도 배도빈의 명성에는 조금도 흠을 낼 수 없었고 베를린 필하모닉은 가파르게 성장했다.

인터플레이의 중역 회의에 모인 이들 중 그것을 모르는 사람은 없었다.

쉽지 않은 일이라 생각했지만 실제로 배도빈이 등장하기 전까지만 해도 인터플레이, 아니, 제임스 버만의 사업은 성공적이었다.

압도적인 자본력 앞에 인터플레이가 실패할 거라 생각하는 사람은 없었다.

황당하게도.

세계적 기업 인터플레이가 단 한 명의 음악가에게 밀리고 있음을 말이다.

오죽했으면 영국에서도 베를린 필하모닉은 클래식 음악 시장의 30퍼센트 이상을 점유하고 있었다.

어렵게 초빙한 런던 심포니 오케스트라와 런던 필하모닉의 지휘자 브루노 발터와 아르투로 토스카니니마저 베를린 필의 연말 연주회를 극찬하였다.

이제는 그들이 직접적으로 부렸던 평론가 중 몇몇도 배도빈을 찬양하고 있으니 이제는 부정할 수 없었다.

배도빈, 아니, 그의 음악은 이미 전 세계 사람들에게 하나의 문화로 자리 잡았으며 그 흐름은 돈으로 감당할 수 없다는 사실을 말이다.

그러나 그 사실을 입에 담음으로써 제임스 버만에게 자신의 무능함을 어필하고 싶은 사람은 아무도 없었다.

무거운 침묵을 가르고 제임스 버만이 레독의 케이 볼튼을 불렀다.

"볼튼, 리빌딩은 잘 진행되고 있겠지?"

이러한 상황을 타파하기 위해 인터플레이는 두 개의 일을 준비하고 있었다.

케이 볼튼이 맡은 일은 그중에서도 독점 상품에 대한 녹음 음질, 서비스 개선과 대규모 플랫폼 업데이트.

무거운 회의장의 분위기를 개선할 좋은 기회였기에 케이 볼튼이 자신 있게 답했다.

"그렇습니다. 통스 뒤샹의 기술은 독보적입니다. 베를린이 아무리 노력해도 따라올 수 없습니다."

1억 파운드에 달하는 거액을 들인 사업이었고 제임스 버만 본인도 충분히 확인했던 일이었다.

제임스 버만이 고개를 끄덕이고 엄포를 늘어놓았다.

"브루노 발터에게 전하시오. 이번 OOTY 오케스트라 대전에서 우승하지 못한다면 스스로 물러나야 할 거라고."

"……예."

♪

2월 말부터 시작되는 OOTY 오케스트라 대전을 준비하고 있는데 푸르트뱅글러의 건강이 걱정되었다.

베를린 필하모닉 B가 참가하기로 해 당분간 A팀의 부담이 커질 수밖에 없을 텐데 자꾸만 고집을 부리니 짜증이 났다.

나와 같은 생각인지 푸르트뱅글러가 자리를 비운 사이, 단원들이 한숨을 내쉬었다.

"정말 걱정이지 않아?"

"내 말이. 저러다 또 쓰러지시는 거 아닌지 모르겠어."

"정말 과로일 뿐이라면 푹 쉬셨으면 좋겠는데 말이지."

그런 이야기를 듣고 있는데 나윤희가 평소와 같이 조심스레 이야기를 꺼냈다.

"저……."

과거에도 몇 번 단원들이 생각지 못한 좋은 아이디어를 제안했던 나윤희가 모처럼 만에 손을 들어서 다들 관심을 가졌다.

그러자 나윤희가 더욱 소심해져 입을 떼지 못했다.

"뭔데. 말해봐."

이승희가 물으니 힘을 내서 말했다.

"정말 다른 뜻이 있어서 그런 게 아니구요."

"응, 응."

이승희가 능숙한 솜씨로 나윤희를 달랬다. 나윤희가 자꾸만 망설여도 이승희가 힘을 불어넣자 눈을 꼭 감고 말을 이어나갔다.

"그, 그, 그러니까 결국엔 쉬시라는 말을 안 들으시는 게 문제잖아요."

"그렇지."

다들 동조했다.

"그, 그."

"아! 쫌! 답답해 죽겠네. 뭔데 그래?"

"닥쳐, 한스!"

이승희가 한스를 타박하자 마침내 마음을 다진 나윤희가 외쳤다.

"투, 투, 투, 투표 때 안 뽑으면 쉬, 쉬실 수밖에 없어요!"

그 말에 나는 정말 깜짝 놀랐고.

단원들 역시 눈을 동그랗게 뜨고 옆 사람과 시선을 교환했다.

재임 기간 무려 근 40년.

폭군 빌헬름 푸르트벵글러의 실각 위기가 다가왔다.

독거노인과 신입사원

베를린 필하모닉 사무국 직원들은 비명을 질러대고 싶었다.

찰스 브라움의 대성공으로 인한 여파로 처리해야 할 일이 갑자기 쏟아졌기 때문이었다.

자발적으로 추가 근무를 하였지만 행정적, 대외적인 일이 여럿 겹치면서 직원들의 책상에는 카페인 음료가 쌓여가고 있었다.

때문에 상임 지휘자를 결정하는 선거도 미루고 있었는데 이제는 더 이상 연기할 수도 없는 상황에 이르렀다.

푸르트벵글러가 집권한 뒤로 매년 만장일치였기에 그 의미가 무색해지기는 했으나 그 상징적 절차를 무시할 수는 없었다.

"후보자 등록은?"

카밀라 앤더슨이 형식적으로나마 부하 직원에게 물었다. 빌헬름 푸르트벵글러와 단원들이 너무나 똘똘 뭉쳐 있었기에 외부 지휘자들은 도리어 베를린 필하모닉을 꺼렸고.

그나마 상임 지휘자에 가장 가까웠던 니아 발그레이가 은퇴한 이후로 정식 후계자는 배도빈으로 거의 확정된 사항이나 다름없었다.

푸르트벵글러가 총애하고 베를린 필하모닉 전체가 사랑하는 배도빈이 있으니 푸르트벵글러라는 거대한 성 뒤에 산이 있는 것과 진배없었다.

다른 후보가 생길 리 없거늘.

"아, 여기 있습니다."

"……어?"

카밀라 앤더슨 앞에 세 장의 프로필이 놓였다.

한 사람은 당연하게도 푸르트벵글러였고 다른 사람들은 케르바 슈타인을 포함한 악장들이었다.

지금까지 지휘에 의지를 보이지 않았던 악장단이 나섰음에 카밀라 앤더슨이 이를 의아하게 여겼다.

'무슨 일이지? 물어봐야겠네.'

"잠깐 숨 좀 돌리자. 나 잠깐 나갔다 올게."

"네."

카밀라 앤더슨이 악장실로 향했다.

♪

    빌헬름 푸르트벵글러는 최근 만나는 사람들마다 건강 상태를 물어오는 통에 신경이 잔뜩 곤두서 있었다.

    강철 같던 그의 몸이 비록 예전만 못하다 하지만 단 한 번 쓰러진 것으로 벌써부터 뒷방 노인네 취급을 하니 심기가 불편했다.

    퇴근을 준비하고 있을 때 한스 이안이 푸르트벵글러를 찾았다.

    "셰프."

    "음. 무슨 일이냐."

    "최근에 우리 많이 바빴잖아요?"

    "그랬지."

    '이 녀석도.'

    잠깐의 대화만으로도 푸르트벵글러는 한스 이안이 왜 자신을 찾아왔는지 알 것 같았다.

    쭈뼛거리는 태도로 보아 분명 다른 단원들과 마찬가지로 '조금은 쉬시는 게 좋지 않을까요?'라는 말을 할 거라 생각했다.

    아니나 다를까 한스 이안이 무엇인가를 꺼내 들었다.

    "이게 뭐냐?"

    "홍삼이라고 몸에 좋은 거래요."

쉬라는 말을 했더라면 크게 호통을 쳤을 텐데 그래도 좋은 것을 먹고 힘내라고 응원하는 듯해 푸르트뱅글러의 굳은 마음도 조금은 누그러졌다.

"고맙다."

"네. 그럼."

도망치듯 멀어져가는 한스 이안을 보며 푸르트뱅글러가 허허 하고 웃었다.

다음 날.

아침에 카밀라의 사무실에 들른 푸르트뱅글러는 눈을 동그랗게 떴다.

카밀라의 사무실 한쪽에 몸에 좋다는 식재료와 약재 등이 잔뜩 쌓여 있었기 때문이었다.

"이게 다 뭐야."

"단원들이 전해주래요. 당신 건강을 생각하나 봐요."

"녀석들……."

"당신 생각하는 건 단원들밖에 없죠?"

"껄껄. 기특하지. 아, 이건 네게도 좋을 것 같은데. 같이 먹지."

"됐네요. 선물 받은 걸 어떻게 나눠 먹어요. 단원들이 다 당신 생각해서 선물한 거니까 꼬박꼬박 챙겨 먹어요. 운동도 좀 다시 시작하고."

"요즘은 바빠서 말이야. 시간이 좀 난다면 운동도 하고 그럴 텐데."

"혹시 또 몰라요? 휴가가 생길지."

"음? 휴가라니. 무슨 일 있나?"

"아, 아니. 그냥요. 그러니까 휴가가 주어지면 잘 활용하라
고요. 있을 땐 몰라도 없을 땐 절실한 법이니까."

푸르트벵글러가 슬쩍 웃으며 카밀라의 말을 받아들였다.

"오. 편지도 적었구만."

푸르트벵글러가 가장 위에 있는 선물을 들어보았다. 그 위
에 붙여진 편지를 뜯어 읽었다.

단원들이 자신을 얼마나 생각하는지 물씬 느껴졌다.

'그래. 녀석들도 결국 날 좋아하니 걱정하는 게지.'

요 며칠간 쉬라는 말을 지겹도록 들어 짜증이 났던 푸르트
벵글러의 마음이 눈 녹듯 사라졌다.

"참, 내일 선거 있는 거 아시죠?"

"음. 올해는 늦었구만."

"이게 다 콘서트홀 공사랑 확대 편성, 당신이랑 도빈이 욕심
으로 연주회를 너무 길게 끌어서라고요."

"껄껄껄. 좋은 일이지."

그렇게 대화를 마치고 사무실을 나선 푸르트벵글러가 연습
실로 향할 때 베를린 필하모닉 B의 단원들이 쪼르르 달려왔다.

"셰프, 이거."

"음?"

단원들이 푸르트뱅글러에게 사이먼 래틀이 지휘한 베토벤 교향곡 전집을 건넸다.

사이먼 래틀은 푸르트뱅글러가 가장 좋아하는 지휘자였다.

그런 사이먼 래틀의 베토벤 교향곡, 더군다나 구하기 힘든 오래된 앨범이었으니 푸르트뱅글러의 기분이 무척 좋아졌다.

"이걸 어디서 구했나?"

"발품 좀 팔았어요. 세프가 좋아하실 것 같아서요."

"하하. 그래. 고맙게 듣지."

푸르트뱅글러가 흡족하게 웃었다.

선거 하루 전.

퇴근을 하고 모인 베를린 필하모닉 단원들은 잔뜩 겁에 질려 있었다.

좋은 뜻에서 모의한 일이긴 하지만 빌헬름 푸르트뱅글러가 어떻게 반응할지는 눈에 선했다.

전세를 내다시피 한 레스토랑에서 단원들은 식사를 코로 하는지 입으로 하는지 몰랐다.

"어쩌지?"

"어떡하긴. 해야지."

"아니. 아무리 그래도 이건 좀……."

"그래서 선물 공세 했잖아. 어쩔 수 없어. 그렇게 쉬시라 했는데도 계속 무리하시잖아."

"세프 상처받으면 어쩌죠?"

"네 아이디어였잖아."

"끄윽. 잘못했어요……."

"상처만 받을까? 아마 우리를 다 죽이려 하실걸?"

나윤희가 바들바들 떨었다.

"걱정 마. 한두 달쯤 푹 쉬게 해드리고 다시 모셔오자고."

"안 돌아오신다고 하면 어떻게 해요?"

"카밀라 국장님이 잘 달랜다고 했어. 국장님이 악단주님한테도 얘기했다나 봐."

"……."

모두가 잘 알고 있었다.

푸르트벵글러가 얼마나 화낼지는 오랜 시간 그와 함께했던 베를린 필하모닉의 단원들이 그 누구보다도 잘 알았다.

들어온 지 6개월도 안 된 단원들마저도 짧게나마 빌헬름 푸르트벵글러에 대해 알기에 도리어 고참들보다 더 무서워했다.

"이미 벌어진 일이야. 고집부리니까 이러는 거 아냐. 신경 쓰지 마."

최고참급에 속한 마누엘 노이어가 단원들을 달랬다.

다음 날.

푸르트벵글러는 자신 외에 후보자가 있다는 것에 꽤 놀랐다.

30년 이상 재임했고 최근 몇 년간은 단일 후보였으니 관심이 적어질 수밖에 없었다.

베를린 필 사무국의 업무가 과도하게 늘어나면서 카밀라 앤더슨의 개혁으로 선거는 간략하고 효과적으로 개편되었는데 변하지 않는 원칙 두 개가 있었다.

하나는 실력.

베를린 필하모닉의 상임 지휘자직에는 다른 어떠한 부가적인 설명은 없었다.

오로지 단원들이 인정하는 실력자만이 앉을 수 있었고 그때문에 공약과 같은 것은 일절 받지 않았다.

둘은 즉시 개표.

160명의 단원들이 한 명도 빠지지 않고 참석한 가운데 사무국 안내 위원들이 신분을 확인하고 투표용지를 나눠주고 있었다.

'무슨 생각들이야?'

푸르트벵글러는 프로필로 올라온 악장들을 보며 눈살을 찌푸렸다.

배도빈, 찰스 브라움, 소소를 제외하면 현재 베를린 필하모닉의 악장들은 모두 푸르트벵글러가 키워낸 인물들이었다.

현재는 은퇴한 니아 발그레이와 런던으로 넘어간 레몽 도네크를 포함해 케르바 슈타인, 헨리 빈프스키, 파울 리히터까지 다섯 명의 악장은 푸르트벵글러의 아이라고 불리던 때도 있을 정도였다.

지금은 악장들도 경력이 오래되고 세 명밖에 남지 않았지만 푸르트벵글러가 가장 신뢰하는 사람들이었다.

그런 이들이 자신에게 말 한마디 없이 선거에 나서자 푸르트벵글러가 의아하게 생각하는 것도 무리는 아니었다.

"도빈아."

"네."

"무슨 이야기 들은 거 없느냐."

"무슨 이야기요?"

푸르트벵글러가 벽에 붙여진 포스터를 향해 고갯짓을 했다. 악장들이 선거에 나선 것에 대해 묻는 것이었다.

"하고 싶었나 보죠."

"음?"

꽤나 심각하게 물었거늘.

배도빈이 아무렇지도 않게 대꾸하자 푸르트벵글러가 머쓱해졌다.

이윽고 투표가 모두 진행되고 곧장 개표식이 시작되었다. 악단주가 친히 나와 개표를 했고 대형 스크린에 관련 내용이

시시각각 표시되었다.

악단주가 첫 번째 용지를 꺼내서 사람들에게 보였다.

"빌헬름 푸르트벵글러."

순간 회장이 어수선해졌다.

'당연한 걸 가지고 왜들 이래?'

푸르트벵글러는 자신의 이름이 호명되자 저마다 속닥이는 단원들을 둘러보고는 생각했다.

한두 번도 아니고 몇십 번이나 반복되었던 일이었기에 당연한 일이라 여겼다.

그러나 개표가 진행됨에 따라 푸르트벵글러의 얼굴이 악귀처럼 변하였다.

개표가 마무리되고 네 명의 후보가 얻은 표가 전광판에 각인되었다.

회장은 차갑게 식었고 오로지 푸르트벵글러의 주변에 지옥불이 타오르는 듯했다.

케르바 슈타인(득표 수: 92) 당선

헨리 빈프스키(득표 수: 47)

파울 리히터(득표 수: 20)

빌헬름 푸르트벵글러(득표 수: 1)

믿었던 악단주가 헛기침을 하며 도망치듯 회장을 빠져나갔고 카밀라 앤더슨이 그를 붙잡기 위해 따라나선 뒤.

회장은 더욱 조용해졌다.

그 순간 누군가의 목소리가 들렸다. 딴에는 작게 말한 듯한데 너무도 고요해 그 말만은 정확히 모두의 귀에 전해졌다.

"세프, 세프가 찍은 거겠지?"

그 말과 동시에 주변 단원들이 그의 입을 틀어막았다.

'미치겠네.'

'아니, 그래도 몇 명은 찍었어야지.'

'망했어. 망했다고.'

몇 분간 그 누구도 숨소리조차 내지 못한 채 고요함이 팽팽하게 유지되었다.

순간 푸르트벵글러가 자리에서 일어났다.

다들 이어서 들려올 호통에 가슴을 졸였지만 푸르트벵글러는 조용히 문으로 향했다.

쿵.

문이 굳게 닫히고 너나 할 것 없이 단원들이 패닉에 빠져 버렸다.

♪

빌헬름 푸르트벵글러의 실각은 외부인들에게 너무도 충격적이었다.

강철같이 굳건하던 베를린 필하모닉의 폭군이 쓰러졌다는 소식을 접했을 때만 하더라도 일이 이 지경까지 흐를 거라고는 생각지 못했기에 사람들은 걱정이 앞섰다.

베를린 필하모닉의 팬들에게는 니아 발그레이를 잃은 상처가 아직 남아 있었고 빌헬름 푸르트벵글러마저 잃자 그 상실감은 이루 다 말할 수 없었다.

베를린 시내의 사람들이 모이는 곳마다 이에 관련한 이야기가 화제로 삼아졌다.

"대체 이게 무슨 일인지 모르겠어."

"쓰러졌다는 기사가 나왔을 때만 하더라도 이럴 줄은 몰랐지. 아니, 그도 그럴 게 다음 날부터 곧장 지휘를 하지 않았나."

"그게 문제였던 게지. 16일씩이나 무리하게 강행했으니 몸이 더 안 좋아졌을 것일세."

"……내 평생 다시 그런 연주회를 찾을 수 있을까 싶어."

"새로 선임된 케르바 슈타인도 훌륭하고 배도빈은 말할 것도 없지만 이 쓸쓸한 기분은……."

"당연하네. 당연해. 내가 8살 때 처음 들었던 음악이 푸르트벵글러가 지휘하는 송년 연주회였네. 지금은 내 아이가 그랬지. 그는 내 삶의 일부였어."

"마에스트로를 위하여."

"마에스트로를 위하여."

카페 구석에서 그 대화를 듣고 있던 이승희, 나윤희 그리고 소소는 나지막이 한숨을 내쉬었다.

선거 후, 빌헬름 푸르트벵글러는 칩거한 채 그 누구와도 만나지 않았다.

방문을 해도 마치 집에 없는 것처럼 어떠한 반응도 보이지 않았다.

그의 가장 오래된 친구인 사카모토 료이치의 연락조차 받지 않았고 그렇게 벌써 4일이 흘렀다.

단원들은 폭군이 충격을 받을 거라 생각했지만 그걸 감수해서라도 쉬게 해야 한다고 생각했다.

카밀라 앤더슨을 통해 빌헬름 푸르트벵글러의 몸 상태가 생각보다 더 안 좋았음을 전해 들었기 때문이었다.

사무국은 물론 악장단과 단원들에게 비밀로 했지만 푸르트벵글러는 28년간 단 하루도 쉬지 않았던 만큼 몸 이곳저곳이 망가진 상태였다.

그러나 그의 고집을 꺾을 수 없었기에 계획을 강행했던 단원들의 가슴은 미어지는 듯했다.

푸르트벵글러가 한 수 접고 건강관리를 잘해주었으면 하는 생각뿐이었다.

"아직도 연락 안 되고 있지?"

"도빈이가 가도 대답이 없었대요."

"할아버지 고집쟁이."

"진짜. 예전부터 알았지만 그 고집 좀 어떻게 했으면 좋겠어. 폭 자고 운동도 하고 담배랑 술도 좀 그만하면 얼마나 좋아. 다들 자기 걱정하는데 좀 그렇게 해주면 어디 덧나?"

푸르트벵글러를 탓하는 이승희의 목소리가 떨렸다. 건드리면 당장에라도 터질 것만 같았다.

자신의 멘토이자 음악적 지향점이었던 푸르트벵글러의 건강이 좋지 못하다는 것을 들은 뒤로 이승희는 무척 감정적이게 되었다.

그것을 잘 알았기에 나윤희와 소소가 이승희를 위로했다.

빌헬름 푸르트벵글러에 대한 감정은 모든 단원이 공유하고 있었고 이는 은퇴했던 니아 발그레이도 마찬가지였다.

니아 발그레이는 이른 시간에 방문한 어린 친구를 반갑게 맞이했다.

"어서 와."

"잘 지내죠?"

"그럼."

니아 발그레이가 웃으며 귀에 착용한 기계를 가리켰다.

진달래의 의수를 의뢰하면서 배도빈은 오스트리아의 의학

기술을 접했고 이를 니아 발그레이에게 소개해 주었다.

적지 않은 재산을 축적한 니아 발그레이에게도 부담스러운 금액이었지만 일상생활이 가능한 수준으로 청력을 회복할 수 있었기에 망설이지 않았다.

신경을 연결하는 학문이 발전하고 있었기에 마비가 온 손도 조금씩 움직일 수 있었다.

건강을 잃고 좌절했던 그에게 새로운 삶이 주어졌고 그 덕인지 얼굴이 무척 좋아 보였다.

배도빈이 웃어 보였고 니아 발그레이는 자신의 서재로 배도빈을 안내했다.

차를 앞에 두고 니아 발그레이가 입을 뗐다.

"이야기는 대충 들었어. 무섭던데?"

"세프가 고집부리는 것도 이해하고 단원들도 이해할 수 있어요. 생각보다 몸이 더 안 좋았던 모양이에요."

"흠……. 그렇지. 적은 나이도 아니시니까 조심하시면 좋을 텐데."

푸르트벵글러와 오래 함께했던 니아 발그레이는 안타까웠다.

누구보다도 그를 존경하고 아꼈기에 몸을 잘 추슬러 오랫동안 건강히 활동하길 바랐다.

니아 발그레이 본인이 건강 문제로 은퇴했기에 더욱 가슴에 와닿았다.

"지금은 다른 사람들하고 만나지도 않아요. 제가 가도 답이 없더라고요. 그래서."

"그래서 왔구나?"

"네."

니아 발그레이가 작게 웃었다.

"나야 당연히 설득하고 싶지만 너도 안 만나는데 나라고 만나주실까? 단단히 삐진 것 같은데."

"저렇게 두면 정말 아예 안 돌아올 것 같아서 그래요. 아마 혼자서 나쁜 생각은 다 하고 있을 거예요. 배신당했다느니 자존심이 상했다느니 하면서. 잡아주지 않으면 안 될 것 같아요."

"그렇게 생각하시겠지. ……국장님은?"

"카밀라는 출장 갔어요."

잠시 생각을 하던 니아 발그레이가 고개를 끄덕였다.

"그래. 가보자."

선거 날 이후 푸르트벵글러가 칩거하면서 케르바 슈타인은 본래 정해진 임기보다 앞서 상임 지휘자 역할을 수행해야 했다.

그리고 그는 왜 빌헬름 푸르트벵글러의 건강이 안 좋아질 수밖에 없었는지 절감할 수 있었다.

'이만한 업무를 혼자서 감당해 오셨다니.'

헨리 빈프스키와 파울 리히터가 도와주고 있음에도 케르바 슈타인은 도저히 업무에서 손을 뗄 수 없었다.

하나의 연주회를 준비하기 위해 지휘자는 프로그램 결정부터 악단 편성, 곡 해석, 단원 관리까지 하나하나 체크하고 있었다.

30년 가까이 같은 일을 반복했다면 조금은 느슨하게 할 법도 한데, 빌헬름 푸르트벵글러는 단 한 번도 대충 넘기는 법이 없었다.

3일에 한 번씩 있는 베를린 필하모닉의 정기 연주회마다 같은 일을 반복했다.

그 모습을 봐왔던 케르바 슈타인이었기에 최대한 빌헬름 푸르트벵글러가 처리한 방식대로 운영하려 했으나 막상 직접 상황을 맞이하니 도저히 계속할 엄두가 나질 않았다.

거장이라 불리는 데에는 다 그만한 이유가 있음을 절실히 깨닫는 순간이었다.

'도빈이도 이랬지.'

사실상 베를린 필하모닉 B의 지휘자인 배도빈 역시 매 공연마다 사소한 것까지 신경 썼다.

그것을 떠올린 케르바 슈타인이 짧은 사색을 마치곤 다시 악보에 집중하였다.

지금은 크게 화가 나 있지만 언젠가는 분명 자신들의 진심을 이해해 줄 거라 믿으며, 빌헬름 푸르트뱅글러가 안심하고 쉴 수 있도록 그가 쌓은 제국을 유지하기 위해 케르바 슈타인과 악장단은 매일 밤 머리를 맞대었다.

니아 발그레이와 함께 푸르트뱅글러를 찾았다.

그의 집에 이르러 초인종을 울렸으나 여전히 안에서는 아무런 반응도 없었다.

"정말 단단히 화나신 것 같네. 이런 적은 없었는데."

니아 발그레이의 말에 마음이 무거워졌다.

마음 같아서는 강제로라도 휴양지로 보내 안락의자에 앉혀 손발을 움직이지 못하게 묶은 뒤 음식을 먹여주고 음악을 들려주며 좋은 경치를 구경하게 하고 싶지만 노이어가 그건 납치라면서 말렸다.

그간 육체적으로도 많이 노쇠해졌지만 정신적으로 힘들었을 그에게 꼭 필요한 일이라 생각한다.

니아 발그레이가 문을 두드렸다.

"선생님, 접니다. 니아 발그레이."

그러나 푸르트뱅글러는 조금도 반응하지 않았다.

니아 발그레이라면 만나줄 거라 생각했는데 내일 다시 찾아오는 수밖에 없어 보인다.

"어쩔 수 없죠. 여기까지 오신 김에 점심 같이해요."

"그래. 만나주질 않으시니 방도가 없네."

하는 수 없이 집으로 돌아왔는데.

푸르트벵글러가 하와이안 셔츠를 입은 채 도진이와 놀고 있다.

"……셰프?"

"선생님."

"형."

푸르트벵글러와 놀고 있던 도진이가 쪼르르 다가와 인형을 자랑했다.

"대머리 할아버지가 줬어."

도진이의 머리를 쓰다듬으며 푸르트벵글러에게 물었다.

"어떻게 된 거예요?"

"흥."

고개를 돌린 푸르트벵글러가 일어나 계단으로 올라갔다. 상황을 이해할 수 없어 나도 니아 발그레이도 멍청하게 서 있는데 어머니께서 거실로 나오셨다.

"어머. 발그레이 씨, 오랜만이에요."

"네. 건강해 보이시네요. 전시회 때 이후로 처음 뵙네요."

어머니의 회화 전시회 때를 잠깐 언급한 니아 발그레이의 말을 막고 어머니께 물었다.

"어떻게 된 거예요? 세프."

"아. 하와이에 다녀오셨대. 감사하게도 이것저것 선물을 가져오셨더라. 점심 아직이지? 발그레이 씨도 괜찮으시면 같이해요."

"……."

"……아, 네. 감사합니다."

"오늘 내일은 손님들이 많네."

당연히 화가 나서 대응하지 않은 거라 생각했는데 여행을 갔었다니.

어머니와 대화를 시작한 발그레이를 두고 계단을 오르자 2층에서 베이스 소리가 들렸다.

진달래의 방에서 들리기에 가 보니 진달래가 연주하고 있고 푸르트벵글러가 고개를 끄덕이며 듣고 있었다.

"음음."

"어때? 나 잘하지!"

"껄껄. 엉망이야."

"엉망이라니!"

언제 저렇게 친해진 거야.

푸르트벵글러와 진달래는 접점이 없었을 텐데 마치 오래 함께한 사이처럼 친근해 보였다.

"세프."

푸르트벵글러를 불렀다.

하지만 그는 대꾸도 안 했다. 단단히 삐친 모양이다.

"할배, 도빈이가 부르는데?"

"누굴. 날?"

고개를 저은 푸르트벵글러가 진짜 옹졸하게 나왔다.

"난 세프가 아니야. 도빈이가 왜 날 그리 부르겠나."

"세프."

"흐음. 자, 어서 다시 연주해 봐라. 엉망이지만 느낌은 있구나."

"세프."

"누가 날 자꾸 부르는 거 같은데."

"……."

상황이 이상하다는 걸 깨달은 진달래가 나와 푸르트벵글러를 번갈아 보았다.

나도 조금 화가 나서 쏘아대듯 말했다.

"치사하게."

푸르트벵글러가 슬쩍 고개를 돌려 나를 보았다. 이제야 무시하지 않는다.

"뭐가 치사해?"

"그렇잖아요. 다들 걱정하는데 왜 자꾸 고집부리는 거예요?"

"홍. 망할 놈들. 저들끼리 잘하는지 보자. 감히 날 내쫓아?"

"그러니까 쉬라 할 때 쉬었으면 됐잖아요!"

"홍. 30년간 휴가 따위 없었어도 잘만 지냈다. 이제 와서 나이 좀 먹었다고 뒷방 늙은이로 취급해?"

"그게 아니라는 거 진짜 몰라서 그래요?"

나도 푸르트벵글러도 언성이 높아지기 시작했고 진달래가 끼어들면서 분위기가 싸해졌다.

"그런 것치곤 할배 휴가 엄청 잘 즐긴 거 같은데."

진달래가 푸르트벵글러의 하와이안 티셔츠와 그 옆에 놓인 사진들을 가리켰다.

"하와이 재밌었지?"

잠시 말을 멈춘 푸르트벵글러가 헛기침을 하더니 진달래에게 사진을 보여주기 시작했다.

"와이키키란 곳이 말이다."

"……."

"와! 할배 서핑도 할 줄 알아?"

"암. 내가 젊었을 적엔 못 하는 스포츠가 없었지."

푸르트벵글러가 사진을 보여주며 자랑했고 진달래는 프로 방청객 수준으로 반응해 주었다.

그 모습을 보고 있자니 조금씩 지금껏 생각해 보지 않았던 방향으로 사고가 흘러갔다.

'혹시 좋아하는 건가?'

'고얀 놈들.'

갑자기 이것저것 챙겨줄 때부터 알아봤어야 했다. 내게 의논조차 없이 악장단이 입후보를 했을 때도 의아했거늘.

단원들이 작당질을 하였다.

그러나 내 굳이 물러서지 않으려 해도 선거는 신성한 법.

베를린 필하모닉의 결정을 인정하지 않는다면 내 평생을 몸바친 그곳을 부정하는 일이니 나로서는 그런 짓은 할 수 없다.

비록 쇠약해졌으나 가슴에서 음악이 뒤끓고 있는데 그것을 알아주지 않는 단원들에게 화가 날 뿐이다.

집으로 돌아오고 서재에 앉아 마음을 삭이고 있자니 현관문이 열리는 소리가 났다.

눈을 뜨니 어느새 주변이 어둑어둑해졌다.

한기가 조금씩 밀려온다.

"빌. 빌?"

카밀라가 나를 찾는다. 소리가 가까워지더니 이내 서재에 불이 들어왔다.

"세상에. 불도 안 켜고 뭐 하고 있었어요?"

"……오늘은 혼자 있고 싶군."

내 말을 들은 카밀라가 한숨을 내쉬더니 다가왔다. 뺨을 어루만지며 따뜻한 목소리로 말했다.

"속상할 거예요. 혼자 있으면 더 슬플 테니 같이 있어요."

"난."

"난방도 안 해두고. 이러다 더 몸 상하면 어쩌려고 해요."

"카밀라."

"빌."

카밀라가 돌아서 나를 보았다. 그녀의 녹색 눈은 언제나 차분히 총기를 발한다.

나는 그것을 깊이 흠모한다.

"내가 사랑하는 사람은 나이를 먹었어요. 아마 남은 시간도 음악을 하며 살 테죠?"

다정한 목소리.

"나도 그러길 바라요. 빌을 사랑하는 만큼 마에스트로 빌헬름 푸르트벵글러도 사랑하니까. 그러니 당분간은 쉬도록 해요. 몸도 마음도 많이 지쳤잖아요."

28년이란 세월.

단 하루도 허투루 보낼 순 없었다.

더 훌륭한 음악을 하기 위해 매일, 매시간이 너무도 소중했고 베를린 필하모닉을 지키기 위해 '적'들과 싸워왔다.

나의 제국.

베를린 필하모닉은 거둬낼 수 없는 오명을 씻어내기 위해 여러 사람의 희생 속에 꽃 피운 악단이다.

세계 대전과 나치에게서 지키기 위해 손을 더럽힌 K.

내 비록 그를 인정하지 않으나 그의 행동에 나만은 돌을 던질 수 없었다.

내게도 K에게도 베를린 필하모닉은 그 어떠한 것보다 소중했으니까.

나의 음악을 펼칠 수 있는 유일한 무대라 생각했기에 K도 나도 그것을 위해서라면 무슨 짓이든 했었다.[4]

비록 K가 나치 당원으로 활동하진 않았으나 베를린 필하모닉의 무너진 명예를 되돌릴 순 없었다.

그러하기에 노년의 그와 나는 적어도 음악에서만큼은 베를린 필하모닉, 아니, 독일의 음악이 퇴색되지 않도록 몸 바쳤다.

전 유럽에 씻을 수 없는 죄를 저지른 과거의 망령 때문이라도 그래야만 했다.

베를린의 음악이 그 고통과 슬픔을 조금이라도 위로해야 한다 생각했다.

"나는 쉴 수 없어."

누가 알 것인가.

....

4) 빌헬름 푸르트벵글러(1886~1954): 20세기를 대표하는 거장. 베를린 필, 라이프치히 게반트하우스 오케스트라, 빈 필하모닉 3개 악단의 상임 지휘자였다.
이후 독일에 나치 정권이 들어서며 괴벨스에 의해 제국음악협회 부회장직을 부여받고 나치 선전을 강요받는다. 그러는 와중에도 재능 있는 음악인이라면 아리아인과 유대인을 차별하지 않아야 한다고 주장. 나치에 의해 베를린 필 상임 지휘자 직을 박탈당한다.
누구보다도 음악을 사랑했고 자신을 지키려 했지만 '나치 음악가'란 비판을 피할 순 없었다.

이 무거운 짐은 베를린 필의 상임 지휘자라면 분명히 의식하고 있어야 한다.

어느 누구에게도 미룰 수 없고 평생을 과업으로 삼아야 한다.

카밀라가 나와 손을 겹쳤다.

"아니요. 쉬어도 돼요."

고개를 들어 카밀라를 보았다.

"당신이 가르친 사람들이잖아요. 빌이 어떤 생각으로 베를린 필을 지켜왔는지 다들 알고 있어요. 그래서 가능하다면 조금이라도 더 오래 당신과 함께하고 싶은 거고요."

"……."

"그러니 이번에는 푹 쉬어요. 지금까지 열심히 한 당신한테 조금은 상을 주는 거예요. 당신이 가꾼 베를린 필은 그렇게 쉽게 무너지지 않아요."

"……."

"따뜻한 곳은 어때요?"

카밀라가 내게 두 장의 비행기 티켓을 보여주었다.

조금 이르지만 점심을 함께했다.

푸르트벵글러는 식사 도중에도 도진이와 진달래에게 하와

이에서의 일을 시시콜콜하게 말했다.

"잘 먹었습니다!"

진달래가 서둘렀다. 슈퍼 슈바인으로 출근할 시간인 듯하다.

"잘 다녀와."

"네!"

아르바이트하러 간다는 이야기를 들은 푸르트벵글러가 내게 물었다.

"넌 왜 여기 있느냐."

"쉬는 날이에요."

"오케스트라 대전이 코앞인데."

"다들 잘하고 있어요."

니아 발그레이가 어색해진 분위기를 읽고 푸르트벵글러에게 물었다.

"선생님이 관광지 이야기를 하시는 건 처음 듣네요. 얼마나 계셨던 거예요?"

"사나흘 있었지."

"즐거우셨나 보네요. 크레타에 놀러 간 적이 있었는데 조용하고 좋더라고요."

"크흠. 비행기 티켓이 아까워서 어쩔 수 없이 간 거였네."

"재밌게 즐겨놓고 솔직하지 못하긴."

계속 심술궂게 말하기에 말을 툭 내뱉으니 푸르트벵글러가 입술을 씰룩였다.

"어느 놈들이 날 쫓아낸 덕이지."

"마음 같아서는 꽁꽁 묶어두고 휴양지에 보내고 싶었는데 안 된다고 하더라고요."

"다녀왔어!"

"검진도 받게 하고 그 군은 몸도 풀게 마사지도 좀 해주고."

"와이키키 마사지사들 손이 맵더구나!"

"맨날 고기만 먹는 식단도 좀 바꾸면 얼마나 좋아."

"그렇지 않아도 빌어먹을 브로콜리를 얼마나 먹이는 줄 아느냐!"

"시가도 끊어요!"

"안 해! 안 해! 그거 참는 게 얼마나 고역인지 아느냐!"

"안 해요?"

"이놈이고 저놈이고 하지 말라는 말만 늘어놓고 말이야. 내가 대체 왜 너희 말을 들어야 하는 거냐!"

화를 내며 이것저것 불평불만을 늘어놓는 푸르트벵글러를 보자 조금은 안심이 되었다.

그에게 무슨 일이 있었는지는 몰라도 우리가 바라는 일은 하고 있고 휴가도 즐긴 것 같기에 안심이 되었다.

"정기 연주회는 잘하고 있는지! 오케스트라 대전은 잘하고 있는지! 연습은 다들 제대로 하고 있는지."

푸르트벵글러의 말을 끊었다.

"다들 셰프랑 다시 함께할 날을 기다리고 있어요."

"……"

역정을 내던 푸르트벵글러가 입을 벌린 채 소리를 내지 못했다. 이내 '말이나 못 하면'이라고 구시렁대며 다시 파스타를 먹기 시작했다.

난 비로소 웃을 수 있었다.

어머니와 눈을 마주쳤는데 어머니께서도 밝게 웃어주셨다.

"참. 도빈아, 영빈이 형 오는 거 아니?"

"아뇨. 못 들었어요."

"독일에 일이 있다나 봐. 오늘 밤에 도착한다고 하던데."

"그럼 여기서 머물겠네요."

한동안 소식을 못 들었는데 잘 지내고 있는 모양이다.

"일 때문에 오는 거라 회사 사람들하고 함께 있는다고 하더라. 그래도 내일 저녁은 같이 먹자고 했으니까."

"네. 시간 비워둘게요."

"누구야?"

도진이가 물었다.

"만화 그리는 형."

"아. 가랜드!"

고개를 끄덕이자 도진이가 기뻐했다.

다음 날 이른 오후.

연습을 하고 있는데 카밀라가 케르바 슈타인을 불렀다. 상임 지휘자 역할을 맡은 뒤로 몹시 수척해진 그가 터덜터덜 걸어 나갔다.

잠시 쉬고 있는데 이번에는 카밀라에게서 문자가 왔다.

잠깐 사무국으로 와 달라는 내용이었는데 무슨 일인가 싶어 가보니 카밀라와 케르바 슈타인이 처음 보는 두 사람과 만나고 있었다.

그리고 그들 뒤에 배영빈이 있었다.

"어?"

"잘 지냈지?"

"무슨 일이야?"

온다는 이야기는 들었는데 회사 일이라는 게 베를린 필하모닉과 관련한 일일 줄은 몰랐다.

적당히 자리를 잡고 앉으려고 하는데 배영빈과 함께 온 듯한 두 사람이 일어나 내게 깍듯하게 인사했다.

부담스럽다.

"안녕하십니까, 크레용 위즈의 대표 김석진입니다."

"안녕하십니까. 박상만입니다."

"안녕하세요. 배도빈입니다."

자리에 앉자 카밀라가 내게 상황을 간략히 요약해 주었다.

"극장 애니메이션을 만드는데 도빈이 네게 곡을 의뢰하고 싶다고 하시네."

"이렇게 갑자기요?"

보통 일을 맡기 전에는 문서로 이것저것 이야기가 나오고 이렇게 직접 만날 때는 계약을 할 때 정도였다.

지금까지 해오던 방식과는 조금 달라 물으니 카밀라가 조금은 난감하다는 듯 묘한 표정으로 답해주었다.

"그만큼 절실한 거겠지. 내가 출장 가 있는 동안에 들어온 일이라 멀핀이 우선 미팅만 잡아두었나 봐."

고개를 끄덕이자 김석진 대표가 나섰다.

"카밀라 국장님 말씀대로입니다. 저희는 애니메이션, 봉달 서커스의 성공을 확신하고 그에 따른 준비를 하고 있습니다. OST 역시 크게 신경 쓰고 있고 그렇기 때문에 세계 최고의 음악가인 도빈 씨에게 의뢰하고 싶습니다."

박상만이 김석진의 말에 맞추어 내게 '봉달 서커스'를 소개하는 서류를 보였다.

'이래서 영빈이를 데려왔구나.'

사실 그리 마음에 드는 태도는 아니다. 그 마음은 이해한다만 사촌을 앞세워 내게 의뢰하는 모양새가 그리 좋게 보이진 않는다.

배영빈을 보자 역시 표정이 그리 좋지만은 않다. 분명 회사 안에서도 입장이 난감했을 거라 생각한다.

서류를 읽기 전에 분명히 해둬야 할 일이 있기에 입을 열었다.

"무슨 이야기인지는 대충 이해했습니다. 그 전에 여쭤보고 싶은 일이 있는데, 크레용 위즈는 정말 봉달 서커스의 성공을 확신하고 계신가요?"

"물론입니다."

"그럼 왜 사업부가 아닌, 애니메이터가 함께했는지 의아하네요. 자신이 있다면 이럴 필요가 있는지도 의문이고요."

비록 사카모토가 연결해 준 회사라고 하지만 이런 회사라면 나는 배영빈을 이런 곳에 둘 생각이 조금도 없다.

정말 자부심을 가진 곳이라면 이런 어정쩡한 방식으로 접근할 리도 없을 테니 말이다.

배영빈은 더 좋은 환경에서 더 좋은 작품을 창작할 재능과 노력이 있기에 이런 곳에서 썩히기 싫었다.

김석진 대표가 말을 하지 못했고 배영빈이 나섰다.

"대표님, 여긴 제가."

김석진 대표가 고개를 끄덕였고 허락을 구한 배영빈이 내게 말했다.

"실은 봉달 서커스는 내가 만든 거야."

박상만이 건넨 서류를 보니 감독명에 배영빈의 이름이 적혀 있었다.

"널 추천한 것도 나고. 이런 이야기가 나올 것 같아서 직접 온 건데 그게 더 큰 오해가 되었나 봐."

"무슨 말이야?"

"내 만화영화에 가장 어울리는 음악을 만들 수 있는 사람은 너뿐이라 생각해. 하지만 내가 만든 영화를 네게 의뢰하면 착한 넌 어쩔 수 없이 들어줄 거라 생각해서 직접 말하려고 왔어. 사촌이란 이유로 부탁하고 싶지는 않으니까."

안 해줄 생각이었는데.

"그러니 도빈아, 아니, 마에스트로. 제 이야기를 들어주시기 바랍니다."

배영빈의 말은 무척이나 어색했다.

그러나 결코 우습지는 않았다.

오해가 있을 수 있는 상황을 직접 해명하고자 그리고 자신의 이야기에 확신을 했기에 그것에 가장 어울리는 음악가를 찾은 거라면 이야기 정도는 들어줄 수 있다고 생각했다.

"알겠습니다. 들어보죠."

배영빈이 봉달 서커스에 대해 설명하기 시작했다.

배경은 일제 강점기의 서울.

박봉달은 죽은 아버지로부터 영세한 서커스단을 물려받는다.

가난한 박봉달과 서커스 단원들은 지독하게 가난했다.

끼니조차 제대로 해결하지 못했고 박봉달은 가족 같은 그들과 함께 성공하기 위해 사업적 재능을 발휘한다.

돈 냄새를 맡은 일본 순사들이 봉달 서커스를 탄압하기 시작했고, 가족을 위해 박봉달은 자존심과 자부심을 모두 내려놓고 알랑방귀를 뀌고 다닌다.

사람들은 박봉달을 돈에 미친 놈이라 욕한다.

그리고 봉달 서커스에 큰돈을 벌 기회가 주어지니 새로운 총독이 부임하는 날의 축하연.

공연에 오르기 직전, 박봉달은 공연 물품을 보관한 큰 궤짝에 숨어 있는 독립투사를 발견한다.

'재밌잖아.'

뒷이야기를 기다리고 있는데 배영빈이 말을 잇지 않았다.

"이런 이야기이기 때문에 한국인의 정서를 살릴 수 있는 음악가가 절실했습니다. 그리고 마에스트로라면 분명 제가 상상하는 것 이상의 음악을 들려줄 거라 생각했고요."

배영빈이 하라는 뒷이야기는 말해주지 않고 영상을 보여주었다. 설정화를 포함한 실제 영상을 조금 보여줄 뿐인데 보고 싶다는 생각이 들었다.

"비록 감독으로서는 처음이지만 성공을 확신하고 있습니다. 크레용 위즈에서도 전력을 다하고 있고요."

박상만이 배영빈을 도왔다.

"저희는 재밌고 감동적인 이야기를 만들기 위해 오래 준비해 왔습니다. 노하우를 쌓기 위해 지구방위대 가랜드 등 여러 작품의 외주를 맡아 왔고 자본도 확실히 준비해 두었습니다. 부디 긍정적으로 생각해 주시기 바랍니다."

'어쩌지.'

하고 싶다.

주제도 좋고 소재도 흥미롭지만 가장 중요한 건 뒷이야기가 궁금하다는 건데, 내가 그렇다면 다른 사람들도 마찬가지일 것이다.

상업적 성공 요소가 있다는 말.

카밀라가 슬쩍 입을 열었다.

"한국의 역사를 잘 모르는 제가 봐도 흥미로운 이야기이긴 한데, 배도빈 악장 겸 지휘자의 스케줄이 문제겠네요."

"네?"

"OOTY에서 2월 말부터 오케스트라 대전을 개최하는데 베를린 필하모닉 B도 참가할 예정이에요. 지휘자는 당연히 배도빈 악장이고요."

"아."

크레용 위즈의 세 사람이 탄식했다.

예전이라면 나도 무리를 해서 함께하겠지만 지금은 단원들이 있다.

아무리 노력한다 해도 다른 작업과 병행하면 영향이 생길 수밖에 없고 한창 좋은 분위기를 타고 있는 베를린 필하모닉에 누를 끼치고 싶진 않았다.

그래서 처음부터 거절할 생각이었는데 아이러니하게도 배영빈의 만화영화가 재밌다는 게 문제였다.

"일정은 어떻게 보고 계신가요?"

확인차 물었다.

"5월 초 개봉으로 잡고 있습니다."

최종 작업 일자를 아무리 늦게 잡아도 오케스트라 대전과 정말 딱 들어맞는 일정이라 어쩔 수 없겠다.

"베를린 필하모닉과 제게 중요한 일이 있어 병행하긴 어려울 것 같습니다."

"네. 이해합니다."

"재밌어 보이니 분명 좋은 작곡가를 만날 수 있을 거예요."

크레용 위즈와의 이야기를 일단락하고 배영빈과는 저녁에 보기로 한 뒤에 연습실로 돌아왔다.

"무슨 일이었어?"

마누엘 노이어가 물었다.

"오리지널 스코어 작업 의뢰였어요. 재밌어 보였는데 일정이 겹쳐서 거절했네요."

"으음. 바쁜 시기긴 하지. 세프도 없으니까. ……화가 빨리 풀리셔야 할 것 같은데."

"그렇죠. 아."

그러고 보니 아직 푸르트벵글러에 대해서 단원들에게 말하지 않은 게 생각났다.

"세프, 괜찮은 거 같아요."

"어?"

"만났어? 뭐라서?"

내 말에 단원들이 갑자기 주변을 빙 둘러쌌다.

"쑥스러워서 그런지 말은 틱틱대도 착실히 쉬고 있는 것 같아요. 여행 다녀왔더라고요."

"그럼 연락은 왜?"

"화가 나긴 했으니까요."

참 복잡한 사람이다.

하지만 이해할 수 있기도 하다.

서운하면서도 고맙고 단 한 번도 주어지지 않았던 휴가가 어색하기도 할 테고 여러모로 말이다.

푸르트벵글러가 하와이에서 마사지도 받고 건강검진도 받으며 금연을 시도하는 중이라 하자 다들 안도하는 듯했다.

"그래도 다행이다. 우리한테 화난 거야 어떻게든 풀어드려도 쉬신다니까."

"그러게."

같은 생각이었다.

"안녕하세요."

"어서 와."

배영빈이 내가 퇴근하는 시간에 맞춰 왔다. 우리 집을 둘러보더니 입을 떡 벌리고 다물지 못했다.

"대단하네요. 저 이런 집 만화에서밖에 못 봤어요."

어머니는 말을 아끼고 웃으며 영빈이를 반겨주셨다.

백모(큰어머니)에 대해서는 어머니도 그리 좋게 생각하지 않으신 듯하지만 배영빈의 착한 마음씨는 잘 알고 계신다.

백부가 젊은 어머니와 아버지를 받아들이지 않으셨더라면 어렸을 때의 나와 함께 밖에서 지내셨을 테니 어머니도 굳이 예전 일에 구애받지 않으시는 듯했다.

저녁이 준비된 7층으로 올라가니 하숙생들과 푸르트뱅글러가 있었다.

"어? 아직 안 돌아가셨네요."

"흥. 심심하게 혼자 있으란 말이냐?"

"대체 언제까지 삐쳐 있을 거예요?"

"맞아. 셰프 옹졸해."

소소가 지원사격을 하니 푸르트벵글러가 토라져 버렸다. 당분간은 저럴 듯하다.

"저……."

"아, 제 사촌형이에요. 형, 이 사람이 푸르트벵글러. 세계 최고의 지휘자야."

"아, 도빈이에게 말 많이 들었습니다. 배영빈이라고 합니다."

"크흠. 반갑네."

인사를 시켜주는데 삐친 푸르트벵글러를 달래기 위해 띄어주었다. 틀린 말은 아니니까 말했는데 조금 좋아하는 것 같다.

푸르트벵글러가 배영빈과 인사를 나누었다.

"그리고 여기는 소소, 윤희 누나. 베를린 필하모닉 단원이야."

"안녕하세요."

"안녕하세요."

"안녕."

그렇게 저녁을 함께하였고 음악가들 사이에서 애니메이터란 직업은 신기했던 모양이다.

"우와. 대, 대단하시네요. 일 년밖에 안 되었는데 감독을 맡으시다니."

"좋게 봐주신 덕분이죠."

"아니야. 영빈아, 네 나이에 그렇게 인정받기가 얼마나 힘든 일인데. 아버지랑 어머니도 뿌듯하시겠다."

"어머니는 별로 안 좋아하시더라고요. 하하."

"그런데 무슨 이야기예요?"

"아 그게……."

원래 만화를 좋아하는 소소와 나윤희는 배영빈에게 이것저 것 물었고 베를린에 온 이유도 묻게 되었다.

"도빈이한테 곡을 의뢰하러 왔는데 아쉽게 됐어요."

"아, 그, 그럼 아까 온 사람들이 영빈 씨네 회사 분들이셨네요."

"아쉬워."

"그러게. 먼 길 왔는데."

나윤희의 말에 소소와 어머니도 안타까움을 표하며 배영빈 을 위로했다.

"어쩔 수 없죠. 도빈이를 방해할 순 없으니까요."

"그럼? 누구에게 부탁할 건데?"

어머니께서 물으셨다.

"사실 한국인 중에서 구하고 싶은데 후보가 적어요. 우선 도 빈이가 안 된다면 차명운 지휘자에게 부탁하려 했었어요. 하 지만 작곡을 안 하신 지 오래된 걸로 알아서……."

아마 배영빈이 클래식 작곡가를 고집하는 이유는 나 때문일 것이다.

배영빈이 4년간 혼자 만든 '가랜드'에 헌정해 준 음악이 클래식 풍이 가미된 록 음악이었으니 그런 느낌을 바라고 있는 듯하다.

아니나 다를까 배영빈이 그 이야기를 꺼냈다.

"실은 예전에 제가 만든 만화에 도빈이가 곡을 만들어주었는데 그 느낌을 살리고 싶거든요. 가능하다면 좀 더 한국적 정서를 살려서. 저도 정확히는 모르겠지만 도빈이라면 가능할 것 같았어요."

배영빈이 아쉽다는 듯 말했다.

"미안. 괜한 부담을 줬네."

어쩔 수 없는 일이라 나도 아쉽다.

애니메이션을 좋아하고 또 그만큼 감수성 짙은 곡을 만드는 사람도 드무니 사카모토 료이치에게 물어볼까 생각하고 있는데 푸르트벵글러가 입을 열었다.

"내가 하지."

깜짝 놀라 푸르트벵글러를 보았다.

나윤희와 소소도 놀란 눈치다.

나와 사카모토에게 클래식을 하라고 화를 내던 푸르트벵글러가 스스로 그런 말을 할 줄은 생각도 못 했다.

그런 상황을 모르는 배영빈도 놀라긴 마찬가지였다.

"네?"

"마침 한가하던 차에 잘 되었군. 내게 가져와 봐."

"세프, 쉬는 게 좋아."

소소가 이곳에 없는 단원 모두를 대신해 푸르트벵글러에게 말했다.

쉬라고 그런 짓까지 벌였는데 다른 일을 맡는다면 단원들도 허무할 것이고 그럴 거라면 차라리 지금이라도 다시 복귀하는 게 나을 거라 생각한 것이다.

"쉬는 거야."

"무슨 말이야. 말도 안 돼."

"크흡."

물을 마시던 나윤희가 소소의 말에 사레들렸다.

푸르트벵글러가 말했다.

"난 평생 음악과 떨어져 있어본 적 없다. 어떻게 쉬어야 하는지도 몰라. 너희가 날 생각해서 휴가를 준 건 고맙다만 내가 알아서 한다."

"……도빈, 말려 봐."

"쓸데없는 짓. 쉬라고 했더니 네게 얼후를 배운 녀석이잖느냐."

푸르트벵글러가 유학을 준비하는 사이에 있었던 일을 언급했다.

그러고 보니 나도 쉬는 기간에 대교향곡을 만진다거나 피아노 협주곡을 만들었고 여러 악기를 배웠다.

뭔가 조금 이상해서 생각하고 있는데 푸르트뱅글러가 확인하듯 물었다.

"거 봐라. 도빈이 너나 나나 결국 음악 없이 살 수 없어."

"그럼 차라리 돌아와요."

"싫다. 근 30년 만에 휴가인데 나도 내 하고 싶은 대로 보낼 거야."

어이가 없어 그런 일이 있었다고 사카모토에게 전화를 하자 그가 크게 웃었다.

나는 사카모토가 그렇게 웃는 건 처음 들었다.

-하하하하! 끄윽. 끅.

"웃지 말아요. 전 당황스럽다고요."

-재밌지 않은가. 베를린 필하모닉이 자기 꾀에 넘어진 꼴이구만. 하하하하!

"……"

-크흠. 너무 그렇게 야박하게 굴지 말게, 도빈 군. 그 빌헬름이 애니메이션 스코어 작업을 한다는 건 분명 심경의 변화가 있다는 뜻이지.

"무슨 뜻이에요?"

-오죽했으면 강철의 폭군으로 불렸겠나. 그렇게 자기 관리에 철저했던 빌헬름도 조금씩 여유를 가지게 되는 거야. 자네와 지금의 베를린 필하모닉을 믿는 게지. 안 그랬다면 쫓겨나갔

을 때 거하게 한바탕했겠지. 안 그렇나?

"세프가 우릴 믿고 있다고요?"

-음. 분명 그러할 걸세. 그러니 지금은 하고 싶은 대로 두는 게 나을지도 모르겠어. 하하하하! 빌헬름의 곡이라니. 이거 기대되는구만.

사카모토의 시원한 웃음소리를 듣다 보니 나도 조금씩 걱정을 덜어낼 수 있을 것 같았다.

오케스트라 대전

크레용 위즈는 푸르트뱅글러를 너무도 기쁘게 받아들였다.

역사적인 거장이 참여해 준다고 하니, 대표와 팀장이 엎드리기라도 할 것 같이 허리를 숙였다.

그들이 이렇게 기뻐하는 이유가 음악 자체만은 아닐 것이다.

이런 일은 많이 경험해 봤기에 참여하는 사람의 명성이 작품 홍보에 얼마나 많은 영향을 미치는지 알고 있었고 푸르트뱅글러는 분명 크게 화제가 될 것이다.

굳이 클래식 음악에 한정하지 않더라도 푸르트뱅글러의 이름은 많은 사람이 알고 있고, 무엇보다 이러한 작업에 처음 참여하는 것이니만큼 언론도 주목할 터.

크레용 위즈에게는 더할 나위 없이 좋은 기회였다.

배영빈이 감독으로 나선 첫 극장용 애니메이션이고 푸르트뱅글러도 심심풀이할 일이 필요한 것 같으니 나도 좋게 생각했는데.

문제는 돈이었다.

크레용 위즈가 내게 세 곡을 의뢰할 때 예상했던 액수는 2억 5천만 원이었는데 한국 애니메이션 업계에서는 이례적인 수준이라 한다.

문제는 내 기준에도, 푸르트뱅글러의 기준에도 부합하지 않아서 협상 자리에 나선 카밀라가 몹시 불쾌해했다.

크레용 위즈가 금액을 좀 더 높여 계약금 3억 원에 러닝개런티와 저작권료 비율까지 높임으로써 협상은 어떻게든 마무리된 듯하다.

마지막 걱정은 푸르트뱅글러를 기다리고 걱정하는 팬들이 어떻게 반응할지에 대한 문제였다.

하지만 그 문제도 생각보다 쉽게 넘어갔는데, 팬심은 언제 생각해도 모를 일이다.

하와이안 티셔츠를 입은 채 베를린 시내 곳곳에서 흥얼거리며 다니는 푸르트뱅글러의 색다른 모습이 신기한 듯, 그의 사진과 푸르트뱅글러를 만났다는 SNS 게시글이 연일 좋은 느낌으로 올라왔다.

'저런 모습 처음이야' 같은 느낌으로 말이다.

처음에는 당황한 베를린 필하모닉 단원들도 SNS에 연일 올라

오는 '푸뱅옹 발견!'이란 글과 사진을 보며 그들의 지휘자가 즐겁게 지내고 있음을 확인할 수 있었고 이내 걱정을 내려놓았다.

결론은 푸르트벵글러에게 휴가를 주려던 우리의 일과 연계되어 이상한 방향으로 진행되었지만.

모두 만족할 수 있었다는 사실이 중요한 것 같다.

"정말 엄청나네."

계약을 체결한 날 배영빈이 진이 빠진 채 말했다.

"뭐가?"

"적지 않을 거라 생각해서 많이 준비했다고 생각했거든."

예전에 히무라가 이야기해 준 적이 있었는데 영화 음악 작곡 패키지 계약은 보통 적게는 2,500달러에서 50만 달러 정도로 책정된다고 했다.

원화로 따지면 약 300만 원쯤에서 5억 5천만 원 사이인데, 가장 최근에 참여했던 크리스틴 노먼의 2017년 작품 '덩게르크 철수 작전'에서 10억 원을 받았었다.

그때가 벌써 5년도 더 된 일이니 내 기준이 일반적이지 않다는 건 확실히 알겠다.

지휘뿐만이 아니라 작곡으로도 오랜 세월 성공했던 푸르트벵글러 역시 나와 마찬가지일 거라 말해주니 배영빈이 '택도 없었네'라고 말했다.

푸르트벵글러가 많이 양보해 주었음을 이해한 것 같다.

"너…… 대체 얼마나 버는 거야?"

"나?"

굳이 감출 이야기도 아니기에 핸드폰을 꺼내 가계부를 열었다.

"작년에는 1,700만 달러였네."

"뭐?!"

"절반 가까이는 세금으로 나가."

"어. 어어."

넋이 나갔는지 어버버 댔다.

솔직히 연간 수입이 수십억을 넘긴 뒤로는 아무리 많이 벌어도 그렇게 체감되지 않았는데 다른 사람이 보기엔 놀랄 정도긴 한 모양이다.

푸르트벵글러는 심심풀이를 찾은 뒤로 여러 음악을 들으며 여유롭게 시간을 보냈다.

평소라면 생각지도 못할 베를린 시내를 걷는다든지 한적한 카페에 들어가 차를 마신다든지 하면서 그를 짓누르고 있었던 압박에서 벗어날 수 있었다.

본인은 인정하지 않았지만 신경질적이었던 그가 조금씩 부드러워지자 주변 사람들은 내심 고개를 끄덕이게 되었다.

푸르트벵글러가 공원 근처의 한적한 카페에서 차를 마셨다.

테이블에는 크레용 위즈에게서 받은 봉달 서커스의 대본과 설정 자료, 이해를 돕기 위한 참고 자료가 들려 있었다.

거의 대부분 완성된 애니메이션 파일도 받았으나 작품을 깊이 있게 이해하고 싶었기에 푸르트벵글러는 반복해 자료를 탐독했다.

'한국에 이런 역사가 있었구만.'

한국이 일본을 증오할 수밖에 없는 이유를 알고 나서야 오랜 벗, 사카모토 료이치의 말을 그제야 조금 이해할 수 있었다.

배도빈과 일본의 관계는 신기해 보일 정도였다.

그렇게 오늘도 때아닌 세계사 공부를 하고 있던 푸르트벵글러가 문득 시계를 보았다.

'이런. 늦었구만.'

짐을 챙긴 그가 천천히 걷기 시작했다.

최근 그는 배도빈의 집에서 하숙을 하는 가수 지망생인 진달래를 자주 만났는데 특유의 밝은 모습이 그에게 새로운 활력소가 되어주었다.

푸르트벵글러가 배도빈의 집 문을 두드렸다.

곧 집사가 문을 열어 그를 맞이했다.

사카모토 료이치나 푸르트벵글러 등 몇몇 이는 배도빈의 집에 자주 드나들었고 집사 역시 그가 어떤 사람인지 알았기에 정중히 대했다.

"어서 오십시오."

"실례하겠소."

"두 분 주인님과 도련님들은 외출하셨는데 기다리신다고 연락드리겠습니다."

"아니요. 괜찮소."

푸르트벵글러가 격식을 차리며 집사와 대화를 하는 와중 진달래가 1층으로 내려왔다.

"할배! 오늘은 안 늦었네?"

"누가 들으면 매일 늦는 줄 알겠다. 이 녀석아. 그럼 실례하겠소."

"네. 필요하신 게 있다면 언제든 불러주십시오."

진달래가 푸르트벵글러를 이끌고 자기 방으로 향했다.

기초부터 다시 배우고 있는 진달래는 학원 수업이 무척 지루하게 느껴졌는데 그나마 친한 배도빈, 소소, 나윤희 등이 바빴기에 외로움을 느끼던 차.

마찬가지로 한가해 보이는 '할아버지'가 자기 연주를 들어줌에 기뻤다.

오늘도 자신이 작곡한 곡을 반주로 놓고 베이스를 연주했다.

땀이 송골송골 맺힐 때까지 쏟아내듯 연주한 진달래가 보란 듯이 물었다.

"어때! 오늘은 어제보다 잘하지?"

"하하하. 전혀."

"아니! 대체 뭐가 문젠데?"

"봐라. 감정을 담는 건 좋지만 네 연주는 듣는 사람은 전혀 배려하지 않지 않느냐."

"그, 그게 뭐야?"

푸르트벵글러가 피식 웃으며 차근차근 설명해 주자 진달래의 눈과 코와 입이 조금씩 모였다.

"너무 어려워."

"많이 듣는 것도 좋지만 생각하지 않으면 실력은 늘지 않아. 모든 것에 의문을 가지고 답을 찾아야지."

"하지만 난 머리가 안 좋으니까."

"음악에 답은 없다. 답도 없으니 틀리는 것도 없어."

"그럼 왜 내 연주는 별로라는 거야?"

"음악은 듣는 거니까. 관객이 없더라도 네가 듣지 않느냐. 기본적으로 전달하는 일이기 때문에 듣는 사람의 입장을 고려해야 해. 즐겁지 않다면 그건 소음일 뿐이야."

그렇게 말한 푸르트벵글러가 그가 최근 작업하고 있는 악보를 진달래에게 주었다.

"좋은 말인 거 같은데 잘 모르겠어. 근데 이건 무슨 곡인데 자꾸 연주하라는 거야?"

"어허. 시키는 대로 하면 실력이 는다니까."

♪

제1회 OOTY 오케스트라 대전이 코앞으로 다가왔다.

세계 클래식 음악 협회가 처음으로 주최하는 이 대회에 전 세계 120개 악단이 참가를 신청했다.

'베를린 환상곡'과 '찰스 브라움'으로 세계 최고의 오케스트라임을 증명해낸 배도빈의 베를린 필하모닉 B와 더불어.

빈 필하모닉.

뮌헨 바이에른 방송 교향악단(손레리 게르기예프).

암스테르담 로열 콘세르트허바우 오케스트라(마리 얀스).

런던 심포니(브루노 발터).

런던 필하모닉(아르투로 토스카니니).

시카고 심포니(제르바 루빈스타인).

클리블랜드 오케스트라(프란츠 미스트).

로스앤젤레스 필하모닉(구스타프 하나엘).

부다페스트 페스티벌 오케스트라(예르반 퓌셔).

등 내로라하는 악단과 거장들이 모이니 과연 '대전(大戰, Great war)'이라는 이름에 어울렸다.

이렇게나 많은 악단이 참가한 데에는 공통된 목적이 있었으니 그것은 바로 그들 사이에 독보적인 톱이 생겨났기 때문이었다.

그간 세계 최고의 오케스트라가 어디냐는 질문은 싸우고 싶다는 말과 같은 의미였다.

베를린, 빈, 암스테르담, 런던 등 최고가 아니라고 말할 수 없는 악단들이 여럿 있었기에 논쟁은 치열해질 수밖에 없었는데.

배도빈이 베를린 필하모닉으로 복귀한 뒤 1년.

그 누구도 부정할 수 없을 정도로 베를린 필하모닉의 성장은 가팔랐고, 관객 동원력 역시 마찬가지였다.

음악으로나 매출액으로나 부동의 1위에 올라섰기에 다른 악단과 지휘자들의 자존심을 건드린 것이었다.

예술을 하는 사람에게 '패배'는 있을 수 없는 일.

자존심과 자부심으로 살아가는 이들이었기에 저마다 각자 자신이 최고라 생각해 왔는데 그들 앞에 거대한 사람이 나타나니 투지에 불타는 것이었다.

거기에 이러한 사실에 대해 어떻게 생각하냐는 인터뷰에 배도빈이 답하니 타오르는 불길에 기름을 쏟아부은 격이었다.

"배도빈 악장, OOTY 오케스트라 대전에 참가하시는 걸로 알고 있습니다. 목표는 당연히 우승이겠죠?"

"목표요?"

"네."

"목표는 이루지 못한 일을 정할 때 하는 말이죠. 우승이란 목표는 제가 아니라 다른 분들이 가지셔야 할 것 같네요."

해당 인터뷰 영상이 전파를 타자 세계 각지에서 난리가 났고 그것을 본 사카모토 료이치는 껄껄 웃었고 푸르트벵글러는 고개를 끄덕였다.

유장혁 회장은 기특한 손주를 보며 흐뭇하게 미소 지었고 제임스 버만은 이를 갈았다.

"하여간 튀는 행동은 다 한다니까."

그리고 소소가 무서운 가우왕은 동생도 참여하는 OOTY 오케스트라 대전을 어떻게 구경할지 고민하고 있었다.

카밀라가 OOTY 오케스트라 대전의 진행 방식에 대해 설명해 주었다.

"예선은 심사단이 각 악단에 3일간 머물면서 진행한다고 합니다."

"어떻게요?"

콘트라베이스 주자 시엔 양이 손을 들고 물었다.

"일반 연주회를 듣는다고 해요. 연주뿐만 아니라 관객이 얼마나 편하게 관람을 할 수 있는지 등 여러 요소에서 평가를 한다고 하네요."

아무래도 120개나 되는 악단이 한곳에 모여 경쟁하면 시간적으로나 금전적으로나 참가하는 데 드는 비용이 너무도 크다.

그래서 이러한 방법으로 예선을 가지는 모양인데 그럼에도 시간이 꽤 들 것 같다.

"그럼 360일이나 기다려야 하는 거예요?"

"아뇨. 여러 팀으로 나뉜다고 해요. 판단 자료를 수집해서 취합해서 점수를 책정하니 6주 정도 예상하고 있대요."

시엔 양이 만족한 듯하자 카밀라가 계속해서 설명을 이어나갔다.

"본선으로 올라갈 수 있는 악단은 40곳. A와 B로 나뉘어 일주일간 잘츠부르크에서 연주회를 가진다고 해요. 예정일은 4월 마지막 주와 5월 첫째 주예요."

"가깝네."

이동할 거리가 먼 것은 분명 컨디션 저하의 큰 요인이다.

나와 가우왕이 세계 투어 연주회를 그리 좋아하지 않는 이유이기도 하고 분명 이번 대회에서도 영향이 미칠 것이다.

'그러고 보니 가우왕하고 연락 안 한 지 오래되었네.'

"본선 1차 지정곡은 베토벤 교향곡 중 하나예요. 결정은 배도빈 악장과 베를린 필하모닉 B에 맡길게요."

카밀라가 나를 보며 말했다.

고개를 끄덕였다.

'에로이카가 좋겠지.'

카밀라가 지침서를 덮고 단원들을 둘러보았고 마지막에는 다시 한번 나와 눈을 마주했다.

"우리는 지금까지 잘해오고 있어요. 여러분을 믿습니다."

"걱정 마세요."

푸르트벵글러가 안심하고 쉴 수 있도록, 더욱 아름다운 음악을 위해 당연히 우승할 생각이다.

단원들도 한껏 의욕적으로 보인다.

문제될 것은 단 하나.

사카모토 료이치와 빌헬름 푸르트벵글러와 더불어 내가 인정하는 위대한 지휘자.

마리 얀스가 가장 큰 상대가 될 것이다.

崑崙覇仙

곤륜패션

윤신현 신무협 장편소설

WISHBOOKS ORIENTAL FANTASY STORY

선대의 안배로 인해 시공간의 진에 갇힌
곤륜의 도사 벽우진.

"……뭐야? 왜 이렇게 되어 있어?"

겨우겨우 탈출해서 나온 그의 눈에 보이는 것은!

"정말, 정말 멸문했다고? 나의 사문이? 천하의 곤륜파가?"

강자존의 세상, 강호.
무너진 곤륜을 재건하기 위해 패선이 돌아왔다!

곤륜패선(崑崙覇仙)

'이왕 할 거면 과거보다 더 나은 곤륜파를 만들어야지.'

밥만 먹고 레벨업

박민규 게임 판타지 장편소설
WISHBOOKS GAME FANTASY STORY

바사삭, 치킨. 새벽 1시에 먹는 라면!
그런데 먹기만 해도 생명이 위험하다고?

가상현실게임 아테네.
먹고 싶은 음식을 먹을 수 있는 유일한 방법!

[식신의 진가가 발동됩니다.]
[힘 1, 체력 1을 획득합니다.]

「밥만 먹고 레벨업」

"천년설삼으로 삼계탕 국물 내는 놈이 세상에 어디 있냐!"
"여기."